新潮文庫

はなればなれに

ドロレス・ヒッチェンズ
矢口　誠訳

新潮社版

11729

はなればなれに

主要登場人物

スキップ……………………………前科者の若者
エディ・バレット………………… 〃
カレン・ミラー……………………スキップの女友だち
ウィリー・ドールマン…………スキップの叔父
スノープ……………………………ウィリーの友人の弁護士
ビッグ・トム（・ラニガン）…ウィリーの犯罪者仲間
ベニー・ビュジック……………ビッグ・トムの犯罪者仲間
ハリー………………………………　　　〃
モード・ハヴァマン……………未亡人
ストールツ…………………………ミセス・ハヴァマンの元娘婿
サルヴァトーレ……………………カジノの客
ミセス・モズビー………………カフェの女店主

第1章

車が屋敷の前にさしかかると、エディは不安に駆られて窓の下に頭をひっこめた。スキップが声をあげて笑い、エンジン音に負けない大声であざけるようにいった。

「どうしたってんだ？　あのばあさんがＸ線の目でも持ってるんじゃないかと心配なのか？　それとも、心のなかを読まれるとか？　まさか、たまたまひょいと窓の外を見て、おれたちに目をとめるとでも思ってるんじゃないだろうな？　バカかよ、おまえ」

エディにはわかっていた。要するにスキップは、おまえは腰抜けだといいたいのだ。

ふたりの乗った車は屋敷の前を過ぎ、空き地のわきを通って坂を下っていった。エディはちらっと後ろを振り返った。「いやほんと、とんでもなくでかい屋敷だな。一度見たら忘れられない感じだ」黄昏《たそがれ》も近いこの時間だと、どことなく不気味で、幽霊でも出そうに見える。

「でかけりゃでかいほど、見返りもでかいってわけさ」スキップは前方の曲がり角に目をこらしながらいった。いま走っている脇道《わきみち》を突き当たると、この町とパサデナを結ぶ大通りに出る。そのとき、スキップがエディの脇腹をいきなり突いた。

「ほら見ろ！　あれが例の娘だ！」その声には隠しきれない興奮がにじみでていた。

バス停のベンチに十七歳くらいの娘がすわっていた。膝《ひざ》の上には本が二冊のっている。娘はそのうちの一冊を両手で開き、薄れゆく太陽の光がページに当たるように斜めに傾《かし》げ、頭を垂れていた。髪はショートで、ウェーブがかかっている。色は柔らかな光沢のあるダークブラウンだ。

「見ろよ。ちょっとかわいいだろ」とスキップがいった。

娘の横を通りすぎるとき、エディはびくびくしながら目を向けた。スキップはおおっぴらに眺めまわしたが、娘は顔を上げなかった。若い娘が着るにはどこか古めかしいプレーンな青のコート、白い靴、手首には小さな白いハンドバッグ。黒いまつげと小さな翼のような眉《まゆ》が、クリーム色の肌に際立《きわだ》っている。

「これから夜間学校に行くとこだ」と、スキップが説明した。「秘書コースに通ってる。ばあさんは看護学校に行けと口うるさくいったらしいが、あいつは頑として応じなかった。今夜会いたいか？　タイピングの授業のあとで紹介してやるよ。廊下にいてくれ」

「おれたちのどっちかは顔を見せずにいたほうがよくないか？　だってほら――」エディは言葉を切り、車を運転しているスキップに目を向けた。スキップは大通りの車の流れが途切れるのを待ち、鋭くハンドルを切ってUターンした。

「おいちょっと、やめろって！」

「戻ってもう一回見るだけだ。敷地内の配置を完璧《かんぺき》に把握しておく必要がある」

「おいおい、本気かよ」エディはバス停のベンチから見えないように、体をよじって座席に沈みこんだ。「おれたちがここにきたことをあの子に知られたいのか？」

「なぜいけない？　ここは自由の国なんだぜ」

スキップはよく、こんなふうに愚鈍なふりをする。

「いいか」とエディはいった。「いざ事件が起こったら警察が近所の住人に聞き込みをして、見かけない人間がうろちょろしてなかったか――」

「まあいいから落ちつけって」

スキップは悠然とハンドルを切り、娘がすわっているベンチに車を近づけて口笛を吹いた。気づいた娘は顔を上げ、車を見つめた。しかしエディの見たところ、スキップだとは気づかなかったらしく、とまどったような表情を浮かべただけだった。まだ読みかけの本のことを考えているか、読書に疲れて遠くのものに目の焦点が合わせにくくなったかのようだった。

　スキップの運転するポンコツはむせるようにエンジンを唸《うな》らせながら、ふたたび坂をのぼりはじめた。スキップはエンジンのチョークを引いてガソリンを送りこみ、慎重に運転した。

「彼女、おまえだって気づかなかったみたいじゃないか」とエディはいった。

「だいぶ暗かったからだろ。どっちにしろ、今夜これから学校で会うんだ」

　スキップはカレン・ミラーのことなどもう頭にないようだった。いまはまた、魅入られたように屋敷を見つめている。だんだん暗くなってきた空に、小塔のついた高い屋根がくっきりと浮かびあがっていた。どこか貴族的で堂々としたその古い屋敷は、灰色がかったヒマラヤスギの林のまんなかにあり、建物の周囲には低木が植わったほぼ正方形の芝地が並んでいる。いわゆる大邸宅ってやつだな、とエディは思った。こんな屋敷に住んでいる老婦人を相手にヤバい橋を渡ることを考えると、両腕に鳥肌が立ってちくちくした。

　突然、屋敷の明かりが同時にふたつついた。ひとつは二階、ひとつは一階だ。

「なんてこった」スキップが毒づいた。「いまのを見たか？　同時についただろ？

ばあさん以外にも誰かいるってことだ。いったい誰なのか、今夜カレンから聞きださないとな」

「メイドかもしれないぜ」エディは手持ちぶさたにしているのがいやで、ジャケットのポケットからタバコとマッチをとりだし、一本くわえて火をつけた。

　スキップは首を振った。「あのばあさんは召使いなんかおいてない。すごくケチなんだ。カレンに手伝わせてなんでも自分たちでやる。カレンの話だと、休んでる暇もないらしい。しみったれたばあさんなのさ」

「でもあれだけでかい屋敷なんだぜ……部屋が百くらいは――」

「いや、間違いない。雇ってるのは庭師だけだ。週に三日、昼だけ働いてる。老いぼれでぜんぜん耳が聞こえない。住んでるのはここから何キロも離れたとこだ」

「だったらやっぱり、ばあさんの身内とかいう――」

　スキップはにやりと笑って歯をきらめかせた。小柄でやせているが屈強な体、赤みがかったブロンドの髪、色の薄い非情な目。笑うとキツネに似ている。

「ああ、例のやつにちがいない。ラスヴェガスから定期的にくるって男だ」

　車がふたたび屋敷の前を通りすぎた。木々の枝ごしに屋敷を振り返ったエディの目に、星のようにかすかにきらめく冷たい光が映った。なぜかそれが警告のように感じられ、屋敷がより危険で難攻不落に見えてきた。しかし、スキップの前でそんなことを口にするわけにはいかない。

坂が終わって通りが平坦《へいたん》になるにつれて、車はスピードを上げた。通りはハヴァマンの屋敷を過ぎると、なにもない丘の裾野《すその》に沿って伸びている。最初のうちは上り坂だが、やがてふたたび下り坂になり、べつの大通りと交差する。町を横断しているこちらの大通りはロサンゼルスに通じている。ふたりがここにくるときに使ったルートだ。夕闇《ゆうやみ》が迫るなか、通りのあちこちにネオンサインや街灯が点灯しはじめ、まばゆい光を放っていた。

「で、どうする？」とスキップが訊《き》いた。「先にハンバーガーとコーヒーで腹ごしらえをするか？」

「ああ、そうだな」エディは平静を装《よそお》って答えたが、手は冷えきり、指はいまにも引きつりそうだった。さっきから大きく息を吸いこみたくてたまらない。しかし、不安になっているのを気づかれたくなかった。と同時に、スキップのクールさがうらやましかった。まったくこれには感心せずにはいられない。

ふたりはダイナーのそばに車を駐《と》め、店に入った。店内はほぼ満員だったが、カウンターの端のスツールがふたつ空いていた。注文をとりにきたウェイトレスが去ってしまうと、スキップは鉛筆を取りだして紙のナプキンに走らせ、小声でエディにささやいた。

「すくなくとも五万ドルはあるはずだ」

スキップがナプキンに〝＄５００００〟と書くのを見て、エディはどっと汗が噴きだすのを感じた。周囲に視界を遮るものはなにもない。店内は明るく照らされていて、すぐそばには人がいる。エディがナプキンをひったくってポケットに突っこむと、スキップは笑った。

「どうしたってんだよ、エディ？」

「そりゃちょっとまずいよ」

「誰がいった？」

「おれがさ」

しかしエディは、スキップの目を見てそう答えたわけではなかった。スキップはジュークボックスの前に立ち、硬貨の投入口を指先でさすりながらレコードのタイトルに目を走らせていた。やがて、ようやくのことでどの曲にするか決め、十セント硬貨を入れた。

「なんか不満でもあんのか？　逃げるつもりじゃないだろうな？」

「こいつはおまえのショーだろ」エディはこわばった声でいった。

スキップはしばらくエディを見つめていたが、いきなり気分が変わったらしく、態度ががらっと変わった。これは毎度のことだった。スキップは鉛筆をジャケットのポケットに突っこみ、どさっとスツールに腰を落として頰杖《ほおづえ》をついた。

「ああ、ほんとうんざりするよな」スキップはカウンターの奥で働いている老人を観察しはじめた。老人は汚れた皿を洗って大きなブリキのトレイに並べている。歳《とし》はおそらく六十くらいだろう。でっぷり太っていて、目は涙ぐみ、髪はほとんど残っていない。白いTシャツに、白いズックのエプロン。太い腕にはあちこちに傷跡や内出血の跡がある。

「あのじいさんを見ろよ。わかるだろ？　あと何年かすればおれたちだってああなるんだぜ、エディ。レストランの雑用係だ。さもなきゃ皿洗いだな。それも運がよければの話だ。運に見放されたら浮浪者になって、排水溝でぼろ切れにくるまって凍えることになる」

エディは追いつめられた気分だった。「気が滅《め》入《い》るような話をすんのはやめてくれよ」

しかしスキップはさらに暗くなり、目から表情が消えた。「考えてもみろ。おれは二十二だ。おまえだってそう変わらない。夜間学校なんかに通って、誰を騙《だま》そうってんだ？　おれはタイプと簿記、おまえは金属加工を習ってる。だけど卒業したからって、誰が雇ってくれる？」

エディはスキップに目を向けた。「チャンスだってめぐってくるさ」

「誰から？　どっかの人事部長か？　おれたちの履歴を調べようともしないウスノロか？」

エディは腰をすこし上げ、ポケットに手をつっこんでジュークボックスに入れる硬貨を探した。しかし、スキップが手首をつかんで押さえつけ、指をぐっと食いこませた。

「就職となれば履歴を書きこむ用紙を渡される。過去五年間、それぞれの年になにをしたか——」

スキップはあいているほうの手でカウンターの上に五本の線を引く真似《まね》をした。キツネのような顔に陰険な笑みを浮かべ、歯をむきだしにしている。「去年はどこにいた、エディ？　おととしは？　ちょいとマズいことになっちゃいなかったか？　以前の住所を教えてくれるか？　ちょいと田舎のほうで、国のために働いてなかったか？」

スキップがいきなりエディの手を離した。エディは誰か見ていなかったかと、スツールの上で身を縮ませた。

一分ほどしてから、エディは低い声でいった。「いいか、スキップ。まえにもいったけどおれはなにも悪いことなんか――」

「なにもしてないのに二年も服役したっていうのか？」

「そうさ」

「そりゃまたえらく高くついちまったな。それよりおまえ、自分の身にちょっとした変化が起こる気がしないか？」

ウェイトレスがきて料理とコーヒーをテーブルにおいた。ふたりは無言で金を取りだし、代金を払った。

「いいか、おれたちは汚れた皿を洗う身になっても、チャンスがなかったなんていえないんだぞ」とスキップはつづけた。「いま目の前にでっかいチャンスがあるんだからな。チェリーの絵柄が四枚そろってベルが鳴り響き、みんながジャックポットだと叫ぶ場面だ。そのチャンスをふいにしようっていうのか？」

「誰がふいにするって？　そんなこといってないじゃないか」エディは言い訳するような口調でいった。

「ほんとだな？」

ふたりは料理を食べはじめた。スキップはなぜおれをくりかえし試しては苦しめるんだろう？　エディは食べながら考えた。今回の計画に不安は感じつつも、スキップが正しいことはわかっていた。こんなチャンスはめったにない。もし逃したら二度目は絶対にないだろう。カレンみたいにちょっと変わった娘に出会うことなんて、そうそうあるもんじゃない。カレンはスキップを信用し、ばあさんのことや定期的にラスヴェガスからくる男のことや金のことをすべて話してくれたのだ。ある意味じゃマヌケな娘だといっていいかもしれない。そもそもスキップのことなどなにも知っちゃいないのだから。もしスキップがどんな人間かわかっていれば、五セント以上の金の話なんかするはずがない。

スキップは口につめこんだ料理をゆっくり噛《か》みながらいった。「あの屋敷に戻って偵察したほうがいいな。もうすぐ暗くなる。部屋に明かりがつけば、なかがよく見えるはずだ」

エディはスキップの顔を見た。スキップはもうすでに自分を取り戻し、友好的で自信にあふれていた。

「授業はどうすんだよ」

「十五分遅刻だな」スキップは肩をすくめた。

エディは反対しなかった。内心は怖くてうろたえていることを、自分自身でも認めたくなかったからだ。自分がスキップにつきしたがっているだけの存在ではなく、一人前の男だということを証明する必要があった。スキップとはもう中学時代からのつきあいだが、計画を立てて指示を出すのはいつだってスキップで、エディは従っているだけだった。どちらかが少年院や刑務所に入っていてはなればなれだった時期もあるものの、この関係はつねに変わらなかった。

「なにが見えるっていうんだ？　金か？」とエディは訊いた。

店を出てふたたび車に乗りこむと、スキップはいった。「カレンの話が信用できるか確かめたいんだ。たんにでまかせをいってるんじゃないってな。ばあさんや屋敷の内部を実際にこの目で見て、カレンの話を確認したい。その身内って男が金を数えてるとこが見られりゃ、なおさら結構だ」

口ではこんなことをいっているが、エディにはわかっていた。スキップは明らかにカレンのことを信じている。スキップは女に嘘《うそ》をつかれたことが一度もない。この顔と態度が嘘をつくのをためらわせるんだろう。

ふたりはさっききた道を引き返した。黄昏の最後の光が薄れ、夜の闇に街灯の黄色い光がまぶしかった。ハヴァマンの屋敷のすぐ隣のブロックは小高い丘になっていて、ユーカリの若木のまばらな木立が縁石の近くまで迫っていた。しかも、あちこちに見えているランタナの藪《やぶ》は荒れ放題で、人の背丈ほどもある。スキップは車を停めて外に出るとあたりを見まわし、丘の上に向かってあごをしゃくった。

「あそこにのぼるぞ。いいな？」

木の生い茂った藪は真っ暗で、夜空を背景にした稜線《りょうせん》がかすかに見てとれるだけだった。

「のぼってどうするんだよ？」とエディは訊いた。

「高みに立つってことだよ。あそこまでのぼって稜線沿いにぐるっとまわれば、あの屋敷のなかを見下ろすことができるだろ」スキップは小刻みに足を踏みだした。「なにか目を引くものがあれば、こっそり近づく」

スキップはエディの先に立って斜面をのぼりはじめた。地面に落ちた枯れ葉が足元でかさかさ鳴り、ランタナがとげだらけの枝でときどき彼らをなでた。エディは開けた場所に出たところで立ちどまり、いまきた道を振り返った。驚いたことに、通りからだいぶ高いところまできていた。東から南にかけ、アロヨセコ渓谷の向こうにパサデナの街明かりがまばゆく輝いている。右手のはるか彼方《かなた》には、ロサンゼルスのダウンタウンが地平線を輝かせているのが見える。

「こいよ」スキップは小声でいうと、ハヴァマンの屋敷を見下ろせる丘の東側へまわった。こちら側の庭には芝生が植えられ、太い老木の林の向こうに屋敷の明かりがかすかに見えている。「よし、もうすこし近づいてみよう」

突然、大きな音が鳴り響き、灌木《かんぼく》の向こうからなにかが弾むように突き進んできた。恐怖のあまり、エディはどっと汗が噴きだすのを感じた。それがなんなのかはすぐにわかった。しかし犬のことなど、カレンの話にはぜんぜん出てこなかったではないか。スキップが毒づいたのにつづき、闇から飛び出してきた犬が彼を地面に叩《たた》きつけた。派手な音が響き、エディはその場に凍りついた。犬につづけて誰かが出てくるのではないか？　いまにも懐中電灯の光を向けられ、銃を突きつけられるのではないか？しかし、実際にはなにも起こらなかった。スキップから飛びのいた犬はキャンキャンと小さな声を上げながら、あたりを楽しげに跳ねまわっている。どうやらスキップに追いかけてもらいたいらしい。

スキップは悪態をつきながら立ちあがり、服を手で払った。それなりの明るさがあったので、エディにもスキップにも犬が見えた。犬はいまだに跳ねまわりながら尻尾《しっぽ》を振っていた。

「クソッ」とスキップがいった。「このバカ犬は吠《ほ》えもしない」

「もう戻ろう」エディはとっさに口走った。

「そうはいくかよ。偵察は絶対に必要だ。おれがそれとなく訊いてみたのに、カレンは犬のことなんかひとこともいってなかったんだぞ。おれに隠しごとをするなんて、あいつ、自分を何様だと思ってんだ？」スキップは小声でカレンを激しく罵《ののし》った。

「まあ、ありがたいことに、こいつは番犬失格だけどな」

　スキップがしゃがんでそっと口笛を吹くと、大きなコリーは近づいてきて顔をなめようとした。コリーがクーンと鼻を鳴らした。スキップは頭をたたいてやった。

「油断しないほうがいいぞ」とエディはいった。「このあたりでハイキングする人間には慣れてるのかもしれない。学校をサボって遊んでる子供とか、野ウサギを狩りにくる子供とかもいるだろうし。でも、あの屋敷に近づこうとしたらでっかい声で吠えはじめるかもしれないぞ」

「なら、試してみよう」スキップはさっと立ちあがり、木立を抜けて屋敷の明かりめざして斜面を下りはじめた。エディは暗闇に立ちつくした。犬は何度かクーンと鳴き、つぎにどうすればいいか質問するようにエディのまわりをぐるぐるまわりはじめた。それから、いきなりその場にしゃがみこんだ。エディはそこよりもっと暗い場所に移動し、犬に向かってチッチッと舌を鳴らした。コリーは飛び跳ねるように駆け寄ってきた。

「よしよし、いい子だ」エディは絹のようになめらかな温かい頭をなでてやった。柔らかい毛の下に硬い頭蓋骨《ずがいこつ》が感じられる。エディは犬ならたいていなんでも好きだったが、友好的で大きな金色の犬がとくに好きだった。

おまえもこいという合図に、スキップが鋭く口笛を吹いた。チドリの不気味な鳴き声のような音だった。しかしエディは、犬を屋敷に近づけないほうがスキップのためにもなると自分に言い聞かせ、従うのを拒んだ。十分ほどしてスキップが戻ってくるまで、エディはその場を動かなかった。スキップはチドリの鳴き声のような口笛を吹きながら悠々と歩いてくると、エディのすぐ横に立った。エディはスキップがあざけるような笑みを浮かべているのを感じた。

スキップは犬の頭をたたいた。「このバカ犬はおれたちが好きらしい」

「こいつはいい子だよ」

「おれはこの斜面の下まで行って、屋敷のすぐ近くから窓のなかをのぞいてみた。いやほんと、マジででかいぞ。だけど古い――家具は時代遅れだし天井は高いし、壁の棚はどれもばあさんの小間物でいっぱいだ。ばあさん本人の姿は見えなかったけど、男が部屋にいたよ。たぶんあそこは書斎だな。机の上のなにかを見てた。会計簿じゃないかと思うんだが、はっきりはわからない」スキップは戯《たわむ》れに犬の頭をピシャリとたたいた。犬は怒って唸り、手を噛むふりをした。「あれがヴェガスから通ってくるって男だ。また現金を運んできたんだろう」

「あんなとこに金を隠すなんて、ありえないだろ！」エディはつい口走ってしまった。

「おまえ、おれの計画にケチをつけようってのか？」スキップがいきなり怒りを爆発させた。

「いや、もちろんそんなことないさ」

「おれはその男を観察してきた」スキップは得意げにいった。「しっかり目に焼きつけてきたから、もうどこで会ってもわかる。おれがどうするつもりかわかるか？　計画を実行するまえに、まずはなにをするか？　ヒッチハイクでヴェガスに行って、あの男を調べるんだ」

　エディは心臓が肋骨《ろっこつ》から飛びだしそうになった。「そんなの正気じゃない！」

「おいおい、なにもいきなり近づいていって、あんたの札束がほしくてたまらないと打ち明けるわけじゃない。目的はただひとつ――しっかり裏を取ることだ。カレンはあの男がネヴァダの大物だと思ってる。ヴェガスの歓楽街にあるクラブを仕切ってるってな。しかし、カレンが間違ってる可能性だってある。実際にはただのケチな賭《と》博《ばく》師《し》で、小娘を口説くためにでたらめを並べてるだけかもしれない。それともうひとつ、あの男がばあさんの娘の元亭主だっていうのはほんとうなのか、そいつも確かめなきゃならない」

「見つかって放りだされるのがオチだぞ」とエディはいった。

「あの男に直接話しかけるほど、おれがバカだと思ってるのか？」スキップはまたもや怒りを爆発させ、いまにも殴りかかってきそうに見えた。「考えてもみろ。もしあの男がカレンの考えてるとおりの人間で、数週間おきにここにきて一晩泊まってくんだとしたら？　儲《もう》けの一部をここに隠すためだと考えてなぜいけない？」

「なんでカレンはそのことをおまえに話したりするんだ？」エディは自分でも確信が持てず、声を張りあげた。

「なぜならだな」スキップは木立の下の闇のなかで身を乗りだした。「おれが一声かけりゃ、あいつはおれのものになるからさ。いつ、どこで、どんなふうに誘いかけてもだ。証明してほしいか？」

「どういう意味だ？」

「授業が終わったあとで、おれたちはここに戻ってくる。そしたらおまえに見せてやるよ。この木の下の、まさにこの場所でだ」

「いってるだけだろ」

「いいや、おれは本気だ」

ふたりは西に向かって歩きはじめ、木々を抜けて斜面を下りていった。彼らは犬のことを忘れていた。犬はいきなり駆け寄ってきて、落ち葉や泥を跳ね散らかした。エディはびくっとしてよろめいた。スキップは誰かがけしかけたとでも思ったかのように、さっと振り返った。しかしそこに見えたものは、背の高い常緑樹の生えた急斜面と、屋敷からかすかに漏れる光だけだった。

まだ遊んでほしいらしく、犬は周囲を飛び跳ねたが、スキップは無視した。ようやくのことで、ふたりはふたたび歩きはじめた。スキップは車に着くまで口を開かなかった。犬が屋敷のほうへ跳ねていくと、スキップは街灯に顔を向けていった。

「この計画が失敗したら、誰かが痛い目にあう。ただじゃすまない」

その口調はとげとげしく、陰険だった。

スキップはカレンのことを考えているんだ、とエディは思った。しかし確信はなかった。エディのことも頭にあるのかもしれない。いまこの瞬間、車に乗りこみながらエディははじめて悟った。スキップは本気であの金を盗もうとしているのだと。

第2章

カレン・ミラーはコートを椅子《いす》の背にかけ、おずおずと教室を見まわした。すでにタイプライターに向かっている生徒もいるし、キーをぎこちなく叩《たた》いている者もひとりふたりいる。しかしほとんどの者はまだ廊下でタバコを吸ったり、ぐずぐずとおしゃべりをつづけていた。

カレンは椅子に腰をおろし、膝上《ひざうえ》でスカートの裾《すそ》を引っぱった。その手つきは無駄がなく優雅だった。彼女は両手を前に構え、タイプライターのキーに指をおくと、頭に浮かんだ文章を叩いた。

廊下でベルの音がした。生徒が教室にどやどやと入ってくる音や、椅子の脚が床をこする音、おしゃべりをしていた者たちの最後のささやき声が響いた。背の高いやせた老教師がコウノトリのような足どりで入ってくると、教室の生徒たちに向かって微笑《ほほえ》んだ。教師は二冊の教科書を教壇の上においていった。

「こんばんは、みなさん」

いつものように、生徒たちは声をそろえた。

「こんばんは、プライド先生」

カレンはタイプライターの横においてある教科書を開き、これまでの授業を頭に思い浮かべた。どの授業もきょうとおなじで、まずは教師のプライドがこんばんはとあいさつする。生徒たちのなかには授業に前向きな者もいれば、希望に満ちている者も、無関心な者もいる。どの顔にもなじみがある。カレンは彼らを友人と考えていた。ただし、なぜかはわからないが、ほんとうに仲よくなるきっかけがうまくつかめない。恥ずかしがり屋なのも理由のひとつだが、社交的な場でのやりとりに慣れていないことが大きい。見知らぬ人の前だと気おくれしてしまうのだ。スキップが自分のことを見つけだして無理やり話をさせたのは、なんだか奇跡のように思えた。

スキップはいま、後ろのほうのいつもの席にすわっているはずだ。自分が見られていると思うと、体にぬくもりが広がった。スキップの視線が感じられるくらいだった。カレンは振り返って彼を見たかった。しかし同時に、そんなことをしたら自分の気持ちに気づかれてしまうのではないかと怖かった。

プライドが教壇を離れ、教室の隅に置かれた古いレコードプレーヤーのほうにゆっくりと歩いていった。彼は古い機械のスイッチを入れた。

「さあリズムの練習だ。いいかね、スイングしなけりゃ——」プライドは効果を高めるためにいったん言葉を切った。「——意味がない」（「スイングしなけりゃ意味がない」はジャズの名曲のタイトル）そのひとことに、生徒たちのあいだから忍び笑いが漏れた。しかし、おかしかったからではない。哀れな老いぼれのプライドが毎度おなじことをいうからだ。カレンはプライドに対して同情の気持ちが湧《わ》きあがるのを感じた。プライドは腕時計に目をやった。

「テキストの二十二ページ。音楽に合わせて。はい。ダン、ダン、デ、ダン」

レコードプレーヤーから、耳障《みみざわ》りで騒々しいスーザの行進曲が鳴り響いた。カレンは急いでタイプしはじめた。

練習が終わったところで、カレンはすばやく後ろを振り返った。驚いたことに、スキップの席は空いていた。彼が教室に入ってきたときには、もう一時限目は終わりかけていた。休み時間になって生徒たちが廊下に出ていってしまうと、スキップはカレンのそばにやってきた。

「やあ」

カレンははにかみながらも目を上げ、ほんのりと頬を染めた。「きょうはなにをしてたの？」

「本気で知りたいのか？」スキップは危険な秘密でも抱えているかのような口ぶりでいい、彼女をからかった。

「ええ、教えて」

ふたりは廊下に出て、ほかの生徒たちから離れたほうへぶらぶらと歩いていった。スキップがなにかすごく興奮していることにカレンは気がついた。

「リズムの練習の授業に出ないなんて、よっぽどのことがあったんでしょ？」

スキップはカレンの肘《ひじ》をつかんでドアを抜け、キャンパスの庭を見下ろすテラスに出た。照明が芝生を輝かせ、暗い低木の上にスプリンクラーが銀色のシャワーを投げている。

「授業をサボりたかった——ただそれだけさ。もう学校はやめるつもりだ」

スキップは拳《こぶし》をカレンの顎《あご》に当てて上に押しあげると、彼女の唇に自分の唇を重ね、ぐっと押しつけた。カレンはようやくのことで身を振りほどき、息をあえがせた。

「どういう意味？」

「なんか嫌になったんだ。このまま勉強したってどうにもならない」スキップはタバコを取りだし、さも本気で怒っているかのようにマッチを擦った。

「そんなことないわよ、スキップ！　くじけたりしちゃだめ」

スキップは手すりに寄りかかり、むっつりとタバコをふかした。カレンは彼のそばに寄った。あたかも、自分がそばにいるとスキップの気持ちがやすらぐとでもいうように。

「なにかいらいらする理由があるの？　いつもよりも？」

「いつも以上である必要なんかあるか？　いつもだってじゅうぶんに苦痛だってのに」

「飽きちゃったわけ、スキップ？　そういうこと？」

「おまえは飽きないのか？」

「ええ、ぜんぜん。ミセス・ハヴァマンが手に職をつけろっていうし。ほんとは看護師にさせたかったみたいだけど、わたし、それだけは耐えられなかった。二年ほどまえ、入院してたことがあるの。盲腸を切らなきゃならなくて。看護師の仕事がどんなものでなにをしなきゃならないか、そのときによく見たわ。あんなこと、ぜったいにできっこない。あんなふうに辛抱強くなんてなれないし、親切にもなれない。わたしとおなじ病室の女のひとなんか――」カレンはいきなり言葉を切った。

スキップは興味を引かれた。「どうしたんだ？」

「え？　口ではいいにくいんだけど、あることをしたのよ」

「なにを？」カレンが恥ずかしそうに黙ったままでいると、スキップが訊《き》いた。「おいおい、おれをなんだと思ってるんだ？　赤ん坊か？　どうせベッドに小便を漏らしたとか、そんなとこだろ？」

　カレンはきまり悪そうにドアのほうへ目をやった。「まあ、そうね。ただもっとずっとひどかった。その女の人はおまるを使ってたんだけど、看護師がくるとその中身をぶちまけるの。何度も何度も。わざとやってるのは看護師たちも知ってたはず。ぶちまけるのが楽しくてたまらないのが見ててもわかった。なのに毎回、看護師は黙って掃除をするの——あれを見てわたし、すっかり頭にきちゃった」

「だからタイプの勉強をしてるってわけか」スキップがうなずいた。

「すごく面白いってわけじゃないけど、わたしにもできるから」

　スキップはカレンに顔を向けてにやりと笑った。「おれだったらどうするか、教えてやろうか？　おれならミセス・ハヴァマンのいうとおり看護学校に行くね。そして、どっかの金持ちのじいさんを見つけて看護してやるんだ。たっぷり財産を持ってる独身者かやもめがいい。それも、あんまり頭のよくないやつが狙《ねら》い目だな。で、そいつと結婚する」

カレンは顔をしかめた。「病気のおじいさんと？　そんなのありえない！」

「結婚したら、そいつの看護をしながら、病状がどんどん悪化していくように細工する。で、めでたくそいつがくたばったら、財産をすべて自分のものにする」

カレンは考えただけでもぞっとした。「そんな怖《おそ》ろしいこと、よく口にできるわね」

スキップはカレンにぐっと近寄ると、片手を彼女の頭の後ろにまわし、唇を強く押しつけた。スキップのキスには、なにかを実験しているようなところがあった。まるで、抱きしめるという行為にはどうしても慣れることができないかのようだ。

「怒ったんじゃないか？」

「いいえ、もうだいぶ慣れてきた」カレンはおずおずと贈り物を差しだすように、どこか厳粛な態度でキスを返した。

「もうここには戻らないつもりだ」

「なぜ？　成績だって誰よりもいいのに。たった一晩退屈して嫌気が差したからって、やめることないでしょ」カレンは真剣だった。「あなたがやめたら代わりに違う生徒が入ってくる。そしたらつぎの学期にまた一からはじめなきゃならない。新入生と肩を並べて」

「それはそうと――」スキップは一瞬ためらった。「授業のあとでなにか予定はあるのか？」

「まえにもいったけど、時間どおりに帰らないとミセス・ハヴァマンがやきもきするの。ひとりで家にいるのが嫌いなのよ」

「ああ、その話なら聞いたよ。おまえが好きでたまらないんだな」

「いいえ、そんなんじゃない。わたしは実の娘じゃないもの。たんに帰ってこないと落ちつかないってだけ」

「授業のあとで補習があって、それに出なきゃならないとしたら？」

「そんなものないでしょ」

「ないってことを、ミセス・ハヴァマンは知らないだろ？」

「ねえ、スキップ。わたしはおばさんを心配させたくないの！」

スキップはそっけなくうなずいた。「そうか、どういうことかはっきりわかったよ。なら教室に戻ればいい。またいつか会おう」

カレンはドアの前でためらった。その顔には苦しげで心配そうな表情が浮かんでいた。「なんだかそれじゃ、わたしが落ちこませたみたいじゃない」

スキップは肩をすくめ、手すりに寄りかかってタバコに火をつけると、暗闇《くらやみ》に向かって煙を吐きだした。その無表情な目は、カレンの肩ごしに廊下のほうへ向けられていた。

「みんな教室に戻ったぞ。急いだほうがいい」

カレンは彼のもとへまっすぐ駆け戻った。「なにをするの？　食事をしたりとか踊りに行ったりとか、そんなことをしてる時間はないわ」

スキップは驚いたように短く笑った。「誰がそんなことするっていった？」

「そうだけど、でも……」カレンはとまどった。

「車で行きたいとこがあるんだ。ちょっと寂しいとこだけど、おまえの家の近くだ。そこに車を停めて、しばらくなかでゆっくりする」

カレンは顔を赤らめずにはいられなかった。「そんなことするつもりはないから」

「そんなことって？　こんなことか？」スキップはタバコの吸いさしを弾《はじ》き飛ばすと、両手をカレンの腰に当て、壁に押しつけてキスをした。「すこし早めにここを出よう。そうすりゃたっぷり時間ができる」スキップは片手を上げ、物憂《ものう》げにカレンの喉《のど》に触れた。

屋敷のそばに車を停め、暖かくて暗い車内で自分とスキップがふたりきりになっている場面を思い浮かべると、めまいにも似た感覚に体が熱くなり、とろけるように力が抜けていった。カレンは壁に寄りかかり、スキップの指を喉に感じながら、その場でよろめきそうになった。

　すると、スキップが小声でいった。「金属加工のクラスに通ってる友だちをひとり連れてくよ」

　カレンは困惑してスキップに目を向けた。「誰かいっしょにくるってこと？」

　それはいま頭に思い浮かべた場面にそぐわなかった。混乱のあまり頭がぐるぐるした。しかしスキップは、いきなりカレンを建物のなかに引き入れた。

「プライドには頭痛がするっていうんだ。おれは水でも飲みにいくふりをして教室を出る。三十分後にあのドアの外で会おう」

　カレンはおぼつかない足どりで自分の席に戻り、機械的にタイプを打ちながらスキップの言葉の意味を考えた。さまざまな感情が渦巻くなか、彼女はふと気がついた。自分はスキップのためならどんなことでもするだろう。そう思うとなんだか怖かった。

　ハヴァマンの屋敷で育てられた長い年月のあいだに、カレンはセックスがタブーであることを学んでいた。してはいけないことを具体的に教えられたからではない（ミセス・ハヴァマンはそんな話題を決して口にしない）。かといって、愛の大切さを説かれたからでもない（ミセス・ハヴァマンは愛や欲望とは無縁な家事にしか興味がない）。セックスはタブーだとカレンが学んだのは、そうした話題をミセス・ハヴァマンがいついかなるときも絶対に避けるからだった。ミセス・ハヴァマンがいま生きている世界には、砂糖を切らす以上に切実な心配など存在しない。情熱の炎は記憶の遠い彼方《かなた》のぼんやりとしたゆらめきとなり、年を追うごとに輝きを失っている。結婚生活に関して思い出すことといえば、社交的なつきあいに忙殺させられたことと、シャツにアイロンがうまくかかっていないと夫が癇癪《かんしゃく》を爆発させたことくらいだった。ミセス・ハヴァマンが若い娘にも隠居生活を強いていることは、当人だけでなく、カレン自身も意識していなかった。

タイプライターの前にすわったカレンは、いまにも堤防が決壊しそうなのを感じつつも、頭を明晰《めいせき》に保つように努力し、感情の波に飲まれまいとした。

スキップは友だちをひとり拾ってくるといっていた。たぶんエディにちがいない。まえに話してくれたことがある。エディを自宅に落としてから、カレンを送っていくつもりなのだろう。

エディに自分の気持ちを見抜かれたらどうしよう、とカレンは思った。内心では動揺していることを悟られてしまうかもしれない。そう思うと不安だったが、同時に落ちついた気分にもなった。大きく息を吸い、体から力を抜いた。スキップに対するいまの気持ちはすごく奇妙で、なまなましく、これまで経験したことのないものだった。うっかり誰かに知られるわけにはいかない。これは自分だけの心にしまっておくべき秘密だった。

　スキップが歩道わきに車を停めると、エディとカレンは外に出た。学校からここまで、カレンはずっと当惑した表情を浮かべ、きまり悪そうにしていた。エディはそれに気がついていた。いったいこの人はいつ降りるんだろうというように、ちらちらこっちを見ているのも知っていた。エディ自身はといえば、スキップといっしょにここへ戻ってきたことを深く後悔していた。スキップはまたもや態度が変わっていた。ここへくるまでの運転ぶりや、歯を閉じたまま口笛を吹いている様子からすると、どうやら陰険な気分になっているらしかった。

　穴のあいたシートを覆《おお》うのに使っている古い毛布を抱え、スキップが車をぐるっとまわってこちらにやってきた。

「どっかに行って話をしよう」と、スキップはいった。

　授業前にスキップがここで宣言したことを思い出し、エディは顔がこわばって熱くなるのを感じた。おれはもう帰るよともごもご口にしたが、スキップは無視した。木の生い茂った斜面の上は、墓場のように暗かった。

カレンが震える声でいった。「おしゃべりは車のなかでするんだと思ってたのに」

スキップはさも驚いたようにはっとしてみせた。「べつにそうじゃなくてもいいだろ？　エディもいっしょだと、ちょっと狭苦しいじゃないか」

スキップは暗い木立まで丘の斜面をのぼっていった。エディとカレンはそれについていった。スキップは開けた場所を見つけ、地面に毛布を敷いてドサッとすわりこんだ。かすかな星明かり以外、なにも見えない。スキップは大きく息をついて体を伸ばした。

「なあ、おまえたちもすわれって」

カレンはスカートを押さえながら毛布の端に用心深く腰をおろした。エディはすわらなかった。スキップはここでなにやらどでかいジョークをやらかすつもりらしい。だからこんなに楽しそうにしているのだ。どういうことかわからずに困惑しているエディとカレンを見るのが面白いのだろう。スキップはいま、ふたりを自分の支配下においている。なにかとんでもないこともできるし、なにもしないこともできる。すべてはスキップにかかっているのだ。

「すわれよ、エディ。そこに立ってると景色が見えないだろ」

「いまは疲れてないんだよ。立ってたいんだ」

「とにかくすわれ」口調がわずかに不機嫌になった。スキップは仰向けになり、タバコに火をつけ、空に向かって煙を吐いた。エディは腰をおろした。カレンが自分のほうに顔を向けるのが見えた。青白い顔がぽつんと闇に浮かんでいる。目をどこに向けているかはわからなかった。彼女はなにを考えているんだろう、とエディは思った。スキップがなにをすると思っているのか？　あたりにはほこりっぽい野生の匂《にお》いがたちこめ、かすかな風に揺れる若木のささやきが響いていた。街から遠く離れているせいで、ほかにはなんの物音も聞こえない。

「おまえの家に泊まってるやつは誰なんだ？」唐突にスキップが訊いた。

一瞬、カレンは意味がわからずにとまどった。「ミセス・ハヴァマンの家のこと？」

「ああ、そうとも。ミセス・ハヴァマンの家だ」

「だったらミスター・ストールツよ。けさきたの。あとはミセス・ハヴァマンとわたしだけ。ほかには誰もいないわ」

「ストールツはいつまで屋敷にいるんだ？」

「わからない」

「口説いてきたことはあるか？　なれなれしくしたりとか、笑わせたりとかいったことは？」

「まさか、するわけないでしょ。とってもいい人よ。屋敷にいても気づかないくらい。書斎で読書したり、タイプを打ったり、散歩に出たり。すごく親切で……ひとりで静かにしてるタイプ」

「おまえが見てるとこで金を数えてたことは？」

カレンがエディに目を向けた。エディにはカレンがこちらに顔を向けるのが見えたし、視線が自分に注がれるのも感じた。スキップが気まぐれなムードになっていることに、カレンも気づきつつあるのだろう。もしかしたら彼女も、スキップはエディにどの程度まで話したんだろうと考えているのかもしれない。

「いいえ」カレンはためらいがちに答えた。「お金は見たことがない」

「しかし、あの屋敷にあることは知ってるんだろ？」

「ミセス・ハヴァマンはあると思ってる」

「思ってる？」スキップは憤然と体を起こし、片肘をついた。「おい、ちょっと待てよ。どういうことだ？　ばあさんが考えてることを根拠に計画を進めろっていうのか？」

「計画ってどういうこと？」カレンは怯《おび》えた口調でささやいた。

「どうもこうも、ずっとその話をしてきたじゃないか。その金をおれたちでいくらかいただこうって話さ」

　スキップは怖いくらいぶっきらぼうにいった。エディはスキップがこの手を使うのを何百回となく見てきた。すべてわかってて当然のはずだぞ、という態度で、相手にショックをあたえるのだ。

　カレンは体が縮んでしまったかのように、コートのなかで身をすくませた。「あなた、頭がおかしいのよ、スキップ。そんなことできっこないじゃない」

　スキップはいまやすっかり体を起こしていた。その顔には怒りと驚きの表情が浮かんでいた。「まさか、おれに嘘《うそ》八百を吹きこんだんじゃないだろうな？　ぜんぶおまえが頭んなかででっちあげたことなのか？」

　すっかり混乱したカレンは、懇願するようにいった。「わたしがなにかべつのことをいったのを、あなたが誤解したのよ。お金はストールツさんのものだもの。たんに税務処理の関係であの屋敷においてあるだけ」

「税務当局を騙《だま》してるってわけか」スキップは陰険な口調でいった。「だったら、すこしくらいこっちに寄こしたっていいだろ」いかにも子供じみた論理だったが、スキップは強い確信をこめていった。「ストールツはペテン師だ。当局に突きだしてやる」

「やめてよ、そんなこと！」

「本気で突きだすつもりはないさ。突きだすべきだっていってるだけだ。代わりに金の一部をいただかせてもらう。口止め料としてな」

カレンはうずくまった動物のようにじっと動かず、なにもいわなかった。このまま会話をつづけるのが怖いんだろう、とエディは思った。スキップがつぎに口にすることが怖いのだ。と同時に、苦痛ではあるが記憶を探り、自分がスキップになにを話したかをすべて思い出そうとしているのにちがいない。

「おれたちは計画を立てる必要がある」スキップは両手で膝を抱き、考えごとをするかのように膝の上に頭をのせた。「おまえは金がどこにあるかを正確に突きとめるんだ。ストールツは自分の部屋に鍵《かぎ》をかけてるのか？」

「いいえ。でもあそこに入るわけにはいかないわ！」カレンは叫んだ。

「やつの部屋はどこにある？」スキップは待ったが、カレンは答えなかった。「二階か？　おまえの寝室のそばか？」

「いいえ、一階よ。書斎の隣。ねえ、スキップ、バカなことはやめて！」

「バカ、バカ、バカって、おまえの頭にはそれしかないのか？」スキップはカレンをつかみ、ぐっと引き寄せた。彼女はもうすこしで顔から倒れこみそうになった。「最初の準備段階はおまえにかかってるんだ。金を探していくらあるか確認してこい。おおざっぱに見当をつけてくるだけでもいい。屋敷に押し入って金を奪うのは、ストールツがラスヴェガスに帰ってからだ。それもすぐにはこっちに戻ってこないときがいい。わかったか？」

「無理よ、そんなことできない！」

「できないって、もうすでにいちばん重要な仕事はやってくれたじゃないか。いい獲物を見つけてくれたんだからな」

「どういうこと？」

「情報を教えたんだよ、それを利用できる人間に」

「でもわたしは……暇つぶしにおしゃべりしただけじゃない」

「おれが相手となると話はちがう」

　スキップはがっくりと頭を垂れたカレンの髪をなでた。エディにはその手の動きが見えた。泣き声も聞こえた。カレンが必死に哀願しているのだ。

「おれはおまえがすごく好きだし、おまえはおれが好きだ。ここにいるエディの力を借りれば絶対にうまくいく――」

「でもわたしはあの家に住めなくなっちゃう！」カレンは涙を流した。

「おいおい、あそこを出たくないのか？　一生あのばあさんの施しをうけて暮らすつもりか？」

カレンは怖ろしい決断を迫られているかのように、黙ったままスキップにすがりついた。「ミセス・ハヴァマンはすごく――」

「優しくしてくれるのか？」スキップがあざけるようにいった。「実の娘みたいに？」

スキップの口調から、エディはいろいろと事情を推しはかった――カレンは実の娘のようには大切にされていない。スキップはそれを知っている。スキップは自分自身が見えていないところがあるが、他人の弱点は的確に突くことができる。

突然、スキップがカレンをつかんで引っぱった。彼女は前のめりに膝をつき、肩をスキップの胸にあずけた。スキップはエディに目を向けていった。

「車で待ってろ」

エディは立ちあがり、足早に木々を抜けて斜面を下りた。すごくほっとした気分だった。もしカレンが頑《かたく》なに協力を拒みつづければ、スキップはなにをしでかすかわからない。それがずっと不安だったのだ。カレンはいわゆるいい子タイプだ。まだ若くて世間を知らない。というより――悪いことに――まったくの無知だった。スキップは金よりも自分に興味があると思いこめるのだから、おめでたいとしかいいようがない。

エディは車に乗りこむと、シートに頭をあずけて目をつぶった。スキップがひとりで戻ってきたときには半分眠っていた。カレンは林を抜けて屋敷に戻ったらしい。スキップは車に乗りこんでエンジンをかけた。ダッシュボードの光に、満面の笑みが浮かびあがった。ひどく満足げな様子だ。犬は飼いはじめたばかりなんだそうだとスキップはいった。ミセス・ハヴァマンが友人からもらったもので、カレンはただのペットだといっているらしい。

「おれはそれだけじゃないとにらんでる」とスキップはいった。「カレンがわかってないだけだ。ばあさんは屋敷に保管してある金が心配でたまらないのさ。間違いない」

車は丘の斜面の道を下り、ふもとのわびしい通りに入った。ふたりは自宅をめざした。

「爆弾の上にすわってるようなもんだからな」スキップがいきなりいった。「そうとも。ミセス・ハヴァマンにしてみりゃそんな気分だろうさ」

スキップは運転をしながら考えにふけりはじめた。エディはそのとき気づいた。スキップはミセス・ハヴァマンがどんなに不安を感じているかを考えているのだ。誰か赤の他人が金のことを知っていて、それを盗みにやってくると教えられたら、ミセス・ハヴァマンがどんな反応を示すだろうかと。

第3章

　エディは裏口からそっとなかに入った。家のなかの匂《にお》いが鼻をついた。ガーリック、チリスパイス、古くなったコーヒー、こびりついた泥のいわくいいがたい匂い。キッチンで足をとめ、耳をすました。父は酔いつぶれてもう眠っているはずだ。しかし母はまだ起きているらしい。裏庭に入ったとき、表側の部屋に明かりがついているのが見えたから、本を読んでいるか、祈りを捧《ささ》げているのだろう。

　なんの物音もしなかったので、狭い廊下を通ってリビングルームに行った。母は椅《い》子《す》に腰かけ、膝《ひざ》に雑誌を載せたまま眠っていた。背が低くて太っており、甲状腺腫《こうじょうせんしゅ》のせいで首が大きく膨らんでいる。灰色の髪は薄くてぼさぼさだ。口をだらんと開いているので、子供のときにメキシコで入れた金歯が光っているのが見えた。

　エディの存在がシグナルとなって睡眠中の脳に届いたかのように、母は目を開いた。大きな瞳《ひとみ》は茶色で、牝鹿《めじか》の目のようにあどけない。いつ見てもそこには、善意と思いやりが満ちている。

母は眠たげにいった。「あら、帰ってきたんだね。授業が長引いたのかい？」

「ちょっとね」エディは部屋をぐるっとまわって自分の部屋のドアまで行った。すぐなかに入りたかったが、ぎこちなく立ち止まった。

「エディ、そこにおすわり」

ドアのわきに椅子があった。もうくたびれきった椅子で、折れた肘掛《ひじか》けは針金で補強してあり、シートに開いた穴を隠すためにクッションがおいてあった。

「なんだい、ママ？」

「学校のほうはどう？　うまくやってるのかい？　先生にはどう思われてるの？」母の目には誇りと期待の色が浮かんでいた。

「ああ、うまくやってるよ。先生には上達してるっていわれてる」

「きょう父さんが、金属加工部門のアーノルドさんと話をしたの。もしかしたらあそこで働けるかもしれないね。例の——おまえがトラブルに巻きこまれた件は、おまえさえ話さなけりゃ問題にはならないんじゃないかね」

「アーノルドはおれの前科を知ってるのかい？」

「いいや、知らないはずだよ」

「でも、いつかは知るはずさ」エディは苦々しさも皮肉っぽさもこめずにいった。

「卒業まではまだまだ時間があるからね、そうだろ？ アーノルドさんは仕事の手伝いをさせてくれるかもしれない。卒業するまでお金はもらえないだろうけど、おまえがいい子だってことがわかれば、トラブルのことには目をつぶってくれるかもしれないじゃないか」

母はいつもエディのためにこうした計画を立てる。エディは激したりせずに――かといって希望を持つこともなく――その申し出を却下した。

「ママ、鉄道会社は賃金を払わずに人を使ったりしないんだ。しかも前科持ちは絶対に雇わない。アーノルドと話をするなんて時間の無駄さ。その件は忘れろって、父さんにいっといてくれ」

母は目を伏せ、膝の上の雑誌を見つめた。「いい考えだと思ったんだけどね」

「わかってるよ、ママ」

エディは母に目を向けられなかった。母はこれまで、酔いどれの父の暴力に耐えながらつらい人生を送ってきた。それでもなお、ごくありふれた人生の不公平や残酷さがわかっていない。ほんのいくつかのミスを犯しただけで――と母は寛大にも考えている――職業の選択肢が大幅に狭められるとは、想像もできないのだ。

「そのことはまたこんど話そうよ。おれのほうでなにかいい仕事が見つけられるかもしれないし」

母は雑誌の上でふしくれだった両手を広げた。「わかったよ。おまえとあたしで考えれば、きっとなにか思いつくさ」母は優しく微笑《ほほえ》んだ。「おまえみたいないい子なら、きっといい仕事につけるよ、エディ」息子に向けたその瞳は愛に満ちていた。「もうおやすみ。心配しないで。ベッドに入ってから昔のトラブルのことなんか考えるんじゃないよ」

エディは足の踏み場もないほど狭い部屋に入ると、しばらくベッドに横たわっていた。まったく眠くならないので、スキップのことや、ハヴァマンの屋敷から金を盗む計画について考えた。この一週間というもの、スキップはその話ばかりしていた。カレンはいまやスキップのいいなりだ。エディはほんの一瞬だけ、金持ちになった自分を想像してみた。まずは車を買い、母さんにすてきなものをプレゼントする。ネックレス、きれいな服、高級店のショーウインドーに飾ってあるようなビニールの大きなハンドバッグ。なにか家具を買うのもいい。エディはこの家にすっかり慣れていたから、いくらみすぼらしくても我慢できる。でも母さんは、修理したいところがあるとときどきぼやいている。新しい絨毯《じゅうたん》と椅子を何脚か買ったら、母さんの茶色い瞳が喜びに輝くだろう。

エディは夜が明けてすぐに目を覚ました。父が寝室からドタドタとキッチンへ行き、蛇口をひねるのが聞こえた。父はトイレのまえにかならず水を一杯飲むのだ。トイレをすましたあとでコーヒーを飲み、ドーナッツを何個か食べる。それからもう一度トイレに行き、職場の機関車庫に向かう。

母が部屋をのぞきにきた。母は太った体にだぼっとしたフランネルのガウンを羽織っていた。灰色の髪は小さく編んであり、大きく膨らんだ首がガウンの襟まで垂れている。

「厚着したほうがいいよ、エディ。けさは冷えるから」

エディはうなり、枕《まくら》の下に頭を突っこんでそのままもう一度寝た。起きてもすることなどなにもなかった。職探しはもうとっくの昔にあきらめていた。金属加工の技術を身につけて学校を卒業するまでは、一時的な仕事にもつけるはずがなかった。

スキップはガレージの二階の部屋で目を覚ますと、肘をついて体を起こし、朝を迎えた窓の外の様子を眺めた。どんよりと霧がたれこめ、灰色の鈍い光があたりを覆《おお》っていた。ガレージのすぐ横には、低木の植わった大きな斜面がある。その隣には花壇、そのまた隣にはアスファルトのテニスコート、さらにその向こうには隣家の高い煉瓦《れんが》塀《べい》が見えている。かつてここは高級住宅街だったが、いまではそのほとんどが賃貸のアパートメントや貸家になっており、当初からの所有者が住んでいる家は少ない。ミスター・チルワースはその数少ないひとりで、通りに面した大きな屋敷を所有していた。

スキップは上半身を起こして目にかかった髪を払いのけ、あくびをし、裸足《はだし》のまま床に足をついた。叔父の姿はすでになかった。部屋の反対側にある叔父のベッドはきちんと整えてあった。ベッドにかけられた上掛けにはしわひとつなく、折り目もぴしっとしている。叔父はすでに屋敷のほうに行き、チルワースの朝食をつくっているのだろう。食事のしたくを終えたら皿を洗い、そのあとで屋敷内の掃除をする。午後は庭の手入れだ。チルワースは独身で、八十六歳になったいまも女性を毛嫌いしている。だから掃除婦は絶対に雇わない。スキップの叔父は料理人とメイド、庭師、運転手をすべて兼ねている。というのも、いまやチルワースは、すっかり貧乏で、賃金はわずかしか払えないからだ。しかしチルワースは、刑務所に入っていた人間に心が広い。スキップの叔父はかつて刑務所に入っていた。それも長いあいだ。

チルワースが前科者に寛容なのは、盗むものなど屋敷にはなにひとつないからでもあった。

スキップは狭いバスルームでシャワーを浴び、歯を磨き、ひげを剃《そ》った。それからタンスの引き出しをのぞいて叔父のシャツを物色し、気に入らないながらもいちばんましなものを選んだ。叔父は小柄で針金のように体が細く、スキップと服のサイズがほぼいっしょだった。顔はスキップよりも地味だが、やはりキツネに似ている。目はいつも伏せがちで、歩くときにはすこし足を引きずる。自分が雇っているなんでも屋に対するチルワースの唯一《ゆいいつ》の不満は、ときどき音もなく近づき、いきなりそばに立っていることだった。七カ月前に叔父を雇った当初、チルワースにはそれが不快だった。

スキップは身支度を終えると外階段を使って下に降り、庭をつっきって屋敷の裏口に向かった。ここには網戸で四方を囲った大きなポーチがあり、キッチンからあふれだしたものが積んである。いまでは不要になったポットやフライパンの箱もあれば、健康食品や野菜ジュースのケース、ドアのなくなった古い冷蔵庫――ミスター・チルワースはここにオレンジやグレープフルーツを入れている――などもあった。

スキップはポーチを通り抜け、広いキッチンに入った。叔父のウィリーはキャビネットから引き出したパン切り用ボードの横のスツールに腰かけ、コーヒーを飲みながら競馬新聞を読んでいた。叔父はなにもいわずにうなずき、スキップが着ているシャツに目をとめた。

「朝食はなんだい？」いつものようにスキップは声をかけた。

叔父はコンロの前に行ってフライパンを火にかけた。チルワースの食事をつくるのに使ったフライパンで、底にはまだ卵のかすがこびりついている。ウィリー叔父は卵をふたつ割ってボウルに入れ、フォークでかきまぜ、チーズを擦りおろしてふりかけると、クリームをひとすくい加えてからフライパンに流しこんだ。

「あとは自分でやってくれ」と叔父はいい、パン切り用ボードの横のスツールに戻った。

スキップは口笛を吹きながらウィリー叔父が使ったフォークで卵をつつき、だいたい固まってきたところで皿によそい、塩を振ってから叔父の横のパン切り用ボードに運んだ。その間に叔父はパンをトースターに押しこみ、二杯目のコーヒーを注いでいた。スキップは立ったまま食べた。

「きょうはどの馬がきそうなんだい？」

ウィリー叔父はうーんと唸《うな》り、うんざりしたように舌打ちすると、競馬新聞をたたんで放り投げた。

「あのじいさんは、いつになったら競馬場に行かせてくれるんだよ」

ウィリー叔父は肩をすくめた。午後の休暇をいつくれるのか、チルワースはなにもいってくれないということらしい。

「叔父さんが最後に競馬場に行ったのは？」

「三週間前だ」

スキップは考えた。「なあ、叔父さん。ここの仕事はロクなもんじゃないし、給料は雀《すずめ》の涙だ。叔父さんは雑巾《ぞうきん》がけをして皿を洗って芝生を刈って雑草を抜いてる。なのにあのじいさんは、休暇の一日もくれないときてる」

ウィリー叔父はしばらく間をおいてから、そっけなく答えた。「しかしおれは食べられてる。おまえもだ」

「だから？　いまどき食うには誰も困らない。景気はかなりいい。物乞《ものご》いだって太ってる。いまの叔父さんみたいに朝から晩まで身を粉にして働く気があるんなら、ほかにもっといい仕事があるはずだぜ」

「だったらどこにあるのか、教えてくれるか？」ウィリー叔父は穏やかに訊《き》いた。

「叔父さんにはいろいろ経験があるわけだろ」スキップは横目でちらっと叔父を見た。

ウィリー叔父は奇妙なほど静かで思いやりのこもった視線を返してきた。叔父はコーヒーのカップをおき、黙ったままスキップを見つめた。聞こえてくるのは、シンクのガラス窓にぶつかるハエの羽音だけだった。

「いまいくつなんだい？　五十か？　その歳《とし》になれば、あの手この手を知ってるはずじゃないか」

「まあな」思いやりのこもったその顔には、どこか問いかけるような表情があった。

「だったらなんで？」

「それについては話したくない。おれがここでミスター・チルワースから学んだことのひとつは、そっとしとけば過去は死んでいてくれるってことだ。おれは自分の過去を誰にも掘り返されたくないんだ」

　もう話はそんなところにしておこうとでもいうように、スキップはそっけなくうなずいた。「そうだな、叔父さんのいうとおりだ」

「おれはあやまちを犯した。おまえといっしょだよ、スキップ。しかしおれたちはふたりとも、人生の貴重な時間を支払うことでつぐなった。おまえはラッキーだ。まだ若いし、人生のいちばん大切な時期を無駄にしたわけじゃない」

　その口調には説教めいた響きがあったが、目には鋭さが宿っていた。ウィリー叔父はちらちらと視線を投げ、注意深くスキップを観察した。

「ちょっとでっかい口をたたきすぎたよ」スキップは謝るようにいった。

「なにかとくに考えてることがあったんじゃないのか？」

「まさか、そんなことないって」

食事を終えると、スキップはガレージの二階の部屋に戻り、ふとんをまとめて放り投げ、ベッドにどさりと倒れこんだ。彼には計画があった。あさってまでにはラスヴェガスに着いていなくてはならない。カレンの話だと、ストールツはあさってヴェガスに戻るらしい。スキップの乗っているポンコツは、そんな長旅には耐えられない。バスで行くことも考えたが、それだと往復で十五ドル以上かかる。叔父に融通してもらえるとは思えなかった。カレンに頼んでも無理だ。ハヴァマンのばあさんはカレンにほんのわずかな小遣いしかくれないらしい。となれば、方法はただひとつ。ヒッチハイクしかない。二十五セントで地元の路線バスに乗ってできるだけ遠くまで行き、あとは親指を使う。考えるだけでうんざりしたが、ラスヴェガスに行って事前にストールツを調べることは絶対に必要だ。スキップはなにごとも疑ってかかるタイプだった。

十五歳のとき、スキップは盗難車を運転中に生まれてはじめて逮捕された。スキップに車を貸してくれた級友は、未婚の伯母さんのものだと請け合った。誰が運転しようが伯母さんは気にしないよ、と。こうしてスキップには前科がつき、彼は信用しないことを学んだ。ハヴァマンの屋敷の金を盗みだすまえに、その出所をしっかり確かめるつもりだった。

大声で警察の助けを求める老婦人から金を盗むのと、アメリカ政府や税務当局から収入を隠しているギャンブラーから盗むのとでは、話がまったくちがう。

二、三日授業を休むことをタイピングの教師と簿記の教師にどう言い訳するかも考えてあった。カレンにはああいったが、計画が成功して実際に金が手に入るまで、学校をやめるつもりはなかった。ウィリー叔父がチルワースの寛大さをひとり占めにせず、スキップも同居できるようにとりはからってくれたのは、手に職をつけるために学校に通っているからなのだ。

教師たちにはフレズノに住んでいる兄が病気になったと嘘《うそ》をつくことに決めていた。スキップの兄はフレズノの近くでブドウ園とワイナリーとイチジク果樹園を経営している。ただし、たとえどんなに重い病気になろうが、スキップの顔など見たくもないはずだ。兄には長老派教会員の妻と三人の子供がいる。スキップの規準からすると、家族全員が途方もないほど法を遵守《じゅんしゅ》している。

クロゼットにしまったはずのジッパー式バッグを探していると、ウィリー叔父が音もなく階段を昇って部屋に入ってきた。

「誰だ？　スキップか？」

スキップはほこりまみれのバッグを手にしたまま、クロゼットからさっとあとずさった。

「ああ、おれだよ。悪いけど、このバッグを二、三日借りてもいいかな？」

叔父はバッグをしげしげと見た。「なぜそんなもんが必要なんだ？」

「ちょっと旅行に行こうと思ってさ。ひげ剃り道具やなんかを入れていきたいんだ」

スキップはこれまでの経験から、荷物を持っているヒッチハイカーのほうが拾ってもらえる確率が高いのを知っていた。なにも荷物を持っていないと、気ままな旅をしているやくざ者に見えてしまうため、ほとんどのドライバーは敬遠するのだ。どんなに小さくてもバッグをひとつ持っていると、どこか目的地のある身元のしっかりした人間という印象をあたえる。

「旅行って、どこへ？」

「いや、べつに遠いとこじゃない」スキップはあいまいにいい、バッグのジッパーをあけてなかをのぞいた。

「授業は休むのか？」

叔父は部屋を横切って自分のベッドまで行き、そっと腰をおろした。スキップは叔父が注意深く自分を観察していることに気づき、落ちつかない気分になった。

「そいつは賢いこととは思えんな。知識は金なりだぞ、スキップ。勉強さえすればほかのやつらの上に行ける。おれを見てみろ。高校にも行ってないし、前科もある。おかげでこんな奴隷《どれい》みたいな仕事にしかつけない。ほかの人間は誰もやりたがらないような仕事にしかな」叔父はもの問いたげな目でスキップをじろじろ見た。

「教育がすべてってわけじゃないさ」スキップはぼそりといった。

「ほう、ほかになにがある？」

「ちょっとした幸運とか」

「なら、なんとかして幸運を手に入れようっていうのか？　今回の旅はそのためか？」

叔父のあまりのしつこさに、スキップは漏らしたくない秘密を引きだされてしまいそうな気がした。それとなくほのめかして自慢したいという欲望に駆られ、キッチンでうっかり不注意なことを口にしたせいで、こんな窮地に追いこまれてしまったのだ。

スキップは叔父に目を向けた。

「その件は話せないんだよ」

「したほうがいいぞ」

「は？」

「説明したほうがいいといってるんだ。おれはおまえの行き先にすごく興味がある。おまえがなにを計画してるのかも知りたい。それに、説明を聞けばいくつかアドバイスができるかもしれん」

　スキップはフックにかかっていた汚れたシャツでバッグのなかを拭《ふ》きながら考えた。叔父は大物のギャングと仕事をしていたこともあるという話だが、泥棒としては成功しなかった。刑務所暮らしが長かったせいで体はしぼみ、黙って人に従うのが習い性になり、いまでは足を引きずってゆっくりとしか歩けない。

「いや、叔父さんにアドバイスしてもらうようなことはなにもないって」

「そうかもしれない。しかしわからんぞ。ほかには誰が参加するんだ？」

「誰がって、なににさ？」

「おまえのいってるちょっとした幸運ってやつにだ」

　ふたりはおたがいの腹を探り合った。スキップはなにか適当な話をでっちあげておけばよかったと後悔した。うちに泊まりにこないかとエディに誘われたとか、なんでもよかったのだ。

「友だちだよ」

「エディ・バレットか？」

「ああ」スキップはバスルームに行って汚れたシャツをかごに投げ入れると、部屋に戻ってバッグに詰めるものを物色した。まだ荷造りをする必要はないのだが、ただ腰を下ろしてウィリー叔父と顔をつきあわせ、質問を受け流す羽目になるのは避けたかった。

なにやら考えこむように黙っていたウィリー叔父がいった。「でっかいヤマなのか？　危険を冒す価値はあるのか？」スキップが答えずにいると、叔父はつづけた。「というのはな、エディは頼りになんかならないからだ。きっとどこかに落とし穴があって、エディのせいで痛い目にあう」

「エディならだいじょうぶさ」スキップは一蹴《いっしゅう》した。「どっちにしろ、あいつは重要な役割を果たすわけじゃない。やるのはおれだから。これはおれの計画なんだ」

「どんな仕事の場合でも、いちばんの下っ端《ぱ》でほとんどなにもしないやつが計画を台なしにするんだ。おれの場合もそうだった。おかげでおれは、刑務所に二回入る羽目になった。だからおまえがすべてを打ち明けてくれても協力はできない。ほんの小さな役目を担《にな》うのも無理だ」

「そうとも、叔父さんは手を出しちゃだめだ。三振法を適用されて、こんどは終身刑になっちまうからな」

「ってわけで、おれになにを話してもだいじょうぶだ」ウィリー叔父は唇をなめた。「話を聞いたらおれは忌憚《きたん》のない意見をいう。それだけだよ。いまいえるのは、エディ・バレットには気をつけろってことだ。あいつはどこをとってもまだただのガキだからな」

「ああ、それは叔父さんのいうとおりかもな」スキップはバスルームに行き、安物のひげ剃り道具一式を吟味した。あたかも、持っていく必要があるのはどれか慎重に選んでいるかのように。

「で、いったいどこに行くんだ？」

「ラスヴェガスだ」スキップは屈託のない顔で説明しはじめた。ハヴァマンという老婦人の屋敷にストールツが保管している金の話を。

第4章

「そのカレン・ミラーっていう娘は誰なんだ?」と、ウィリー叔父が訊《き》いた。

「法的にいうなら、ミセス・ハヴァマンの正式な養子じゃない。カレンの親父《おやじ》さんはミスター・ハヴァマンの古い友だちだったんだ。まだハヴァマンが金持ちになるまえからのね。父親が死んでカレンはたったひとり残され、十歳で孤児になった。そこでハヴァマン夫妻が引き取った。一年後、ミスター・ハヴァマンも死んだ。カレンはばあさんとともに屋敷に残り、家事を手伝ってる」

「ミセス・ハヴァマンはその娘にやさしくしてるのか?」

「そこそこってとこじゃないかな。なんたって、実の母親ってわけじゃないから。カレンが手に職をつけて自分で稼ぐようになるのを望んでる」

「憎んでるとかってことはないんだな?」

「ああ、それはない。カレンはあのばあさんに好意を持ってる」

「で、ストールツっていうのは、そこにどう絡《から》んでくるんだ？」

「やつはミセス・ハヴァマンの娘と結婚してたんだ。ただし、いまじゃ離婚してる。娘のほうは――たぶん年は三十くらいだと思うんだけど――どっか東部のほうに住んでるらしい。ばあさんはストールツが娘と離婚したあとも親交をつづけてるってわけだ。たぶんストールツはすこし金も入れてるんだろう。ただしカレンはそうじゃないと考えてる。ばあさんはストールツに好意を持ってるんじゃないかっていうんだ。でも、やつはばあさんより十五も年下なんだぜ」

　ウィリー叔父は舌打ちをし、手を組んで親指の先を合わせると、なにか考えるかのようにくるくるまわしはじめた。

「おまえのいうとおり、ラスヴェガスに行って調べるべきだな。それはぜひやるべきだ。しっかり裏を取れ。ストールツのことは窓越しにしっかり観察したんだな？」

「ああ、どこで見てもすぐにわかる」とスキップは答えた。

「いつ発《た》つ？」

「あさってだ。ストールツはあさってラスヴェガスに発つことになってるらしい。もちろん、確認が取れたらカレンが教えてくれる。やつが屋敷を出たら」

「向こうでそいつと顔を合わせるのはまずいぞ。気づかれないように調べるんだ。慎重にことを運ぶ必要がある。ネヴァダの連中は、自分がクラブのオーナーだってことを隠してる場合もある。サイレントパートナーってやつだな。そうするのにはわけがある。前科のある人間は、賭博《とばく》に手を出しちゃいけないことになってるんだ」

「おいおい、おれをバカだとでも思ってんのかよ？」

「こいつはじっくり考える必要がある。おまえが思ってる以上にな」

「うまくやるって」

スキップはバスターミナルを出て、ネヴァダの熱くまぶしい日射《ひざ》しの下に立つと、歓楽街に行くためにタクシーを探した。カレンの話では、ストールツはいま間違いなくこの街にいて、どこか大きなホテルに泊まっているはずだという。貧乏人や短期滞在のカモを相手にしているダウンタウンのクラブは無視していいともいっていた。

ストールツがラスヴェガスにきたときに泊まるのは、当然、自分が経営に噛《か》んでいるホテルだろう。ただし、ミセス・ハヴァマンとストールツはホテルの名前を口にしたことがないらしい。そこでスキップとウィリー叔父はあれこれ推理を立ててみた。カレンの記憶によると、ストールツは三年ほどまえから定期的にミセス・ハヴァマンの屋敷に泊まっている。ということは、賭博のあがりの一部を受けとるようになったのも、ほぼその頃と考えていい。となれば、それ以降に建設された大規模な高級ホテルは無視できる。ストールツが投資先を途中でべつのホテルに替えたとは考えにくいからだ。

ウィリー叔父は、古いホテルの役員になった可能性がいちばん高いと考えた。そこでネヴァダにコネのある友人に電話を入れ、可能性のありそうなホテルのリストを入手した。そのリストはいま、急に気前のよくなった叔父が買ってくれた帰りのバスのチケットとともに、スキップのポケットに入っている。

歩道脇《わき》にタクシーが寄ってきて、スキップの前で停まった。スキップがリストのいちばん上に挙がっているホテルの名前を口にすると、運転手はうなずいた。タクシーはダウンタウン地区をすばやく離れ、大通りをいくつか抜けて西に向かった。ラスヴェガスには何度かきたことがあった。歓楽街に入るといつも、ロサンゼルスへと延びる長いハイウェイの両脇につぎつぎと建設されていくホテルに目を奪われる。百万ドル相当の石材やガラスやレンガを積みあげたホテルが、熱帯地方の大庭園に鎮座する幻想的な宮殿のようにそそり立っている。スキップは名前を読んでいった。〈サンド〉〈サハラ〉〈フラミンゴ〉〈デザート・イン〉〈デューンズ〉〈サンダーバード〉――その絢爛《けんらん》たる姿を見ていると、体が興奮に満たされていった。ただし自分の財布が空っぽなのはわかっていたから、虚栄心やはかない夢に飲まれることはなかった。

夜の七時の時点で、スキップはまだリストの三番目のホテルにいた。成果はなにも得られていなかった。賭博台の責任者《ピットボス》も客室係もバーのウェイトレスも、全員が冷たい視線を投げてきた。使う金はまったくなかったから、ただ見ているしかなかった。カジノに足を踏み入れて十分もしないうちに、ディーラーたちから「まったくの無一文」とレッテルを貼《は》られるのがわかった。強い怒りが燃えはじめた。

いまいるのはクラップスのテーブルだった。ダイスを握っているのは、酔って顔を赤くしているやたらと太った老人だ。老人は高級な服に身を包み、ダイヤモンドのタイピンとカフスボタンをしていた。ブロンドの若い女がふたりそばにへばりつき、チャンスがあるたびに十ドルのチップをかすめ取っては、金ぴかのハンドバッグにこっそりすべりこませている。酒のせいで騒々しさに拍車のかかった老人は、ブロンド女の片方か両方と議論をしては、そのたびにゲームを長いこと中断させていた。スキップはテーブルのディーラーたちや、フロアを巡回しているピットボスの態度を見てとった。彼らは引きつった笑みを浮かべ、ほかの客をなだめたり、苦情を無視したりしている。どうやらこの老人は、よっぽど金を落としてくれるらしい。

スキップはその場に立ったまま、チップの山がだんだん小さくなっていくのを眺めていた。そのとき突然、老人がクラップスのテーブルごしに自分を見つめていることに気がついた。

「おい、そこのきみ」

スキップは虚を突かれた。「え？」

「きみだよ。若いの。こっちにこい」老人は手招きをした。

スキップはびっくりしてどうしていいかわからず、あたりを見まわした。ピットボスと目が合った。いわれたとおりにしろというように、ピットボスはかすかにうなずいた。スキップがテーブルをまわって近づいていくと、老人はブロンド女のひとりを乱暴に押しやり、スキップをそばに引き寄せた。

「ほう、こりゃどうだ、おれの息子に似てる。ほんとにそっくりだ。とはいっても、息子の若い頃にだがな」太った男は盛大にしゃっくりをした。「息子はキツネ顔でね。いまはイギリスにいる。はるか遠い彼方《かなた》だ」

老人はおぼつかない手つきでチップを何枚かつかむと、スキップの手に押しこんだ。スキップは思わず何枚あるのか数えたくなった。どのチップも一枚十ドルの価値がある。老人はそれを十枚以上くれたのだ。

「そいつで遊ぶんだ」でっぷり太った老人は命令した。

スキップはそのうちの一枚をためらいがちにテーブルにおいた。老人がダイスを投げ、ディーラーがチップレーキでチップをかき寄せた。老人が出した目は2。クラップスだ。スキップはもう一枚チップをおいた。

「そんなんじゃだめだ」と、老人がいった。「ここだよ。ここにおけ。そんなショボい賭《か》けかたじゃどこにも行きつかんぞ」

老人はスキップの手からオレンジ色のチップをすべてひったくり、ぎこちない手つきでグリーンのフェルトの上に押しやると、パスラインやビッグシックス、ビッグエイト、カムなど、あらゆる場所に賭けた。たったいままでスキップのものだった大金は、テーブルの上でダイスが投げられるのを待っている。スキップは肺の空気がすべて絞りだされるのを感じ、心臓がドキドキした。もしかしたら……

またもやクラップスだった。老人はそこにだけは賭けていなかった。スキップはもう追い払われるだろうと考え、暗がりのほうにあとずさった。しかし老人は、血走った目で彼を見つけだした。

「おい、若いの！」

若いブロンド女のひとりが、ちょっとでも隙《すき》があればあんたの目を爪《つめ》でえぐりだしてやるというような目でスキップの顔をにらんだ。

「おれ……おれはすっからかんなんですよ」スキップは口ごもった。

「ああ、そうだろうとも。すっからかんになったことなら、おれも百万回はある」老人は轟《とどろ》くような声でいった。「アラスカのフェアバンクスでは、痰壺《たんつぼ》の掃除をしなけりゃならなかった。バーストウからダゲットまで、ラバに荷車を引かせて旅したこともある――日陰でも気温が四十度を超すのに、日陰なんぞどこにもないんだ。あんなに厳しい日射しはなかなかあるもんじゃない。目を開くのも怖いくらいだったよ」

老人はディーラーのほうを見ると、グリーンのテーブル越しに札を投げた。ディーラーはそれをチップレーキで引き寄せてテーブルのスロットに落とし、オレンジ色のチップをさらに用意した。

「これだけは覚えとくんだぞ、若いの――ツキってもんは変わるんだ。どんな人間も、ずっと不運がつづくことはない」

スキップは「絶対にですか？」とやり返したかったが、やめておいた。老人はスキップをテーブルに引き戻し、両手につかめるだけのチップを押しつけ、どうやって賭けるかを指南した。スキップは肩に誰かの手を感じて振り返った。例の若いブロンド女が手のひらを押しつけていた。スキップは肩をすくめ、テーブルに顔を戻した。

「いけすかないクソ野郎ね！」女の声がした。

「失《う》せろよ」

「ミスター・サルヴァトーレのそばをうろちょろしないで！ ホテルの連中は絶対に彼から目を離さないんだから！」女の押し殺した声には怒りがこもっていた。

「目を向けておくべきなのは、おまえのほうなんじゃないか？」スキップはやり返した。

　女は去ろうとしなかった。彼女の温かい体、香水の香り、金色にきらめく髪を、意識せずにいるのはむずかしかった。息ができるのが不思議なほど体にぴったりした赤いワンピース、手首にはプラチナのブレスレット。チョコレート色に日焼けした脚には金色のサンダルをはいている。

「気に食わないチビね。おおかたスラムの出身なんでしょ？ さっさとどっかのパーティにもぐりこんで、無銭飲食でもしてたら？」

　スキップは答えなかった。自分の金がどうなるかに注意を奪われていたのだ。サルヴァトーレ老人は彼に二百ドルくれた。ざっと計算したところ、いまそれは、あっというまに八十ドルに減っていた。

「頼むぞ、きてくれきてくれ」でっぷりした腹をテーブルに押しつけ、老人がダイスに向かって叫ぶのが聞こえた。しばらくして老人は、またチップを買った。

落胆が波のように押し寄せ、気分が澱《よど》んだ。このままだと最後にはすっからかんになっているだろう。こいつはたぶん、なにかの詐欺《さぎ》なのだ。この頭のおかしな老いぼれは、カジノに雇われて賭けているサクラにちがいない。さもなければ、たんに頭がおかしいのか？　自分自身もきまぐれなので、スキップは他人のイカレた行動に我慢がならなかった。

ちょっとでもいいからチップが残っているうちにこの場を去る方法を必死に考えていると、サルヴァトーレがクラップスはもうやめだといきなり宣言し、こんどはスロットマシンを試してみようといいだした。老人はスキップを引っぱってカジノのべつの場所に移動し、そばにいた全員に飲みものをおごり、両替係の娘に札を渡してありったけの二十五セント硬貨と五十セント硬貨に替えてもらうと、誰かれかまわずに配りはじめた。

ふたりの若いブロンド女は、空を舞うハゲワシのようだった。サルヴァトーレのポケットに潜りこむ以外のことはすべてやった。老人からもらった硬貨を、ふたりはほんのわずかしかスロットマシンに使わなかった。そのほとんどは紙幣に両替し直され、大きく膨らんだ金ぴかのバッグに消えていった。

サルヴァトーレはどんどん熱くなっていき、いまやほとんど狂乱状態といっていいほどだった。六台のスロットマシンを同時に操り、若い女たちの手に硬貨を押しこみ、ときどきスキップの手に二十五セント硬貨をごそっと押しつけてくる。ピットボスが遠くから老人の周囲に目を光らせているのが見えた。サルヴァトーレがカジノにとって大切な常連なのは間違いないらしい。

サルヴァトーレがいきなり泣きそうな顔をして空っぽの両手を見つめ、スキップに向かって叫んだ。

「無一文だ。おれは無一文だよ、若いの」

こんなのまともじゃない、とスキップは思った。サルヴァトーレの財布にはまだ金が入っていることをスキップは知っていた。両替係の娘のひとりがすっと前に進みでて、笑みを浮かべた。

「なにをおっしゃるんですか、ミスター・サルヴァトーレ。小切手ならいつでも換金いたします」

周囲ではスロットマシンがかまびすしい音をたてていた。サルヴァトーレは耳が聞こえないかのように頭を振った。両替係はおなじ言葉を繰り返した。しかし、サルヴァトーレは悲しげにまばたきをした。

「もう無一文だ。今夜はここまでにしておこう」老人は周囲を見まわし、目をきらきらさせている赤いワンピースの女に気づき、暗がりに立っているスキップに目をとめた。「わたしたち三人で、ナイトキャップをどうだね。上のわたしの部屋に行こう。自分の好きなものを頼んでいいぞ」

スキップはすっかりうんざりした気分だったが、警戒は怠っていなかった。赤いワンピースの女が猫のような勝ち誇った笑みを相棒に投げるのが見えた。相棒はそれを平然と受け流し、自分のハンドバッグのなかの戦利品を検分しはじめた。赤いワンピースの女はサルヴァトーレの腕をさっとつかんだ。

「あいつはいいわよ」彼女はスキップのほうにあごをしゃくりながら、口だけ動かした。「彼は抜きにしましょ」

そのほうがスキップにも好都合だった。まだ二十五セント硬貨と五十セント硬貨で四、五ドルあったし、十ドルのチップが二枚残っている。風変わりな老人ともっと親しくなりたいとは思わなかった。

しかしサルヴァトーレは大声で抗議し、腕をつかんだ女を振り払おうとした。「あいつをここにおいていく？　もちろんだめだ！　一杯おごってやらなきゃいかん。あいつを見てると、イギリスに行ってる息子のアルを思い出すんだ。キツネ顔をしたあの坊やにしたって、一杯飲みたいはずだしな」

「この人に、あなたは未成年なんだって教えてあげて、ダーリン」ブロンドの女がのどを鳴らすような声でスキップにいった。

「二十二歳だ」スキップは女の思いどおりになりたくなかった。

女はスキップに向かって歯をむきだした。

三人はカジノから巨大なロビーに出た。大きなガラスドアの向こうには、周囲をピンクのライトに照らされたプールがあった。もうこんな時間なのにまだ泳ぎを楽しんでいる者もいるし、奥まった薄暗いところにおかれた小さなテーブルで夕食をとっている客も数人いる。カーペットが敷きつめられたロビーは静かだった。フロアの反対側の壁にはフロントデスクがあり、鋭い目をした男がふたりすわっている。スキップはふたりの目が自分に注がれていることを知っていた。危険を感じて、体に緊張が走った。女がいっしょなのは想定済みだが、スキップの存在は不審なのだろう。おれたちの大切なミスター・サルヴァトーレになにかよからぬことをたくらんでいるのではないか？　ミスター・サルヴァトーレはすでに、きょう一日にかかる諸経費の大部分を提供してくれたばかりなのだ。

スキップは挑戦的な視線を返したが、本気で相手を敵にまわす気はなかった。ホテルの心のこもったサービスに惑わされてはいけない。やつらはいくらだって暴力的になれるし、迅速かつ無慈悲な行動がとれる。もし自分がサルヴァトーレの金をさらにいただいて逃げようとしたらどうなるか、スキップにはよくわかっていた。

サルヴァトーレの部屋ではエアコンのダクトが柔らかな音をたてていた。テーブルには花が飾られ、高級ワインの瓶が並び、スナックの盛られたトレイが用意してあった。サルヴァトーレはそれをすべて無視し、ルームサービスを呼んだ。ウェイターは廊下で待機していたのではないかと思うくらいすぐに現われた。

「全員に飲みものだ！」サルヴァトーレはソファにすわったブロンド女と窓際《まどぎわ》のスキップを手で示した。

ウェイターはいかにも従順で忍耐強そうな男だった。その態度はあくまでも礼儀正しく、フロントデスクの男たちが発していた冷たい敵意はまるで感じられない。

「スティンガーをお願い」ブロンド女は大きく膨らんだ金ぴかのバッグをなでながら、ものうげにいった。

「スコッチのダブルにチェイサー」とスキップはいった。

「ほう、趣味がいいな！」と老人がほめた。「うちのアルもおなじものを注文したはずだ。それとウェイター、わたしにはアイリッシュ・ウィスキーのコカ・コーラ割りを頼む」

ほう、そういう酒がお好みってわけか。スキップは苦々しく思いながら、外から響いてくる音に耳をすました。プールでは泳ぎを楽しんでいる客が水を跳ね散らかし、若い娘が甲高い笑い声を響かせている。スキップはチルワースの古い焦《こ》げ茶色《ちゃいろ》の屋敷や、ウィリー叔父が住んでいるガレージの二階の部屋を思い浮かべ、チルワースがほとんどただ同然でウィリー叔父を働かせていることを考えた――そして、信じられない思いでサルヴァトーレを見つめた。これだけの金を、このイカレた老人はいったいどうやって手に入れたのか？

　スキップはおずおずと訊いた。「鉱山かなんかでひと山当てたんですか？」

「それもある」ブロンド女の横にすわったサルヴァトーレはうなずき、赤いワンピースのドレスからのぞいている脚を楽しげになでた。「石油でも儲《もう》けた。すべては時の運さ。昔、わたしに借金のある男がいた。その男の持ってる財産は、荒野の真っただ中の土地だけだった。なんの価値もないような土地だ。そこで男はそいつをわたしに差しだした。五年前まで、そんな土地のことはすっかり忘れていた。すると石油が出た。わたしは三十年以上も肉屋をやっていたんだ」

　老人は女をしげしげと見た。夜寝るまえに遊びたいおもちゃに子供が向けるような目だった。ブロンド女はぱんぱんに膨らんだハンドバッグから香水の小瓶を取りだし、耳たぶと手のひらに振った。

それとおなじようなことが、なぜウィリー叔父には起こらなかったんだろう、とスキップは思った。ウィリー叔父はケチな金を稼ぐために長年知恵を絞りつづけ、その結果刑務所に入る羽目になった。なのにこのマヌケな老いぼれは、なにもしていないのに金が転がりこんできた。不公平すぎて茫然《ぼうぜん》とするほどだ。

ウェイターが飲みものを運んできた。サルヴァトーレは金を払い、まだ誰も一杯目に口をつけていないのに、すぐさまお代わりを注文した。スキップは腰を下ろして酒を飲んだ。ソファのほうにはあまり目を向けないように気をつけた。ほとんどべろんべろんに酔っぱらった老人と、手練手管に長《た》けたやる気満々の若い女を見るのは、なんともばつが悪かったからだ。しかも、ブロンド女の手練手管とやる気は底なしだった。スキップはしばらくしてから酒を持ったままバスルームに行き、長いことそこにいた。ウェイターがまたやってきて出ていく音が聞こえた。ようやくのことでスキップは部屋に戻った。目にした光景はじつに興味深かった。

サルヴァトーレは仰向けになってソファに横たわっていた。明らかにぐっすり眠っている。ブロンド女は鏡つきの化粧台の前に立ち、銀色のくしで髪をふわりとふくらませていた。

「ハイ」女がスキップに声をかけてきた。いまの彼女にはなんの敵意も感じられなかった。女は鏡ごしにウィンクをした。「あたしはカジノに戻るわ。彼はまだあと何時間も意識を失ってるはず」

女はくしをハンドバッグのなかに戻した。バッグのなかには丸めたでっかい札束がいくつも入っていた。

「おれにもすこしくれよ」とスキップはいった。

女は鼻にしわを寄せた。「ねえ、ちょっと、現実的になってよ」

「おまえは金だけ受けとって、このじいさんになにもしてないじゃないか。酔っぱらいすぎてて、できるような状態じゃなかった。おまえはなにもせずに料金だけふんだくったんだ。すこしは分け前を寄こしてもいいだろ」

女はワンピースの襟ぐりを正し、鋭く尖《とが》った胸の下をすこし引っぱった。「バカな考えは起こさないでよ、坊や。あんたは小銭だけ持って出てくのね。もうすぐホテルの人間が様子を確認しにきて、ミスター・サルヴァトーレをベッドにおねんねさせるはず。そのときにまだここをうろうろしてたら、蹴《け》りだされるわよ」

スキップは背後から女に詰め寄ると、頭蓋骨《ずがいこつ》と華奢《きゃしゃ》な背骨がつながっているあたりをつかみ、ゆっくりと力をこめた。女は前に飛びだしてスキップの手を逃れようとしたが、化粧台に阻《はば》まれて動けなかった。そこでこんどは体をひねって逃れようとした。スキップは女の腰に腕をまわしてそれを遮り、首のつけねをつかんだ手にさらに力をこめた。女は顔を白くし、悲鳴を上げはじめた。スキップはもう一方の手で彼女を激しくひっぱたいた。

「寄こせ」首筋にかけた力をすこし緩めると、女は泥酔《でいすい》しているかのようにがくんと頭を前に垂らした。

「あ、あ、頭が！」女はうめいた。

「しばらく痛むかもな」スキップは女をわきに押しやり、ハンドバッグに手をすべりこませて札束をごっそり引き抜いた。

「ぜんぶは……持ってかないで！」

「そんなつもりはないさ。たっぷり残しといてやるよ」

まずいことになったのは、スキップが廊下のドアを開けたときだった。そこには巨大な男が立っていた。筋骨たくましい体に青いスーツ、花崗岩《かこうがん》のような拳《こぶし》、冷たい緑色の目。スキップは震えあがりそうになるのをこらえた。

「もう帰ろうかと思ってさ」

「いいだろう」緑色の目の男は部屋のなかをのぞき、化粧台の前にいる若い女に目を向けた。「おまえももう帰るのか、ティナ？」

「ええ」ティナの声がした。

男はドアの前で待った。ティナが出ていったら、なかに入ってサルヴァトーレが快適にしているかを確認するのだろう。スキップは廊下を歩きはじめたが、なぜかふと質問してみたいことが頭に浮かんだ。スキップは本能に従った。その場で立ち止まり、サルヴァトーレの部屋の前に立っている筋骨たくましい男を振り返った。

「つかぬことを訊くけど」

「なんだ？」

「ミスター・サルヴァトーレが教えてくれたんだ。もしこのラスヴェガスで仕事がほしければ、ストールツって人に会ってみろって」

緑色の瞳《ひとみ》にも忍耐強い態度にも、なんの変化も見られなかった。巨大な男はスキップがはるか遠くにいるかのような目をしていた。まるで誰のことも見ていないかのようでもあったし、歩道に立った男が側溝を吹き飛ばされていくゴミを見つめているかのようでもあった。

「その……ストールツって人だけど、有名な人なのかい？」

花崗岩の唇が開いた。「ミスター・ストールツはもう仕事を終えた。おれがおまえなら、日をあらためて面会しようなんて考えたりはしないね。ミスター・サルヴァトーレは自分がなにを約束したかなんて覚えちゃいない」

「ミスター・ストールツはこのホテルのオーナーってことかい？」

「共同経営者だ」男は振り返って部屋のなかのティナを見た。

スキップは階下に降り、ロビーを抜けて人けのない夜の街に出ると、タクシーを探した。こんな意外な形でストールツの正体が突きとめられるとは、思ってもいなかった。しかも、おまけにちょっとした儲けまでもたらしてくれるとは。

第5章

ウィリー叔父はビヴァリーヒルズでバスを降りると、サンセット大通りを北に二ブロック歩き、巨大な邸宅やアパートメントが空に向かってそそり立っている丘をのぼっていった。ウィリーが足を踏み入れたのは、柵《さく》も生け垣もない小さな前庭だった。敷地の三方は一階建ての低い建物に囲まれており、鬱蒼《うっそう》と生い茂った熱帯の低木のまんなかに、小さな噴水のついた銅製の水盤がある。敷地の左側には歯科クリニック、右側には病院が二軒並んでいる。前庭の奥にはブーゲンビリアが植わり、その隙間《すきま》から見えているドアには、ぴかぴかの文字で〈弁護士R・モックスリー・スノープ〉と表示されている。ウィリー叔父は前庭を進んでいき、建物のなかに入った。

受付係は念入りに化粧をした赤毛の女性で、黄褐色のノースリーブ・ワンピースを着ていた。彼女の前にあるものはおそらく机なのだろうが、飛行機の機体から落下してきた金属板のようにも見える。ウィリー叔父にはどちらとも判断しかねた。

「なにかご用でしょうか？」笑みは用心深く、目には面白がっているような表情が浮かんでいた。

「ミスター・スノープに会いたいんだが」

「お約束はおありですか？」受付係はリーガルサイズの書類を揃《そろ》え、机とおぼしき金属板の端に積み重ねた。

「いいや。ウィリー・ドールマンがきたと伝えてくれ。名前をいえばわかる」

「本日、ミスター・スノープは非常に多忙なのですが」

「待つよ」ウィリー叔父は部屋を見まわして椅子《いす》を探し、ねじ曲がった鋼鉄のチューブに黒いビニールクッションがついた物体を見つけた。試しに腰を下ろしてみると、その物体は奇妙なくらい体にフィットした。

　受付係は金属板の表面の一画を開き、ケーキの焼け具合でも確認するかのようになかをのぞきこむと、聞きとれないほどの小声でなにかしゃべり、つづいて耳を傾けた。それから、驚いた表情を浮かべてウィリーを見た。

「ミスター・スノープがお会いになるそうです」

　にわかには信じられないという顔だった。彼女は立ちあがってドアの前まで歩いていき、ノブを引いた。ウィリー叔父は帽子を両手で持ったまま部屋に入った。スノープが部屋の反対側からでっかい笑みを投げてよこした。部屋には深紅の絨毯《じゅうたん》が敷かれていた。机は飛行機から落下してきた金属板とはまったく似ていない。硬質のマホガニー製で、幅が二メートル近くもあり、鏡のように磨きあげられている。

「おお、ひさしぶりじゃないか。まあすわれ」スノープは革製の箱を開き、ウィリーに葉巻を勧めた。

スノープは六十代で、背は低く、肌は赤みがかっている。高級生地のグレーのスーツは、ウィリーの見たところ三百ドルはしそうだ。スノープはちょっと変わっていて、もう年なのにどこか子供のように陽気で優しいところがある。どんな世界のクライアントを相手に、どんな仕事をしているかを考えると、そうした純真さはどこかちぐはぐだった。

「おまえが出所できたと聞いたときは嬉《うれ》しかったよ、ウィリー。いまはどうしてるんだ？」

「悪くはない」ウィリーはミスター・チルワースに雇われている話をした。

「ほう、そりゃよかった」スノープは銀のライターで葉巻に火をつけた。「おまえがまともな仕事についてると知って嬉しいよ」

「ああ、すっかり落ちついた生活さ」

「若い頃のおまえはいいやつだったし、頭だってよかった。しかし、おれたちも年だ。もうここまできたら、自分の手持ちのコマをしっかり確認して、勝算を見きわめないとな。その結果によっては、チャンスに賭《か》けるのはやめなきゃいかん」

スノープの穏やかな口調の下には、警告の響きがあった。

「わかってるさ」とウィリーはいった。「またぞろヤマを計画するにゃ、おれは年を食いすぎてる。そんなことは考えてもいない」

「そうそう、それでいい。見た感じも元気そうだ。だいぶ日焼けしてるみたいじゃないか」

「庭仕事をしてるからな」とウィリーは説明した。「きょうここにきたのはまったくべつの件なんだ。おれの仕事じゃない。たまたまある計画を耳にしてね」

スノープはさっと顔をこわばらせ、なにか虫がわいているのではないかと疑うように葉巻をしげしげと眺めた。「いいか……ウィリー、おれの経験からいわせてもらえば――」

「おれの仕事ってわけじゃない」ウィリーはあわてていった。「実際、おれはいっさい手を出さない。ただ、計画してるやつらはまだガキでね。なにをどう準備すればいいかもわかっちゃいないんだ。だれかノウハウを知ってる人間が引き継がなきゃ、いきなり暴走しかねない」ウィリーは用心深く、いったん言葉を切った。「ちゃんと経験のある適任者が協力してやれば、でっかい儲《もう》けになる」

部屋に沈黙が流れ、ドアの向こうでミス赤毛がカタカタとタイプを打つ音が聞こえた。

「それで――」スノープはクリスタル製の灰皿に葉巻を押しつけて火を消し、両手を机に押しつけた。その唇はもはや笑っていなかった。「誰に会いたいんだ？」

「おれは……ビッグ・トムがいいんじゃないかと思うんだ。もしあいつが忙しくなければ」

「ビッグ・トムか」スノープはビッグ・トムを頭に思い浮かべ、その姿をぐるっと回転させてさまざまな角度からじっくり眺めた。「あいつ向きの仕事なのか？」

「いいや」

スノープの子供っぽい陽気さの下から、疑うような表情がちらっとのぞいた。いつものことながら、ウィリーはまたもや驚かされた。スノープの子供っぽい楽天主義は、真っ白な美しい歯と同様、まったくの偽物《にせもの》なのだ。

「あいつにはでっかい借りがあってな」とウィリーは説明した。「いつかそいつを返す機会がくるのをずっと待ってたんだ。おまえも知ってるだろ、例の最後の仕事がまずいことになったとき、おれたちはじっと身をひそめてなきゃならなかった。捜査の手が厳しくて、息もできなかったくらいだ。あのときビッグ・トムはおれに親切にしてくれた。自分まで逮捕される危険があったのに、おれに金と車を貸してくれたんだ」

「わかった」スノープはマホガニーの机の上で手を組み、親指の先を合わせてくるくるまわした。それから、いきなりいった。「どのくらいでかいヤマなんだ？」

「まだわからない」

「仕事を実行するまえにわかるのか？」

「そう願ってる」

スノープはうなずいたが、自分の取り分についてはなにも質問しなかった。それは当然のことと見なしているんだろう、とウィリーは理解した。

スノープは椅子から立ちあがってスチール製のファイルキャビネットの前に行き、フォルダーを抜き取って目を通しはじめた。そこに並んでいるのは自動車事故の統計数値と訴訟和解金額だったが、スノープはしばらくむずかしい顔で行間をにらんでから声をあげた。

「おお、あったぞ。住所は――」

ウィリーはスノープが読みあげた住所を書き取った。

スノープはフォルダーを机においた。「ほかにも誰か必要か？」

「あとはビッグ・トムに任せるつもりだ」

「いいだろう」スノープはうなずき、若々しげな笑みを浮かべた。その態度は子供っぽい善意に溢《あふ》れていた。「ミス・ウィームズに電話番号を残していってくれ。おれには電話するな。こっちからする」

ウィリーといっしょにドアへ向かいながら、スノープは彼の肩を陽気にポンポンとたたいた。

渓谷を吹く風、サルビアとプラタナスの匂《にお》い、いかにも夏らしいほこりっぽさと熱気、くぐもった静けさ。ウィリー叔父はわだちのできた道で立ち止まり、ハンカチで顔の汗を拭《ぬぐ》った。車を持っていないことがいまいましかった。南カリフォルニアの公共輸送機関ときたら、たとえいまが一八九〇年だとしてもぜんぜん整備が足りていないレベルなのだ。

頭上に目をやると、木立の向こうにピンク色のキャビンが顔をのぞかせていた。ウィリー叔父は太陽の日射《ひざ》しに目を細めた。いま歩いてきた未舗装の道とキャビンは短い階段で結ばれており、スロープにはアイビーとゼラニウムが植わっている。それを見たウィリー叔父の目に、懐《なつ》かしそうな表情がちらっと浮かんだ。ビッグ・トムは昔からガーデニングが好きなのだ。とにかく庭と猫に目がない。ほら見ろ、ポーチに大きな黄色い猫がいて、ネズミを見るような目をウィリーに向けている。

ウィリーは階段をのぼってポーチに行き、ドアをノックした。それほど大きい家ではないが、プライバシーはしっかり守られている。ポーチから見える場所に家は一軒もない。孤独な太陽に照らされている道が見えるだけだ。部屋のなかで人の気配がしたのにつづき、足音が聞こえ、目の前のドアが開いた。

「よう、クソ野郎」とウィリーが声をかけると、なかの男は甲高い笑い声をあげた。

「おお、なんてこった、いったい誰かと思ったら！」

ビッグ・トムはジーンズにニットの白いTシャツを着て、でっかい足にはゴムのサンダルをはいていた。針金のように硬い灰色の髪はたてがみのようで、青白い肌にはそばかすが散っている。顔は横に広く、唇は厚い。昔に較《くら》べてだいぶ太ったようだ。

ウィリーは思わず、最後に会ってからどれくらい太ったんだと訊《き》いてしまった。

「なにいってやがる、ウィリー。自分はずっと塩漬けになってたくせしやがって！」

ふたりはすでに腰をおろしていた。突然、ビッグ・トムがハシバミ色の瞳《ひとみ》でウィリーを見つめた。

「ここの住所は誰から聞いた？」

「スノープだ」

「いったいなんだってあんなやつとつるんでる？」ビッグ・トムは警戒するように声をひそめた。「ってことは、仕事の話できたんだな？」彼は断固とした態度で首を横に振った。「あいにくだが、ここにくるなんて見当違いだぞ。どんな計画か知らんが、おれは勘定に入れないでくれ。もう足を洗ったんだ」

ウィリーは穏やかにうなずいた。「知ってるよ。それにそもそも、こいつはおまえさん向きの仕事じゃないんだ。ただ、おまえさんには恩があるんで、声だけはかけときたかっただけだ」

「忘れてくれ」ビッグ・トムは話題を変えた。いま住んでいるこの家のこと、庭と花のこと、家族同様の猫のこと。ふたりは庭に出た。ビッグ・トムはウィリーを育苗室《ラスハウス》に案内した。

「ここにあるのはベゴニアだ。クチナシとツバキをすこし接《つ》ぎ穂してる——べつにむずかしくはない。しかし、育ちはじめるのを我慢強く待たなきゃならん。ほら、ここにシダがあるだろ？ こいつは日本人がくれたんだ。日本人はこいつに、放射線を浴びせるだか毒をあたえるだかしたらしい。だからこんなふうに葉が縮れてる。緑色のレースみたいにな」

ウィリーはシダを見ながらうなずき、ここはカビっぽい臭《にお》いがするなと思った。

「ヴェガスからきた男がいてな。大きなホテルの共同経営者らしいんだが、そいつはパサデナの古い屋敷に現金をたんまり隠してる。ほかに屋敷にいるのは、ばあさんと若い娘のふたりだけ。娘のほうはこっちの言いなりだ」

ビッグ・トムは鉢植えをいくつか並べ替え、フクシアにホースで水をやった。「そんなことに首を突っこんでると知って悲しいよ、ウィリー。そいつがおまえの手に余るってことは、自分でもわかってるはずだぞ」

「おれは一枚嚙《か》もうなんて考えちゃいない」とウィリーはいった。「ただ情報を提供してるだけだ。ずっと昔、おまえさんはおれに助けの手を差しのべてくれた。ほかのやつらは、おれの体に火がついてようが唾《つば》さえ吐きかけてくれなかったときに」

ビッグ・トムはバスケットのなかに指を一本つっこんだ。「だいぶ乾いてる。渓谷で気をつけなきゃならんのはここでね。風が多いもんだから、なんでも乾燥しちまうんだ。このフクシアには一日に三回か四回は水をやらなきゃならん。さもないと湿り気を維持できない。こういう育苗室のなかでもだ」

ビッグ・トムは苦労してベンチを迂《う》回《かい》し、先に進んだ。

「おまえさんはいつだって園芸が好きだった」ウィリーは床を這《は》っている細い観葉植物を踏まないように気をつけながらついていった。

「庭師のじいさんにいわれたとおりにしてりゃ、いまごろはもっとまともな暮らしができてただろう。おまえも知ってのとおり、おれは最初に刑務所に入ったとき、ウィルコックスじいさんの手伝いをさせられた。あのじいさんには園芸の基本をいろいろ教わったよ。それに野菜の育て方もな。野菜は園芸におけるつらい労働部分にあたる。プレストンじゃ、食事は自給自足だったんだ。それから花――これもじいさんにいろいろ手本を見せてもらった。花は園芸におけるお楽しみの部分だ。美的センスが問われる部分といってもいい。おれは出所したとき、もうすこしでガーデニングの仕事につけるところだった。しかし弟が――バディのことは、おまえも覚えてるだろ？」

「ああ、覚えてるとも」

黄色い猫が二匹入ってきて、ビッグ・トムの脚に体をこすりつけはじめた。ビッグ・トムはつま先で彼らを押しやった。

「最初に服役したあとでガーデニングの仕事についてたら、人生もすっかり変わってただろう」ビッグ・トムは赤っぽい毛の生えたベゴニアの葉と深紅の花を眺めながらもの思いにふけった。「スノープはどれくらい分け前をほしがってるんだ？」

「いつもどおり、十パーセントだ」

「おまえは？」

「おなじで手を打つよ。十だ」

「控えめだな」

「おれが考えてるもんがそこにあるとしたら、儲けはかなりの額になる。五十万ドルあったとしても驚かない。いいか、金は三年以上まえから貯《た》めこまれてるんだ。ネヴアダじゃどんなレタスをつくってるかは、おまえさんも知ってるだろ？（レタスには「紙幣」という意味がある）」

「まあな」

　ウィリーは体が熱くなってくるのを感じた。突然、競馬場に立つ自分の姿がはっきりと目に浮かんだ。競走馬が出走ゲートに向かってゆっくりと進んでいく。自分はすっかりめかしこみ、手に札束を握っている、十五倍の勝ち馬券をどっさり換金したばかりなのだ。その情景があまりに真に迫っていたため、ウィリーは興奮のあまりいても立ってもいられなくなってきた。

　ビッグ・トムは黙ったままなにかを観察していた。「これまでのところは、どんな進み具合なんだ？」

「おれの若い甥《おい》が、さっき話した若い娘と知り合いになった。娘は屋敷に居候してる身で、生活費は自分で稼がなきゃならない。その娘によると、ストールツって名前の男が屋敷に金を貯めこんでるらしい。そこで甥のスキップは、エディ・バレットって友人に手伝わせてその金をいただこうと考えた。ところがそのエディってやつはまったくの役立たずなんだ。計画が失敗するのは目に見えてる」

「そうでもないかもしれんぞ」

「なにいってるんだ。あいつらはなにもわかっちゃいない！」ウィリーは声を荒げた。

「あいつらは屋敷に乗りこんでばあさんを縛りあげ、金を奪ってその娘といっしょに逃げればすむと考えてる。ちょろい仕事だと思ってるんだ！」

「もしかしたらうまく逃げきれるかもしれない」とビッグ・トムはいった。

「いいか、もしそのストールツってやつがネヴァダの大物だとしたら、こっちの組織ともつながりがあるはずだ。それもヤバい組織とな。だとしたら、ストールツが黙ってると思うか？　バカいうな」ウィリーは体のバランスをくずし、もうすこしで背後のシダを踏みつけそうになった。「ストールツはあのガキどもの皮をはいでロビーに飾るだろうよ。間違いないね」

ビッグ・トムはいった。「まあ、なかに戻ってビールでも飲もう。よく検討してみようじゃないか。計画を進めるにしても、まずはどれだけ金があるのかはっきりさせないと」

「それについては娘がつきとめる」

「おまえは会ったことがあるのか？」

「いいや。会うつもりもない。あのガキどもはなにもわかっちゃいないといったのはそのことさ。やつらは軽率すぎる。目的の屋敷を昼間に車で下見までしてるんだ。しかも、その娘とも大っぴらにつき合ってる」

　ビッグ・トムは先に立ってキャビンに戻りながら、悲しげに首を振った。

　エディはキッチンに行き、コーヒーポットのなかをのぞいてみた。黒くて脂《あぶら》っぽい液体が底のほうにカップ一杯分ほど残っている。彼はポットがのったコンロの火をつけた。母の部屋から、ベッドのスプリングが軋《きし》る音が聞こえてきた。

「エディ？　起きてるの？　なにか食べるかい？」

「自分で用意するよ、ママ」

「オーブンにトルティーヤが入ってるから。ビーンズはコンロの上」

「卵は？」

「冷蔵庫にあるよ」

母が部屋で休んでいることをエディは知っていた。心臓の調子がだいぶ悪く、すぐに息切れするのだ。早いところ甲状腺腫《こうじょうせんしゅ》の手術をする必要がある。おれが最初にすることは――金のことを考えながらエディは思った――なんといっても手術だ。それからなにか服を買ってやろう。しっかりしたいいコート、それもできれば毛皮がいい。それから、シンクに転がっているワインの瓶を見て思った、親父《おやじ》にはガツンと腹に一発お見舞いしてやる。

目玉焼きをつくっていると廊下から物音が聞こえた。エディは振り返った。母は青い綿の部屋着にスリッパという格好で、緑色の古いウールのセーターを肩に羽織っていた。

「エディ、ずっと考えてたんだけどね。ほら、アーノルドさんに使ってもらえるかもしれないって話」

「アーノルドは人事の担当じゃないよ、ママ。ほかの人たちといっしょで、鉄道会社に雇われてるだけだ。たしかに金属加工部門の職長代理ではあるけど、おれを推薦できるわけじゃない。雇ってもらうには事務所に行って応募書類を提出しなきゃならないし、これまでの履歴をすべて書かなきゃならない。服役していたこともね。そしたらその場ではねられるさ」

母の必死な気持ちや心遣いはわかったが、エディは心を閉ざした。

「ときどき怖くなるんだよ。おまえがまたなにかいけないことをして、トラブルに巻きこまれるんじゃないかってね」母は心を閉ざしたエディの顔を探るような目で見た。

「おれなら心配ないって。勉強もしてる。なにか見つかるさ。金属加工ができる職人は需要があるからね。前科があってもほしがるさ」

「そうだね」母は明るく微笑《ほほえ》み、かすかに横を向いた。「今夜はバス代が必要なんだろ？　一ドルならあげられるよ」

「ああ、頼むよ」

今夜、スキップは授業に出てこない。あいつはいまラスヴェガスに行っている。エディはカレンに会ってなにか新しいニュースはないか聞くつもりだった。もしかしたら、ストールツの部屋に忍びこんで金がどれくらいあるか確認したかもしれない。

夜の八時、エディはタイプ室の外で休み時間を待っていた。カレンが廊下に出てくると、おずおずと笑みを浮かべた。スキップがいないところだと、どんなふうに接したらいいかわからなかった。カレンはスキップの彼女だ。親しくはしたいけれど、なれなれしくはしたくない。カレンは若く、エディの目には怖いくらい世間知らずに見えた。

「やあ」

カレンは表情のない顔でエディを見ると歩きはじめた。ふたりは廊下の端まで行き、大きな両開きのドアを抜け、外階段に通じているテラスに出た。あちこちに明かりが灯《とも》り、低木の植え込みや小道を照らしている。カレンはテラスで振り返り、エディに顔を向けた。そのときはじめて、エディはカレンの態度がおかしいのに気がついた。緊張のあまり体を硬くし、すごく興奮している。

カレンはエディの腕に手をおいた。「見たわ」

一瞬、エディにはなんのことかわからなかった。それから思い出した。

「金を見つけたんだな?」

「すごくたくさんあるの！　数える気にもならないくらい。怖くなっちゃった。スキップが手を出さないはずないわ」カレンは震えていた。エディの腕にあてた手からも震えが伝わってくる。「帯封の巻いてある札束がいくつもいくつも積んであるの。なんだか本物の紙幣じゃないみたい」

カレンの緊張がエディにも伝染した。「ほんとうにあったのか」エディは乾いた唇を舌でなめ、暗闇《くらやみ》に目をこらした。

「スキップに説明してくれなきゃだめ——大金すぎるって。とんでもなくたくさんあるの。すこし盗むだけでも危険だわ」

「どうやって話せっていうんだ？」エディは理を説くようにいった。「あいつはきっと、おまえはアホかというだけだ。あいつのことは知ってるだろ？　どんなやつかわかってないのか？」

エディの言葉の意味を理解しようとするかのように、カレンは真剣に彼を見つめている。

「ぜんぜん本物のお金に見えないの」カレンは必死に説明しようとした。「あまりにたくさんあるんで、ただの紙にしか見えない。緑のインクで印刷した、ただの紙みたい」

カレンを哀れに思いつつ、エディは首を振った。「スキップには本物に見えるだろうさ」

カレンは手を引きたい。しかしどうすればいいかわからない。なんとかしてスキップの興味を金からそらしたいが、自分への関心は失いたくない。ハヴァマンの屋敷に隠してある金のことをスキップに話したせいで、もはやどうあがいてもあとには引けなくなってしまった――それを知って不安に怯《おび》えているのだ。

風がカレンの黒髪に触れ、羽根のように軽いほつれ毛を顔に吹きつけた。その目は幼く、怯えていた。エディは慰めの言葉を探したが、もう手遅れだった。スキップに金のことを口にした時点で、なにもかも手遅れだったのだ。

第6章

朝の七時、スキップはロサンゼルスのダウンタウンでバスを降りた。体はこわばり、くたくたで、汚れきっていた。バスターミナル内のコーヒーショップに入り、コーヒーを一杯飲み、がっくりとテーブルに頭を垂れた。心は空っぽだった。いまはただ、家に帰って八時間くらい眠りたかった。そのあとでポンコツ車にガソリンを入れ、エディに会いに行こう。

チルワースの住んでいる母屋《おもや》の横を抜け、草が伸びすぎた中庭をつっきり、ガレージの上の部屋に向かった。途中、叔父がいないかあたりを見まわしたが、誰の姿も見かけなかった。ジッパー式のバッグを振りながら階段をのぼり、ドアを開けると、ウィリー叔父はそこにいた。さらにもうひとり、がたいのでかい見知らぬ男がいっしょだった。そばかすの浮いた青白い顔の男で、灰色の髪は乾燥した刈り穂の大きな束のようだった。

「ただいま」スキップはジッパー式のバッグをベッドに放り投げた。

「まあすわれ、スキップ。ちょいと話がある」叔父はもうひとりの男のほうにあごをしゃくった。「こちらはトム・ラニガン。友人のあいだじゃビッグ・トムと呼ばれてる」

「どうも」スキップは腰をおろして靴を脱ぎ、首の後ろをかいた。

「ラスヴェガスでの首尾はどうだった？」

スキップははっと顔を上げ、ビッグ・トムに目を据えた。「ちょっと、どういうことだい？」

「そうだ。ビッグ・トムは事情をすべて知ってる」

「なんだよひでえな。ちゃんと説明してくれよ」スキップは叔父に不審の目を向けた。

「いいか、スキップ。おまえとエディはどっちも経験のないガキだ。まだはっきりしないにしろ、たしかに今回のネタは本物かもしれん。だとしたらおまえは、気づいたら凶暴な山猫の尻尾《しっぽ》をつかんでたってことになるかもしれないんだぞ」

「ちょっとはっきりさせときたいんだけどさ」スキップは歯を食いしばったままいった。「今回の計画を決行するのに、この老いぼれのトンマを引き入れたってわけかい？」

「ビッグ・トムに向かって失礼な口をきくんじゃない」ウィリーはたしなめた。「その道じゃちょっとは名の知れた男なんだ。ついでにいっとくが、だてに名前を知られてるわけじゃない」

スキップは悪意のこもった目でウィリーを見据えた。「その鼻に一発おみまいしてやったほうがいいみたいだな。盛りのすぎたどこぞの老いぼれにおれの計画を教えるなんてさ。いったいどういうことだよ？　自分にも分け前をよこせってのか？」

「興奮するな」

スキップの全身に冷たい怒りがみなぎった。ウィリーとビッグ・トムに自分がしてやるべきことを、スキップはこと細かに並べたてはじめた。ふたりの男はしばらく黙って聞いていた。ウィリーが不穏な沈黙をつづけている横で、ビッグ・トムは唇をずっと嚙《か》んでいた。やがて、ビッグ・トムが口を開いた。

「このままじゃ埒《らち》があかんな」

「おれたちの話を聞け」ウィリーが警告したが、スキップは毒のこもった脅し文句を吐きつづけた。するといきなり、ビッグ・トムが椅子《いす》から立ちあがった。その手には、いつのまにか拳銃《けんじゅう》が握られていた。手入れの行き届いたぴかぴかのルガーで、新しくはないが、実用には申し分がない。ビッグ・トムが歩み寄ってくるのを見て、スキップは罵《ば》詈《り》雑言《ぞうごん》を喉《のど》の奥に飲みこんだ。

「要するにこういうことなんだよ、坊主《ぼうず》」

ビッグ・トムはスキップの顔に拳銃を叩《たた》きつけたにすぎなかった。ただし、とがった部分で狙《ねら》ったわけではない。側面の平らな部分で殴りつけた。それでもあちこちの皮膚が裂け、横ざまに吹っ飛びそうになったスキップはベッドの端をつかんで体を支えた。顔面の耳よりも前の部分とあごの骨が、すべて細かい破片となってすっ飛んでいったように感じた。あまりの激痛にスキップは息を飲んだ。目に映るビッグ・トムが赤くかすんで見えた。

「いいか、いまのはほんの序の口だ」とビッグ・トムはいった。「軽くちょっと叩いただけだからな。保証しておくが、おれが本気になればこんなもんじゃない、おれは青臭い小僧をぶん殴るのが好きでね。もしおまえがウィリーの親戚《しんせき》でなければ、どんなふうにするのが好きなのか、とっくり教えてやってるところだ」

スキップは腕をついて体を起こし、震える手で顔にさわった。なんだかよくわからないが、どろどろした感触が伝わってくる。拳銃が顔に迫ってくるのを見たときにはたいしたことなどなさそうに思えたのに、殴られた衝撃でいまだに頭がガンガンしていた。この男の手には、とんでもない力が秘められているにちがいない。

だが、重要なのはそこではなかった。スキップを怯《おび》えさせたのは拳《こぶし》の力ではなく、この男が発散している怖いほどの威圧感だった。この男はボスであり、帝王であり、トップの座に君臨する大物なのだ。しかも自分でそれを知っている。スキップはこの巨人のわきをすり抜けていく勇気を奮い立たせようとしたがだめだった。この男には優しさや慈悲深さが微塵《みじん》もない。ビッグ・トムはルガーを手のひらの上でもてあそびながらスキップの前に立ちはだかり、子犬でも相手にするかのように、彼を支配下においた。

　スキップはうずくまり、痛む頭をさすりながら部屋の反対側にいるウィリー叔父をにらみつけた。ウィリーは穏やかな同情のこもった目で見つめ返してきた。まるで、ビッグ・トムがあんなことをしなければならなかったことを残念に思っているかのような顔つきだ。ほんのわずかな期間に、叔父はこいつをどこから探してきたんだろう。おそらく、いまでも昔の組織とつながりを保っているのにちがいない。叔父は自分の過去からビッグ・トムを掘りだしてきたのだ。いまや今回の計画はスキップの手から奪われ、老いぼれの前科者の手に渡った。この男なら通りですれ違っただけでもすぐに前科者だとわかるはずだ、とスキップは思った。
ウィリーが穏やかにいった。「さあ、背中をしゃんとしろ、スキップ。まずは人の話を聞くんだ」

　スキップは無言だった。頭のなかでは言葉が沸き立っていたが、それを口にしたらどんな目にあわされるかはわかっていた。

「こいつならもう騒ぎ立てないさ」といい、ビッグ・トムは拳銃をベルトに戻した。

「ちょいと教訓が必要だっただけだ」

　耳鳴りはおさまりつつあったが、側頭部の痛みはいまだに残っていた。スキップはウィリーからビッグ・トムに目を移し、心のなかでつぶやいた。この仕返しはいつか絶対にしてやる。

　ビッグ・トムはふたたび腰をおろした。「そのエディ・バレットってやつの話を聞きたい」スキップからなんらかのコメントを期待するかのように、彼は待った。「そいつは今回の件からなにを期待しているんだ？」

「金さ」スキップは反抗的な声で答えた。

「おれに生意気な態度をとるんじゃない」ビッグ・トムは警告した。「おれが訊《き》いてるのは、そいつがどんな計画を立ててるかだ。金を奪ったら、なにをするつもりでいるんだ？」

　スキップはまばたきをし、目を伏せた。この質問にはなにか重要な意味があるとわかっていたからだ。どう答えればいいかわかっていれば、ぜんぜん違う答えをして計画をめちゃくちゃにしてやれるのに、と思った。この男を相手に、正面きって反抗なんかできっこない。いまの自分にできるのは、こいつの足を引っぱることだけだ。しかし結局、スキップはまだ早すぎると判断した。なにかするつもりなら、まずは状況を把握する必要がある。

「エディのお袋さんは病気なんだ。あいつは治療にかかる金をなんとか工面して、お袋さんを助けたいと思ってる。しかし親父《おやじ》のほうは飲んだくれでね。酒を飲んじゃわめき散らすもんだから、早いとこ家を出たがってる。すくなくとも、自分じゃそういってるよ」

「自分ではなにに使うつもりなんだ？　服？　それとも車か？」

「ああ、車だな」

「彼女はいるのか？」

「おれの知ってるかぎりじゃいない」

ビッグ・トムは情報を咀嚼《そしゃく》するかのように、すわったまま黙りこんだ。

「なら、ラスヴェガスの話を聞かせてくれ」とウィリーが訊いた。「なにかわかったか？」

「ストールツは向こうにいたよ。あいつは〈ソラノ・シー〉の共同経営者だ」

ウィリーはうなずいた。「一流ホテルのひとつだ。評判もいい。カジノはさぞにぎわってたんじゃないか？」

「ああ、なかなかのもんだった」

ウィリーは唇をなめた。「つぎのステップは例の娘だ。そのカレンって娘からしっかり話を聞きだしてこい。金の隠し場所はどこなのか、いったいいくらあるのか、ストールツはいつ戻ってくるのか。彼女とはこんどいつ会うんだ？ 早くて今夜か？」

「学校で会うことになってる」

ビッグ・トムがいった。「そのエディ・バレットってやつは、この件から手を引かせるんだ。おまえにできるか？」

「わからない。できないと思うのかい？」

「おまえに説得できるんなら、そのほうがそいつのためだ」とビッグ・トムはいった。

「あいつはきっと驚くはずだ」とスキップはいった。「どう反応するかはわからない」

「素直に引っこむように仕向けるんだな。カレンって娘のことは忘れさせろ。金のこともだ。そいつには、おまえの気が変わったと思わせるんだ」

もしスキップが気を変えたら、エディはそれを信じるだろう。それどころか、信じたいとさえ思うかもしれない。あいつはスキップほど今回の件に熱心ではないからだ。

しかしスキップは、エディに関するビッグ・トムの指示はすべて無視すること、と頭の片隅にメモした。もしかしたらあとでエディが必要になるかもしれない。こいつら老いぼれどもを痛い目にあわせる方法をなにか思いついたときに。

「ああ、おれのいうことなら聞くはずさ」スキップはビッグ・トムにいった。「やっぱりこいつはいいアイディアじゃないって納得させるよ。じつは金なんかなかったんだとか、適当にいってさ」

「そいつがなんて答えたか、おれたちに一言一句すべて報告しろ。どんな反応を見せたかもだ」

「ああ、わかった」

「この仕事にはあとふたり引き入れる。おまえがそいつらと顔を合わすことはない」ビッグ・トムはつづけた。「おまえにそのふたりの話をするのは、分け前の割り振りを説明するためだ。おまえには十パーセントやる」

スキップは無言だった。怒りはすでに鎮《しず》まっていたが、その一言でさらに小さくなった。ウィリー叔父が自分のことをどうペテンにかけ、コケにし、裏切ったかを、スキップは冷静に見てとった。ウィリーはでっかい黄金のチャンスを――一生に一度のチャンスを――スキップから奪い、自分の友人にくれてやったのだ。いったいなんのために？

まるでこちらの考えを読んだかのように、ウィリーがいった。「おれの取り分もおんなじだよ、スキップ。おれたちふたりで二十パーセントだ。もしかしたら、百万ドルの二十パーセントかもしれん。なにもせずに、ただすわってるだけでだぞ」

どうだ嬉《うれ》しくないか、とでもいうように、ウィリーは身を乗りだした。さもなければ、ものごとが思いどおりにならないときにスキップがどう反応するかを知っているので、すこしばかり不安になっているのかもしれない。

スキップは叔父には目を向けず、ビッグ・トムにいった。「カレンのことも切り捨てるのかい？ 情報だけ引きだしておいて、見返りはなにもやらずに？ たったひとりであのばあさんと警察の相手をさせるのか？ カレンはまだ子供みたいなもんだ。すぐに口を割るだろう。おれのことも洗いざらいしゃべっちまう。たった十パーセントでおれにカモになれっていうのかよ？」

「カモになる必要はない」ビッグ・トムは穏やかな声でいった。「エディ・バレットとおなじように、その娘のこともうまくあやつるんだ。計画はとりやめだと伝えろ。気が変わったんだとな。さもなきゃ、決行の日にその娘をどこかに連れていってもいい」

ビッグ・トムは片方の手を上げると、厚ぼったい手のひらを上に向け、太い指を軽く曲げてみせた。スキップはその手首の太さに目を見張った。

「ただしそれには問題もある。娘の姿がなければ、当然やつらは行方を探す。そして彼女を見つけ、おまえにたどりつき、アリバイを調べる。おまえは鉄壁なアリバイを用意しといたほうがいい」

「大酒を飲んで騒ぎを起こし、ブタ箱に入ってるのがいちばんだ」とウィリーがいった。

「おれはあまり勧めないね」ビッグ・トムが反論した。「ま、留置場の記録はやつらも無視できないだろうがな」

スキップにもようやく全体像が見えてきた。自分はこの件からいっさい手を引き、捕まった場合に備えて万全のアリバイを用意する。そのふたつを条件に、情報提供の見返りとして金を受けとる。カレンとエディは捨て石としてはじかれる。ふたりはビッグ・トムの存在を知らないから危険はないし、なにかネタをつかんで脅迫してくることもない。略奪した金のほとんどはビッグ・トムと匿名《とくめい》のふたりがかっさらっていく。もちろん、一部は組織に上納されるのだろう。

「どうしておれを使わないんだい？　そうすりゃおれの取り分も多くなるだろ？」勝算があるかはわからなかったが、スキップはとりあえず頼んでみた。

ビッグ・トムは思慮分別のある顔をしてうなずいた。「もっと小さなヤマだったらそうしてたところだ。ウィリーの顔を立ててな。しかし、おれにはいろいろ場数を踏んできた古い仲間がいるんだ。そいつらの腕がどれだけ立つかもわかってる。しかも重要なのは、たとえヤバいことになっても、やつらなら動顛《どうてん》したりドジを踏んだりしないってことだ。それに、警察に尋問されても口を割ったりしない。信用できるってことは、長年のつきあいではっきりわかってる」ビッグ・トムの目には、あざけるような残忍なユーモアがにじんでいた。

「スキップ」もう一度だけ説明させてくれとでもいうように、ウィリー叔父がいった。「こいつはただの盗みじゃない。とんでもなくでかいヤマだ。発覚したら、絶対にどこかからタレ込みがある。いきなり手のつけられない騒ぎになるかもしれない。ふと気づいたら、誰かがまずいやつらの前でおまえの名前を吐いてたってことにもなりかねないんだ。よく考えてみろ。おまえがなにも考えちゃいないことはわかってる。しかし努力して考えろ。おまえとカレンとエディがその大金を手にしたらどうしてた？　おまえたちならなにをすると思う？」

スキップは答えなかった。ウィリーに話すことなどもうなにもなかった。彼はビッグ・トムのほうを向き、礼儀正しくいった。

「もしよければ、すこし寝てもいいかな。一晩じゅう一睡もしてなくて、くたくたなんだ」

「いいとも。ゆっくり休みな」ビッグ・トムは立ちあがってウィリー叔父にうなずいた。ふたりは部屋を出て、外階段を使って中庭へ降りていった。

スキップは二分ほど待った。それから立ちあがり、ソックスをはいたまま音もなく歩いてバスルームに行くと、鏡で顔を点検した。痣《あざ》になった部分は腫《は》れはじめているし、耳の前はすでに黒くなりかかっていた。顔を横に向けてその部分をじっくり調べ、唸《うな》るように喉の奥で悪態をついた。タオルを水で濡《ぬ》らして軽く絞り、腫れた部分を軽くたたいた。夜になるころにはひどいありさまになっているだろう。教室の明るい照明にさらされたら、自分がバカみたいに思えるにちがいない。そこできょうは欠席することに決め、休み時間まで外でカレンを待つことにした。

ベッドに戻って上掛けの上に横になり、天井を見つめた。全体像ははっきりわかった。しかしそこにおける自分の立ち位置は、まだ見えていなかった。

ウィリー叔父とビッグ・トムはガレージの二階から下に降りると、トムの乗ってきたフォードのセダンが駐《と》めてある路地に向かった。フェンス沿いに植えられたシナノキの老木が花をつけ、あたりに甘い香りを漂わせていた。

ウィリーはいった。「あいつなら心配いらない。最初はちょっと興奮してたが、ありゃいつものことだ。いまじゃもう気持ちも落ちついてるよ」

ビッグ・トムがゆっくりといった。「機会があったらよく話しとけ。あいつはいま、もう二度とめぐり会わないようなチャンスを手にしてるんだ」

ウィリーは興奮したようにうなずいた。「わかった。しかし、なにもしないでただすわってりゃ札束が転がりこんでくるんだ。ほかになにを望みようがある？」

「とにかくあいつから目を離すなよ。今晩、十一時頃にまたくる」

「待ってるよ」ウィリー叔父はきびすを返して中庭をつっきり、母屋の裏口へと急いだ。キッチンに入っていくと、パジャマにローブをひっかけたチルワースが立っていた。ウィリー叔父はそれを見て驚いた。すでに朝食は出したあとだったからだ。近視のチルワースは目を細めてキッチンの引き出しのなかをのぞきこんでいた。

「なにかご用ですか、ミスター・チルワース？」

「ああ、そこにいたのか！」チルワースはつぎの引き出しをあけた。「ネジ回しが必要なんだ。タンスの引き出しの把手《とって》がひとつぐらついてるんだよ」

「わたしが直しておきますよ、ミスター・チルワース」

「そうかね？　そりゃありがたい」

チルワースは裏窓のすぐそばに立っていた。そこからだと、網戸で囲ったポーチを通して、ガレージの二階に通じている階段がはっきり見える。一瞬、ウィリー叔父は不安になった。チルワースは自分がビッグ・トムといっしょのところを見ただろうか？　ビッグ・トムが知ったら機嫌をそこねるにちがいない。

しかしそこで、ウィリーは思い出した。チルワースはひどい近視なのだ。心配することはなにもない。

ミセス・ハヴァマンは二階の廊下を通り、階段の上の手すりまで歩いていった。手すりから下をのぞくと、広くて暗い一階の廊下が見渡せる。ドアのない出入口の向こうには、居間の一部も見えている。彼女は手すりにもたれかかり、耳をすましているかのようにたたずんでいたが、しばらくしてから大きな声で叫んだ。

「カレン！　カレン、下にいるの？」

カレンはストールツの部屋の古いタンスの前にひざまずき、なかをのぞいていた。

手を伸ばしてなかに積まれた札束に触れようとした、まさにそのときだった。カレンの顔には、陶酔と怯えの表情が浮かんでいた。ミセス・ハヴァマンの声が聞こえた瞬間、カレンは熱いものにでもさわったかのようにはっと手をひっこめた。そしてすぐに立ちあがり、ウォルナット材の扉を閉じ、部屋の反対側にあるドアへと急いだ。顔を手でぬぐうと、驚いたことにびっしょり汗がついた。彼女はドアをほんのすこし開け、外をのぞいた。

「カレン！」

だいじょうぶ。二階からだと、ストールツの部屋のドアは見えない。カレンは廊下に出てよろよろと四メートルほど進み、二階を見あげた。

「あら、そこにいたの。こっちにきてちょうだい。おまえに見せたいものがあるの」

ミセス・ハヴァマンは腕にかけた数枚のシーツを持ちあげてみせた。カレンが階段をあがっていくと、ミセス・ハヴァマンも手すりを離れて歩み寄ってきた。

「廊下のクロゼットを整理していたら、すり切れたシーツが何枚か出てきたの。カットすれば、枕《まくら》カバーや皿洗い用のふきんをつくれるわ。シーツのいいところは……使い古したあとでも再利用がきくところね」

カレンは階段の最後の段をのぼりきった。心臓はまだどきどきし、息も乱れたままだった。シーツを受け取りながら、なにかひとこといわれるのを待った――ミセス・ハヴァマンはカレンが興奮していることに絶対気づいているはずだ。しかしカレンが思いきって目を上げると、ミセス・ハヴァマンの視線は彼女の背後に向けられていた。その目に浮かんだ表情は、いつものようにどことなく陽気で嬉しげだった。

その瞬間、はじめてカレンは気がついた。ミセス・ハヴァマンの彼女に対する態度はいつもこうだ。まるでカレンが、目をこらさないとよく見えない影かなにかのように接する。もしくは、カレンがほんとうは生きものではないかのように。自分とカレンのあいだには、無関心の大きな海が広がっているかのように。

カレンがいまそれに気づいたのは、不安に怯えているせいで、ミセス・ハヴァマンが自分に注意を向けるにちがいないと思っていたからだった。

ミセス・ハヴァマンはシーツをカレンの腕にかけてから、唐突に質問した。

「いま、キッチンにいたの？」

カレンは虚を突かれ、思わず口ごもった。

「い、いいえ」

縁なし眼鏡を通して見るミセス・ハヴァマンの目は、ちょっと当惑しているように見えた。「なんだか気味が悪いんだけど、最近、おまえの姿がときどき急に見えなくなることがある気がするのよ。ふっと消えてしまうようなね。まさか、地下室にまた猫を隠していたりはしないでしょうね？」そうは訊いたものの、たしなめるような口調ではなかったし、本気で質問している気配もなかった。

罪悪感に駆られていたカレンは、うまくろれつがまわらなかった。

「そ、そんなことしてません」

ミセス・ハヴァマンも本気で疑っているわけではなく、話はそこで終わった。彼女はシーツを指でつついて指示を出した。

「キッチンにあるタオルを見本にしておなじ大きさにするんですよ。しっかり四角になるようにね。それと、ミシンのボビンを変えるのを忘れないで。いまは黒い糸がついているから」

ミセス・ハヴァマンはかすかな笑みを浮かべ、きびすを返した。彼女は背が低く、太っていて、大きなコルセットをしていた。腰回りのたるんだ贅肉《ぜいにく》を無理やりコルセットで引き締めているせいで、胴が長く見える。その歩く姿は、慎重にバランスを取らないと中身がこぼれてしまう樽《たる》のようだった。すこしでも背を高く見せるために、灰色の髪は頭の上に高く結ってあった。

ミセス・ハヴァマンはたったいままですぐそばに立ち、カレンを見つめていた。しかしいまは、背を向けて歩み去っていく。カレンにとってそれは奇跡でもあり、思いもかけない発見でもあった。ミセス・ハヴァマンの自分に対する態度にどれほど心がこもっていないか、カレンはこれまでほんとうにはわかっていなかった。悪事が露見しなかったことはありがたかったが、ミセス・ハヴァマンが自分にほんのわずかな注意しか向けていないと知ったことで、ショックに近いものも感じていた。

カレンは一階に戻った。ストールツの部屋の前を——やましい気持ちでちらっと目をやりながら——通りすぎ、そのまま廊下を進んでいった。廊下は突き当たりで直角に折れ、その先の食品貯蔵室と大きなキッチンと裏口に通じている。以前はメイド部屋だった裁縫室には、ふたつの木《こ》挽台《びきだい》の上に長い板を並べた裁断台が置かれていた。カレンはシーツをその上におき、ミシン台からハサミを取り出して仕事に取りかかった。命じられた仕事に不服はなかった。彼女は怠けものではなかったし、ひとり仕事は考える時間をあたえてくれたからだ。

いまカレンの頭のなかは、ストールツの部屋に隠されていた大金のことでいっぱいだった。あの大量の札束を見たとき、カレンは魅了されると同時に、激しい嫌悪《けんお》感《かん》を覚えた。しかしそれ以上に強く意識したのは、気が遠くなるほどの危険だった。

作業をはじめてまもなく、廊下を早足でやってくるミセス・ハヴァマンの足音が聞こえた。ドアが開き、ミセス・ハヴァマンがカレンに目を向けた。いまやぼんやりした感じはどこにもない。縁なし眼鏡の奥の目は鋭かった。

「カレン、きょうストールツさんの部屋に入った？」

激しい恐怖につづき、否定の言葉が口をついて出た。「いいえ、あそこには入ったことありません」

ミセス・ハヴァマンはドア口でためらった。気持ちの高ぶりはすでに静まっていた。

「それがね、ちょっとおかしいの。ものが動かされた形跡があるのよ。このあいだ見たとき、あんなものはなかったのに」ミセス・ハヴァマンは困惑したように、ドアを爪《つめ》でコツコツと叩いた。

カレンの胸は恐怖ではち切れそうだった。動かされたものがなんなのか、彼女にははっきりわかっていた。ストールツのコートがベッドにのっているのだ。タンスの扉を開けてもすぐには札束が目に入らないように、ストールツはたたんだコートをその上にかぶせていた。タンスのなかに入って札束に目を奪われたとき、カレンがベッドの上に移動したのだ。いまこうしてミセス・ハヴァマンがここへやってきたのは、それを元に戻しておかなかったせいだった。

「ストールツさんが部屋の模様替えをしたんじゃないですか？」カレンはなんとか言

い訳を考えようとした。

「場所が変わっていたのは家具ではないの」ミセス・ハヴァマンは廊下のほうを振り返った。「もしかしたら……クリーニング屋に出すために用意してあったのに、わたしが気づかなかっただけかしら？」

カレンは待った。ストールツに関することとなると、ミセス・ハヴァマンは口が堅くなり、かたくなに自分だけの秘密にする。こちらからコートの話を持ちだすのは得策ではないとカレンは判断した。

「ネヴァダに発《た》つまえに、ストールツさんがスーツを向こうに送ったんでは？」

「いいえ、それは前々回ですよ」そういってミセス・ハヴァマンはひとりうなずいた。あたかも、コートの件をどうするかは自分ひとりで決断したかのようだった。

「そうね——クリーニングに出そうと思ったのね」

カレンは自分自身でつくった落とし穴を前にして途方に暮れていた。ストールツが帰ってきたら、コートの件は間違いなく話題にのぼるだろう。コートがどこにあったか？　それをどうしたか？　スキップを説得して計画を思いとどまらせることができても、こちらのトラブルからはもう逃れることができない。

カレンは黙ってミセス・ハヴァマンを見送った。いまの自分には助けが必要だった。

誰かに秘密を打ち明けて相談したかった。しかし、ミセス・ハヴァマンはもう手の届かないところに去っていた。

第7章

授業が終わって休み時間になると、カレンはテラスに出た。びっくりしたことに、笑みを浮かべてタバコを吸いながらスキップが待っていた。スキップは彼女を抱き寄せてキスをした。ミセス・ハヴァマンの屋敷での締めつけと抑圧が生んだなにかがカレンのなかで弾《はじ》け、全身が一気に温かくなった。彼女は飢えたようにキスを返すと、スキップのジャケットの肩をぎゅっとつかみ、ほっともたれかかった。スキップが相手なら、コートを動かすという大きなミスを犯した件も打ち明けることができる。カレンは大急ぎで事情を説明した。

最初のうち、スキップはただ適当に聞き流していた。金を見たカレンが不安のあまり落ちつかなくなっていることは、すでにエディから報告をうけていたからだ。しかし、しばらく聞いていると、世間知らずの娘がおなじ話をくりかえしているわけではなく、ほんとうにまずいことが起こったのがわかってきた。スキップは運命の皮肉を感じた。ビッグ・トムとウィリー叔父の指示に従うのであれば、これぞまさしく彼が必要としていた展開だった。ストールツが警戒して金の保管を厳重にするはずだから、計画はすべて中止だとカレンにいうのだ。しかしスキップは、すぐに考えを変えた。彼はカレンが薄暗い光の下で自分をしげしげと見ているのに気がついた。

「その顔、どうしたの？」

　スキップは反射的に手をあげ、痛むところに触れた。

「こ……これか？　これは……転んだんだよ。ヴェガスでバスから降りるときに」

「ひどい傷じゃない！　絆創膏《ばんそうこう》を貼《は》ったほうがいいわ」

「いや、だいじょうぶさ」

　カレンはそっと手をあげたが、スキップはそれを払いのけた。

「ストールツが保管してある金はどれくらいあるんだ？」

「わからない」

「数えたんじゃないのか？　どうしたんだよ？　怖くなったとでも？」

「見たら怖くなっちゃって」カレンはうなずき、目を大きく見開いた。「すごくたくさんあるの。とても数えきれない」彼女はスキップの腕におずおずと触れた。「手を出すのはやめましょ、スキップ」

スキップはタバコを闇《やみ》の向こうへ弾き飛ばした。「高額紙幣なのか？」

「わたしが見たのはぜんぶ百ドル札だった」

スキップは自分の髪をなで、ものうげに伸びをした。「なら、今夜にでもエディとふたりで決行すべきだな」

カレンの目が険しくなった。「なぜ……どうやるの？」

「計画どおりにだ。おまえは夜の十二時過ぎにおれたちをなかに引き入れる。ばあさんに目を光らせ、犬を静かにさせておく。時間にして二分もかからないはずだ。面倒はなにもないだろ？」

「あなたが思ってるようにはいかないわ。わたしにはわかってる」

カレンはスキップに自分を見てほしくて、ドアからの光がまっすぐに差してくる場所に立った。しかしスキップの目は、ミセス・ハヴァマンの目のようにぼんやりとうつろだった。視線はカレンを通り越して廊下に向けられている。彼女はふいに口走った。

「ストールツが戻ってきたら、どうなると思う？」

「おまえがか？　どうにもならないさ。嘘《うそ》で切り抜けられる。さもなきゃおれのところにくれればいい」

　スキップはカレンに手を伸ばし、ふたたびぎゅっと抱き寄せた。彼女の心臓が早鐘を打っているのが伝わってきた。カレンが怯《おび》え苦しんでいると思うと、体じゅうが楽しい気分で満たされた。

「ばあさんに関してはどうなんだ？　おれの名前とか、学校で話をすることなんかは、知ってるのか？」

「話をするのは知ってる。あなたが教えてくれたことを話したことがあるから」

「なんてこった、そりゃまずいぞ。だったらばあさんからおれの情報が漏れる危険がある」

「いいえ、心配しないで。あなたに疑いがかからないように、お金を盗んだあともわたしが屋敷に残って話をでっちあげるから。夜、帰宅したとき、見知らぬ男たちがうろついてるのを見たとかいって。適当な人相を考えるわ。あなたには似ても似つかない顔を」

　スキップはその場に立ったまま、カレンにそんなことができるだろうかと考えた。それから、自分を笑い飛ばしたくなった。ストールツが連れてくるようなやつらを相手に、カレンが持ちこたえられるわけがない。二分もしないうちにすべてをべらべらしゃべっているだろう。スキップは彼らが使うであろう手をいろいろ考え、にやりと笑って首を振った。それを見たカレンがいった。

「手を引くつもりはないの？　ストールツが相手でも？」

カレンは知らなかったが、スキップはたんに面白がっているだけだった。

「おれはおまえを離したりしない。絶対にな」

カレンは両腕をスキップに巻きつけ、肩に頭をあずけた。廊下にベルの音が響き、休み時間の終わりを告げた。

「ハヴァマンのばあさんはこの学校にきて、おまえが誰と会ってたかを調べることもできるんだぞ」

カレンは不安そうにため息をついた。

また向こうからチャンスがやってきた、とスキップは思った。いまここで、計画は取りやめだとカレンにいうんだ。あとはどこかで鉄壁のアリバイをつくり、ビッグ・トムから十パーセント受けとって、口をしっかり閉じておけばいい。

しかし、ひねくれた性格がここでまたもや顔を出し、スキップは中止を切りださなかった。もしかしたら、ビッグ・トムが握っていた銃を思い出したせいかもしれない。いまやスキップは楽しみはじめてさえいた。いくらチャンスを差しだされても、自分はそのたびに無視している。ウィリー叔父なら、まだ子供でものがわかっていないからだというだろう。

「おれはただのガキさ」スキップは大声で楽しげにいった。

「いいえ、そんなことない。わたしはあなたを愛してる」

いきなり、スキップはカレンの腕を離した。「いったいなんの話だよ？」

「ちょっと話がそれたわね。でもほんとに愛してるの」

「おいおい、いいかげんにしろよ、カレン。おれたちのあいだに愛なんてもんはない」

「わかったわ、スキップ」

「授業が終わったらここにこい。待ってるから」

カレンは背を向けた。風に吹かれ、短い黒髪が顔にかかった。彼女はそれを払い、振り返ってスキップを見つめ返した。それからドアの前でそっと指を唇に当て、キスを投げた。

なんてバカなやつなんだ、とスキップは思った。

十一時、ビッグ・トムはウィリー叔父の部屋のバスルームでコップに水をくみ、開け放したままのドアのところまで戻ってきた。

「いつもだと十一時には帰ってるのか？」

「これまではずっとそうだった。ときにはもっと早いときもあったな」

ウィリー叔父は園芸用植物のカタログを手に、自分の小さなベッドにすわっていた。ミスター・チルワースが酔狂なアイディアを思いつき、屋敷の壁と表の通りに沿ってキンギョソウとクサキョウチクトウを植えたいといいだしたのだ。なんとも無茶な話だし、ウィリー叔父はとてつもない重労働を強いられることになる。

「授業は十時までね。七時から十時まで。いまごろはもう帰ってないとおかしい」

「なぜ昼の学校に行かない？」

「そりゃ……スキップはもう大人だからな。成人向けの授業はほとんどが夜間なんだよ。生徒の大半は働いてるわけだから」

ビッグ・トムは顔をしかめた。「なら、まだ帰ってないのはなにかべつの理由があるってわけだ。ちょっと臭いな」

ウィリー叔父はなだめるようにいった。「いや、スキップがおかしな真似《まね》をするはずはないさ」

「それが身のためってもんだ。仕事を決行するまえにあれこれされたんじゃ困る。もうすでにヘマを重ねてるんだから」

　ビッグ・トムは水を飲み終えるとコップを小さな流しの上のホルダーに戻し、部屋に戻ってスキップのベッドに腰を下ろした。

　ビッグ・トムの注意をスキップからそらそうとするかのように、ウィリー叔父が訊《き》いた。

「ラスヴェガスのほうは、もう誰かに声をかけたのか？」

「ベニー・ビュジックに頼んだ。あいつがヴェガスまで飛んで、過去数年間にストールツが税金関係でなにか問題を起こしてないか、あちこち探ることになってる」

「もし起こしてたとしたら——屋敷の金はやっぱり、国税庁に無申告の収益ってことか？」

「たぶんちがうな。無防備なまま手元に保管してるからには、税務調査官に目をつけられる心配はないと考えてるんだ」

「おれは国税庁の目をかすめてるんだと思うね」ウィリー叔父はかすかな悪意と賞賛をこめていった。

　ビッグ・トムは両肘《りょうひじ》を膝《ひざ》につき、手にのせたあごをさすりながら、天井のまんなかの裸電球に目を向けて眉《まゆ》をひそめた。

「どうだかな。とにかく、この話にはどこかおかしなところがある。ばあさんと小娘がおなじ屋根の下に住んでるのに、それだけの大金を鍵《かぎ》もかけずにただ置いてあるんだぞ。あまりに軽率だ。ストールツみたいな人間が軽率な真似をするはずは絶対にない。そのままで心配はないって保証があるとしか思えん。誰も手を出さないとわかってるんだ」

「番犬かな」ウィリー叔父がいった。

「なにいってんだ、おれがいいたいのはそういう話じゃない」

「もしかしたら自分の金じゃないのかもな」

ウィリー叔父が冗談をいったかのように、ビッグ・トムはかすかに笑った。

エディとスキップはハンバーガーショップで四十五分つぶし、そのあと車でカレンを角のバス停まで送った。

「おれたちはこれから隣の敷地に忍びこんで、丘の斜面をぐるっとまわって屋敷の裏に行く」スキップがカレンにいった。

街灯の下に立ったカレンは、屋敷の広い芝生の向こうに目をやった。巨大なポーチのなかを照らしている小さな裸電球以外、屋敷は闇に包まれていた。

「おい、聞こえたのか？」

「え？　ええ、もちろん」

「裏口だぞ。おれたちは裏口に行く」

「お金を盗んだあとはどうするの？」

「一日か二日、静かに様子を見る。もし金がなくなってることに気づいたばあさんがストールツに連絡したり、金切り声で警察を呼んだりしたら、逃げる。荷物をまとめようとかバカなことを考えるんじゃない。ただそのまま家を出ろ」

「どこへ？　家を出てどこに行くの、スキップ？」

「場所は考えておく。さあもう行け」

いまやエディはスキップとふたりきりだった。車が苦しげに勾配《こうばい》をのぼって木の生い茂った丘につくと、エディはいった。

「彼女、なんだかかわいそうだな」

「なんでだよ？　あいつのためでもあるんだぜ。いまのしけた境遇から救ってやるんだからな。あいつはあのばあさんにさんざんこき使われてる。なのに着てる服ときたらどうだ。あんなもん、やぼったい年増女だって着ないぞ。あいつは綿のパンティをはいてるんだ。信じられるか？」

「彼女がそういったのか？」

　スキップが小馬鹿《こばか》にしたように笑っているのに気づき、エディは口をつぐんだ。車は苦しげに坂をのぼりきり、暗い歩道の脇《わき》で停まった。エディは外に出た。スキップが反対側のドアを——叩《たた》きつけたりせずに——そっと閉めた。ロックのかかるカチッという音がかすかに響いた。

「このあたりを巡回してるパトロールカーを見かけたことがないのはなぜかな」とエディはいった。「でっかい屋敷がこれだけあるんだ。普通なら重点的に目を光らせるはずだろ？」

「この瞬間も、やつらはおまえに目を光らせてるよ」スキップがあざけるようにいった。「きっと超最新式の秘密兵器でおまえの心を読んでるはずだ。屋敷の裏口についたら気をつけるんだな。藪《やぶ》から警官どもが飛びだしてくるかもしれないぞ」

「もういい、わかったよ」エディはぼやくようにいった。

　斜面をのぼるのは、前回より今回のほうが楽だった。地形に慣れていたし、木立がどれくらい深いかもわかっていたからだ。ふたりは屋敷の巨大な影が見えるところまできた。二階の窓のひとつにぼんやりと明かりがともっている。バスルームについているような小さな窓だ。それを見た瞬間、エディはまえに感じたのとおなじ嫌悪《けんお》と恐怖に襲われ、パニックになった。脚が鉛と化し、手のひらに汗がにじんだ。むっと鼻をつくような緊張に息ができなかった。

「どうしたってんだよ？」スキップが足を止めた。星明かりの下、スキップがこちらを振り返るのが見えた。

「お、おれは……ちょっと待ってくれ」

エディは大きく息を吸い、なんとかリラックスして恐怖を振り払おうとした。頭を空っぽにしろ。なにも考えるな。いろいろ考えすぎるからパニックに襲われるんだ。しかし、自分にそう言い聞かせるそばから、古い記憶が溢《あふ》れだしてきた。スキップとふたりでやった盗みの記憶だ。どれもたいがいはうまくいった。タイヤを盗んだこともあるし、解体作業現場から廃品を盗んだこともある。貨物置き場からランタンやヒューズや工具を盗んだり、待避線に停車している半分略奪された貨車からタバコを輸送用のカートンごと盗んだりもした。フェダーソンじいさんの菓子屋で強盗したことも……二度ある。頭からストッキングをかぶり、おもちゃのピストルを持って。いつも楽しかった。クソッ、なのになぜいまはこんな気分になるんだろう？

ヘマしたときのことが思い出されるからだろうか？　路地裏で浮浪者から金を巻きあげようとしたときのことが頭をよぎった。ガレージやバーや売春宿の裏口が並んでいる袋小路、侵入してくるパトロールカー、まぶしいヘッドライトがエディを照らしだし……。

それとも、エディの家の裏庭からスキップの口笛が聞こえてきたときの記憶のせいか？ 鋭いチドリの鳴き声、急ぐエディ、真っ青な顔に汗を浮かべたスキップ。スキップはエディから何ドルか借りると、角まで歩いていき、エディの家からまだ見えるところで誰かの車に乗りこんだ。その日の遅く、エディはスキップがマーケットの倉庫からウィスキーを一ケース盗もうとして捕まったことを知った。

いまのエディから力を奪っているのは、そうした失敗の数々だろうか？

スキップはすこし離れたところにじっと立っていた。「そこでなにしてんだよ？ おまえ……まさかいまさら臆病風《おくびょうかぜ》に吹かれたんじゃないだろうな？」

エディの答えは、喉《のど》の奥からよろめきでてくるまえに死んだ。

スキップはエディにすっと詰め寄った。「もしそうだとしたら、どうするのかとっとと考えろ。気絶するとかポックリ死ぬとか。さもなきゃ逃げだせ。とにかく、その場にただ突っ立ってるのはやめろ。おまえがなにをするか、なんでおれが面倒みなきゃいけない？ そもそもどうしておまえなんかの手が必要だと思ったのか、自分でもわからないね」

「おまえがいったんだろ……もしなにかマズいことになって——」

「ああ、いったよいったさ」スキップは顔をしかめた。「叔父貴がいったとおりだな。おまえはおじけづいたんだ」

エディはその言葉を聞いても、スキップが裏でなにやら画策していることに気づかなかった。不安と恐怖で頭がいっぱいだったのだ。しかし、棘《とげ》のあるスキップの口調が、いつものようにエディの恐怖心を消し去った。エディにとっては、闇に包まれた眼下の屋敷よりスキップの軽蔑《けいべつ》のほうが怖かった。

「ああ、クソッ」とエディはいった。「ちょっとだけ待ってくれ……いったいどうしたのかな。急に気持ちが動顛してさ」

「さあ、どうする？」

「もうだいじょうぶだ。行こう」

「よし」スキップがエディに近づき、いきなり拳《こぶし》をくりだした。腹に叩きつけられたパンチは小振りだったが鋭く、激しい痛みが走った。エディは腹に手をあてた。鼻から音を立てて息が漏れ、よじれた舌を嚙《か》みそうになった。

「さあ」とスキップがいった。「もう行くぞ」

エディはよろめくようにスキップのあとにつづいた。斜面を下りていくと、カレンは裏口のわきで待っていた。エディは彼女がコートと靴を脱いでいるのを見てとった。

彼女は足音を忍ばせて二人のほうに歩いてきた。

「静かにして！　ミセス・ハヴァマンはベッドに入ってるけど、ずっと寝返りをうってるの。どうやら眠れないみたい」

　スキップは屋敷を見あげた。「どこだ？」

「二階の隅の部屋」

「窓が開いてる部屋か？」

「いいえ。夜気が入ってくるのを怖がってるから、自分の部屋の窓は閉めたまま。バスルームの窓を開けっぱなしにして明かりもつけてあるの。なぜかは知らないけど、たぶん不安なんじゃないかしら」

「しかし、こんなとこで無駄話をしててもしょうがない。さっさとなかに入ろう」とスキップがいった。

「明かりはつけないから」カレンがささやいた。「わたしについてきて。なにかを落としたりしないでよ」

「まっすぐ金のところに案内してくれ」とスキップがいった。「騒ぎを起こすつもりはない」

　三人はそっと屋敷に入った。最初に足を踏み入れたのは、母屋《おもや》から突きだした窓つきの小部屋だった。白いエナメル製の洗濯用シンクの角がかすかに光を反射していた。奥の白い壁にはドア口があり、そこだけが黒く見える。あたりには消毒薬と洗剤の匂《にお》いがした。

「ここは洗濯室」カレンがささやいた。「ここを抜けるとキッチンで、その先が廊下。キッチンのまんなかには大きなテーブルがあって、天板の下の棚に鍋《なべ》が積み重ねてあるの。お願いだからテーブルには絶対さわらないで」

「ストールツの部屋は？」

「いま案内する」

エディは闇を手探りで進んでいきながら、自分たちが信じられないほど馬鹿だったことを思い知った。ミセス・ハヴァマンが外出しているときに下調べをするか、カレンに見取り図を書いてもらうかして、どこにどんな障害物があるかまで、この屋敷のことをすべて把握しておくべきだったのだ。なのにいまの自分たちは、手引きしてもらわなければなにがどこにあるかもわからない。しかもエディには、二階のベッドで横になっているミセス・ハヴァマンの存在が痛いほど意識された。いまも眠れずに、彼らがつまずいて音を立てるのを待っているのではないか？　またもやパニックを起こしそうになるのをエディは必死にこらえた。スキップには見えないことがありがたかった。

三人はキッチンを抜けた。目が暗闇に慣れてきた。テーブルの四角い天板が白く見えたので、よけるのは問題なかった。しかし、なにか見えないものにぶつかるのではないか？　犬用のエサ皿を蹴《け》飛《と》ばすのではないか？

そういえば、犬はどこだ？

エディはカレンに訊きたかった。しかし、彼女はスキップの前を歩いている。大きな声を出せば二階まで響き、ミセス・ハヴァマンが目を覚ます。

廊下はさらに暗く、息苦しいほどの圧迫感があった。屋敷は古かった。匂いだけでもそれがわかる。古いニスも、ワックスも、地面に接している建物の支柱も、表面はすべてきれいに掃除が行き届いている。甲状腺腫《こうじょうせんしゅ》と心臓疾患のせいで母が寝込みがちで、ハエの死《し》骸《がい》や泥が日に日に増えていくエディの家とは、漂っている匂いがぜんぜん違う。靴がカーペットをこすっても、泥の匂いは立ちのぼらない。古いウールと防虫剤の匂いがするだけだ。そのとき突然、エディはスキップの背中にぶつかった。スキップとカレンはドアの前で立ち止まっていた。

「犬はどこだ？」エディは小声で訊いた。

「二階よ。わたしの部屋に閉じこめてある」

「ドアの前でなにぐずぐずしてんだ?」とスキップが訊いた。

「開かないの!」

「ちょっと、おれにやらせてみろ」スキップが動いた。カーペットの下で床板がかすかに乾いた音を響かせた。つづいて、不満そうなうなり声と金属がカチャカチャいうかすかな音が聞こえた。「クソッ、鍵がかかってる!」

「まさか、そんなはずないわ!」カレンの声には自信がこもっていた。

「いや、間違いないね。さあ、エディ、おまえも確認してみろ」

エディはノブをまわしてみた。カレンとスキップがつかんでいたせいで、ノブは温かくなっていた。

「ああ、たしかに鍵がかかってる」エディはカレンのいるほうに向かっていった。

「もしかしたら、ばあさんは毎晩鍵をかけてるのかもしれないぜ。きみが気づいてなかっただけで」

「ここに鍵がかかってたことなんて、一度もない」カレンは確信をこめていったが、その声は震えはじめていた。

「窓はどうだ?」とスキップが訊いた。

「はしごがないと無理よ」

「クソッ、だったらさっさと用意しろ！」スキップは怒りのあまり自制心がきかなくなり、声をひそめることさえ忘れていた。エディはいまにもミセス・ハヴァマンが現われ、廊下の反対側から自分たちを明かりで照らすのではないかと身がまえた。

「はしごならガレージよ。キッチンのフックにかけてある鍵を取ってこないと」

苦痛になるほど時間をかけて暗い屋敷内をこっそりと引き返し、カレンがもう一度靴を履くのを待ち、キッチンにガレージの鍵を取りにいき、ガレージを開けてはしごを見つけ、地下室の窓の上に高くそびえる古い外壁にはしごを立てかけ、音を立てて見つかってしまう危険を冒してスキップがのぼっていった。しかし――

ストールツの部屋の窓は、ドアと同様しっかりと鍵がかかっていた。

第8章

エディがはしごをガレージに運んでいくと、暗闇《くらやみ》のなかをついてきたカレンがどこに置くかを指示した。ふたりはふたたび外に出てスキップに合流した。スキップは沈黙したまま、動くことなくおなじ場所に立っていた。それを見て、エディははっと身がまえた。つぎの瞬間、スキップがカレンのほうを向いた。そして彼女の体をつかむと壁に叩《たた》きつけ、ぐいと腕を引いて拳《こぶし》の端で殴りつけた。カレンの頭がガクッとのけぞり、ガレージの壁にぶち当たるゴツンという音が響いた。

「このクソアマが！」

「おい、やめろよ」とエディはいった。「ここで騒ぐのはまずい」

スキップは貸す耳を持っていなかった。

「思い知らせてやる！」スキップは手を伸ばしてカレンの髪をひっつかみ、ぐいと手前に引っぱった。カレンは体のバランスをくずしそうになり、倒れまいとしてスキップの膝《ひざ》に抱きつこうとした。スキップはその手を邪険に払った。カレンは哀れっぽく泣きはじめ、完全にバランスをくずしてスキップのわきに倒れこんだ。スキップはその顔をぐいと引き上げた。カレンはかすかに金切り声をあげた。

その瞬間、エディは動いた。なにをするか頭にあったわけではない。意図せずに体が動いたのだ。片足を踏みだし、ためらいがちだがすばやいステップで前に出ると、スキップの顔めがけて手のひらを突きだした。スキップはカレンの体にしがみついてエディの攻撃をかわそうとした。しかし、それより早くエディの手がスキップのあごをまともにとらえた。スキップは後ろざまに倒れたが、塀から落ちた猫のようにすぐさま立ちあがり、疾風のようにパンチをくりだしてきた。

エディとスキップは戦い方がまるで違っていた。スキップは踊り、拳をさっとくりだし、敵を苦しめる。エディは殴られてもその場に立ったまま苦痛に耐え、チャンスを待つ。チャンスはすぐにやってきた。エディが強烈な重いパンチを放つと、スキップはガクッと頭をのけぞらせ、その場に倒れこんだ。星明かりの下、その場にへたりこんだスキップは、さっきのようにすばやく飛び起きることなく、そのまま動かなくなった。

「これからは」とエディはいった。「彼女に手を出すんじゃない」

古いガレージの横の薄暗がりに、永遠とも思えるほど長い静寂が流れた。エディは立ったままスキップを見下ろした。全身が熱いバイオリンの弦のようにピンと張りつめ、拳はハンマーのように硬かった。スキップがどんな動きを見せようと、いまならすぐに対応できる。しかし、スキップは背中をまるめ、頭を垂れたままだった。明るい色の髪が暗がりのなかでかすかに輝いていたが、顔は影になっていた。そこにどんな表情が浮かんでいるのか、エディには想像さえできなかった。わかっているのはただひとつ、スキップは負けを認めないことだけだ。彼はいつだって、より卑劣に、非情に、陰険にやり返してくる。

　奇妙なことに、スキップはほとんど口をきかなかった。立ちあがってなにやらぶつぶつ唸《うな》り、服の汚れを払うと、カレンを探すかのようにあたりを見まわした。

　カレンはエディたちからすこし離れ、屋敷の壁のそばに立っていた。頭上の小さな窓から漏れてくる明かりがその姿を照らしている。エディはカレンの顔に浮かんだショックの表情を見てとった。頬は涙に濡《ぬ》れ、全身が怯《おび》えでこわばっていた。スキップが近づいていくと、彼女は壁のほうにあとずさった。

　スキップは足を止め、両手をポケットにつっこんだ。それから、足の親指に体重をかけて体を揺らしながら、ほとんど無関心な口調でいった。

「怪我《けが》はしなかったろ？」

カレンはなぜ屋敷のなかに逃げこまないのだろう、とエディは思った。スキップの暴力に肝をつぶし、足がすくんでいるのだろうか？　しかし、エディの耳にカレンのささやき声が聞こえた。

「ええ、わたしならだいじょうぶ」

「怒ってるか？」

「わたしを殴ったりする必要なんかなかったのに」とカレンはいった。「ドアがロックされてたことは、あなただけじゃなく、わたしにも驚きだったんですもの」

カレンはこれまで気づかなかった新しい面でも見つけたかのように、スキップを見つめた。

スキップはほとんど柔和ともいえるような態度で静かに立っていた。もちろんあれは演技だ。スキップがこれとおなじ態度を見せるのを、エディはもう何千回も見たことがあった。相手を騙《だま》すための嘘《うそ》八百にすぎないが、表情を見ると本気にしか思えない。自分のしたことをスキップは本気で後悔しているのだと、エディでさえうっかり信じそうになった――カレンは間違いなく信じているはずだ。

「ああ、そうだな、意味もなくキレちまった。しかし、これまで鍵《かぎ》をかけたことがないんなら、なぜ急にかけたんだと思う?」

「間違いなくコートのせいよ」カレンは疲れたような声でいった。「きょう話したでしょ。ミスター・ストールツが札束の上にかぶせてあったコートを、わたしがうっかりベッドの上に出しっぱなしにしてしまったの。たぶんミセス・ハヴァマンは、コートがどこに置いてあったのか知ってたんだと思う。そうでなければ、ミスター・ストールツが着ているところを一度も見たことがないんで、目にした瞬間におかしいと思ったのかも。とにかく、コートがベッドの上にあるのを見てすごく興奮しちゃったのよ」

しばらくしてから、スキップは考えこむようにいった。「なるほど、思ったよりずっと深刻なヘマだったわけだな」

カレンはなにもいわなかった。スキップが自分を責めているのはわかっているのだ。

「まあ、あしたは鍵を見つけとけよ」

「ちょっと、そんなのだめよ、スキップ!　お願い!　危険すぎる。もうやめにしましょ」

「鍵を見つけとくんだ」スキップは譲らなかった。もう威圧するようににじり寄ったりはしなかったが、カレンはその目を見ただけで――エディの位置からは見えなかった――怖くなったらしかった。

「あしたの夜は、あの部屋のドアを開けとけ。おれたちはきょうとおなじ時間にくる。そのあとは三人でお楽しみだ」

エディはなんとかしてカレンを慰めてやりたかった。彼女は自分の世界が継ぎ目から崩れはじめたかのような顔をしていた。

エディは裏口から家に入った。今夜、リビングルームには誰もいなかった。寝室から親父《おやじ》のいびきが聞こえてくる。母さんは眠れぬまま隣に横たわり、みじめな思いに沈みながらも、医者からの言いつけどおりに、なんとか体を休めようと努力しているにちがいない。しかし、あのいびきや唸り声では眠れるはずもなかった。

あのクソ野郎は寝ているあいだも母さんを虐待《ぎゃくたい》しているんだと考えながら、エディは忍び足で自分の部屋に向かった。部屋に入ると、ジャケットとシャツを脱いで椅子《いす》に放り投げ、ベッドに腰をおろして靴紐《くつひも》をほどいた。履いているのはひどくボロボロのスニーカーで、こぶになってしまった結び目を爪《つめ》でなんとか緩めないと脱げなかった。

ストールツの部屋から金を盗みだせば、靴などいくらでも買える。それだけじゃない、買いたいものが思いのままだ。エディはスニーカーを椅子の下に投げ、金を盗んだらなにを買おうかと考えた。分け前はたっぷりあるだろう。スーツもシャツもいかした新品の靴も好きなだけ買えるし、車だって買える。母さんに手術をうけさせてやり、喉元《のどもと》の風船みたいな醜い腫《は》れを取ってやる。服も買ってやろう。シルクのドレス、毛皮のコート、もしほしいなら新しい家具も。しかもそれは、とてつもない贅沢《ぜいたく》ではあるものの、ほんの手はじめにすぎない。

　奇妙な不安が意識を刺激した。

　そうした可能性のすべてが、ストールツのタンスに札束となって保管されているのを想像するのはむずかしかった。普段は一、二ドルの金しか使っていない人間にとって、百ドルは数えきれないほどの大金だ。千ドルなど法外すぎて手にあまる。もし五千ドルも持っていたら、なにかバカげたことをしでかしたくなり、ただとにかく使いつづけるだろう。純金の飛び出しナイフを買う……むずかしいステップを誰よりうまく踏めるようにダンス教室に通う……自分のイニシャルを刺繍《ししゅう》したシルクのシャツを買う……エディの想像力はさまざまなイメージを探し求め、とてつもなくまばゆい輝きのなかをさまよった。

　しかしそのまばゆさは、不安もかき立てた。エディはそれがなんなのかを突きとめた。これまでエディとスキップは、大金を手に入れるとイカレたことをあれこれやった。しかしほんとうなら、もっと慎重になるべきだったのだ。

　エディとスキップには計画が必要だった。エディは自分の心のなかに目を向け、不満と不安の渦巻く雲のなかを探しまわり、心配の原因はスキップがわざと計画を立てない点にあると判断した。スキップは行動方針を立ててそれに従うことができないわけでもなければ、そうするのがいやなわけでもない。あいつはなんでも即興で行動することを望み、その場になってから決断を下したいのだ。それが危険なことは、エディにさえわかった。

　エディは立ちあがってズボンを脱ぎ、明かりを消して布団《ふとん》にもぐりこむと、ベッドの上で体を伸ばした。心配するのはやめよう。そもそもこの計画はスキップのものなのだ。心配はスキップがすればいい。

　気がつくと、エディはカレンのことを考えていた。あの子はスキップには若すぎる、という思いが、ふと頭をよぎった。ミセス・ハヴァマンに着せられている服のせいで年よりも大人びて見えるが、カレンはまだ怖いくらい子供だ。まるで十二歳で成長が止まり、それ以上は成長が許されていないかのようだった。おかげで幼いだけでなく、なにかがほしいという渇望《かつぼう》を内にかかえている。その渇望が彼女をスキップに走らせたのだろう。あいつなら、どう成長して女になるかを教えてくれるとでもいうように。

スキップのそばにいれば生意気にはなれるが、成長はできないぞ、とエディは思った。そもそも本人が成長するってことを知らないのだ。どうすれば成長できるかを人に教えられるはずがない。

エディは闇のなかで体を起こし、頭をこすった。拳を硬く握りしめてスキップを見下ろしていたときの記憶が戻ってきた。あのときエディは、スキップに立ちあがってほしかった。自分のまわりをまた軽快に舞いはじめてほしかった。そうすれば痛烈なパンチをもう一発おみまいしてやれたからだ。

なぜ自分はもう一度殴りたかったんだろう？　エディは不思議に思った。いったいなんだってカレンのことを考えると気持ちが高ぶるのか？　カレンはスキップの彼女だし、あいつが自分の好きなように扱って当然なのに。

スキップは二十二歳なんだぞ。女をどう扱えばいいか、もう知っていて当然の年じゃないか。

スキップはウィリー叔父の部屋に通じている階段の下に立っていた。闇のなかでタバコを吸いながら、二階から響いてくる声に耳をすました。あのばかでかいクソ野郎がまたきて、ウィリー叔父と話をしている。帰宅が遅れたのはマズかったのではないかという不安が頭をよぎった。

ようやくのことで意を決し、階段を上がってドアを開けた。ウィリー叔父はパジャマに綿のローブを羽織り、自分の簡易ベッドにすわっていた。ブッダのように組んだ脚はガリガリで、つま先はタコでこぶ状になっている。叔父はスキップを見て不安げに微笑《ほほえ》んだ。

「おお、帰ったか。今夜はずいぶん遅かったな。なにかあったのか?」

スキップはそのとき、エディとの殴り合いの跡が顔や服に残っていることを思い出した。

「女をめぐってちょっとやりあったんだ」

「ほう、そりゃ興味があるな。その女っていうのは?」

「カレン・ミラーだよ」

スキップはドアの前から動かずに、部屋の反対側に立っているビッグ・トムがなにか動きを見せるのを待った。電球の光が巨大なブラシのような灰色の髪をきらめかせ、青白い肌のそばかすを際立《きわだ》たせている。どこをどう見ても前科者だ。刑務所にいたことがここまで一目でわかる男は見たことがない。

ビッグ・トムはスキップのほうにつま先立ちで歩いてきた。その体からは威圧感がにじみ出していた。スキップだろうと誰だろうと、ネズミを蹴《け》散《ち》らすカバのように吹っ飛ばしそうだ。激しい憎しみのあまり、スキップは目がくらんだ。

ビッグ・トムはスキップのすぐ手前で足を止めた。

「誰と喧嘩《けんか》した？」

「エディ・バレットさ」

「例のメキシコ系か？」ウィリー叔父が叫んだ。「まだあいつと会ってるのか？」

「ちゃんと話せ」ビッグ・トムがうながした。

その口調にスキップは危険を察知した。ここであせってはだめだ。

「例のカレン・ミラーって娘がさ、おれに気があるんだよ。車で家まで送ってくれなきゃ、例の金についてはなにも教えないっていうんだ。エディはそれについてきたのさ」

「屋敷に行っただと？」ビッグ・トムが鋭く訊《き》いた。

「前まで行ったわけじゃない。近くまで送っただけだ。歩けば帰れるとこまでね。で、おれはカレンに金の件を質問した。例のストールツの金のことをさ。ところがあいつは小《こ》賢《ざか》しいことをいいやがった。そこでおれが……その……ちょっとどやしつけてやったんだ。そしたらエディのやつが怒りはじめたんだよ。ま、最終的にはおさまったんだけど、ちょっと時間がかかってね」

スキップは考えた。ここで説明しなきゃならないのは、なぜ帰りが遅くなったかだ。こいつらふたりが気にしてるのはその点なんだ。

「エディってやつは、おまえが娘を邪険に扱うのを見て腹を立てたってわけか？」とビッグ・トムが訊いた。「そいつは気に食わんな」

「あいつは頭が弱いのさ。いまになってみりゃ、あいつと金を盗みに入ったりしないでよかったよ」

ビッグ・トムはスキップを鋭くにらんだ。「計画は取りやめだって話はしたのか？」

「ああ、もちろん。カレンが行っちまったあとでね。あまりいい考えじゃないと思い直したといっといた」

「バレットはどう反応した？」

「いやべつに……なにも」スキップは肩をすくめた。「文句はぜんぜんいわなかった。どうせあいつなんか、いくら大金を手に入れたって、十ドルの使い道さえわかりゃしないんだ」

「カレンがいったことを、やつはぜんぶ聞いたのか？」

「ああ、あいつだけおいてくことはできなかったんでね」

質問にどう答えるべきか、スキップは用心深く考えた。と同時に、ビッグ・トムが暴力をふるう気配がないか、誰がボスかをまた思い知らせようとしていないか、油断なく観察した。

「あいつはマヌケだからな、強盗に入るってことがどういうことなのか、なにもわかっちゃいない。病気の母親と、酒を飲むと暴力を振るう親父のことで、いつだって頭がいっぱいなんだ」

ビッグ・トムはスキップの話を信じたらしく、背もたれの高い傷だらけの椅子に戻って腰を下ろした。チルワースの屋敷で使わなくなったのをもらってきた椅子のひとつだ。ビッグ・トムは椅子を逆向きにし、背もたれの上で腕を組んだ。

「おれは屋敷のことが知りたい。とくに間取りだ。それからもちろん、金についてもな。どこにおいてあって、どれくらいあるのか」

「えーと……屋敷の間取りに関しては……」スキップは自分のベッドに腰を下ろした。「カレンの説明だと、キッチンから廊下が延びてるらしい。廊下にはいくつかドアがある。ストールツの部屋は右側だ。金はタンスのなか。タンスは下半分が引き出しで、上半分が服をかけとくハンガーラックになってるんだそうだ」

「タンスがどうなってるかくらいわかってる」

「金はハンガーラック部分においてあって、上にコートをかぶせてある。ただそこに積んであるらしい。金額までは数えてない。とにかくたくさんあるといってる」

「部屋に鍵はかかってないんだな？」

「ああ、かかってない」

　スキップはすべてを正直に話しているような顔をして、ビッグ・トムの視線に無理やり目を向けた。おまえらが着いたときには、鍵がかかってるだろうよ、クソ野郎。しかも、なかにはなにもない。

「気に食わないな。そりゃ不注意すぎるってもんだ」ビッグ・トムは眉《まゆ》をひそめた。

　ウィリー叔父は寝台の上に投げだしてあった園芸用植物のカタログを取りあげ、落ちつかない様子でページにぱらぱら目を通していた。

「相手がストールツでなけりゃ、わからんでもない……たとえば、金を保管してるのがミセス・ハヴァマンのほうならな。金をしまいこんでるばあさんが、誰にも気づかれっこないと考えてるっていうんなら、そりゃあり得る。ばあさんがティーポットやトマトの空き缶に札束を隠してるって話はよく聞く」

　スキップは首を振った。「金はストールツのもんだ。絶対だってカレンがいってる」

スキップは一瞬、ビッグ・トムは不安を覚えて手を引くんじゃないかと期待した。しかし、希望はすぐに消えた。ビッグ・トムは立ちあがってコートを手に取ると、肩をすぼめるようにして着こんだ。

「だったら理由があるんだ。それがなんなのかは神のみぞ知るだがな。とにかく、ラスヴェガスのベニーから連絡があるまで動くつもりはない。あすには連絡があるはずだ。おまえにも連絡するよ、ウィリー。おまえとスキップは、計画決行の日にどこにいるか考えておけ。おれの考えじゃ――スキップは授業に出てればいい。それでじゅうぶんだろう。おまえは誰か人の大勢いるところに行くんだ、ウィリー。留置場に入るってアイディアはやめとけ」

「留置記録なら鉄壁じゃないか」ウィリー叔父はなおも言い張った。

「印象が悪くなる」ビッグ・トムは断固とした口調でいった。「なにかほかの方法を考えろ」

「わかったよ」

「スノープにはおれがちゃんと話を通しとく。万が一、弁護士の助けが必要になったときに備えて、準備だけはしておいてもらう」ビッグ・トムはドアの前まで行って立ち止まり、探るような目でスキップを見つめた。「なにもむずかしい仕事じゃない。

金を盗みだすのは大して手間じゃないだろう。そのあとでストールツの追っ手を避けるほうが骨だ。もしかしたら、ストールツには金がなくなったことを大っぴらにできない事情があって、追っ手の心配はせずにすむかもしれんがな」

なんの表情も浮かんでいない目でビッグ・トムの顔を見つめながら、スキップは思った――ウィリー叔父に計画をべらべらしゃべったせいで、おれはすべてをあんたに奪われちまったわけだ。

ビッグ・トムはそっと部屋を出てドアを閉めた。階段を静かに降りていく足音が聞こえた。まもなく、裏道に停めたフォードのエンジンがかかる音が響いた。

「うまくいくさ、スキップ」とウィリー叔父がいった。「おれたちは分け前をたっぷり手に入れる。それも、なんにもせずにただすわったままでだ。しかも警察に捕まる心配もない」

「そうだな」

スキップは立ちあがって服を脱ぎはじめた。ブリーフ一枚になると、バスルームに行って歯を磨き、石鹸《せっけん》で顔と手と腕を洗った。洗面台の上の鏡に映った自分の顔を見た。自分とウィリー叔父は間違いなく似ている。しかしスキップは、ウィリー叔父を見るとぞっとせずにはいられない。叔父の存在は、徒労や挫《ざ》折《せつ》、貧困、拒絶と結びついているからだ。ショボい仕事、ケチな盗み、刑務所暮らしなどをずっとつづけていたら、自分もあんなふうになる。そんなのはまっぴらごめんだ、とスキップは思った。いまここにでっかいチャンスがある。こいつを自分のものにしなければ。

あすの夜、ビッグ・トムとやつのダチどもはミセス・ハヴァマンの屋敷に押し入る。おれとエディは先回りしなければならない。チャンスはこれ一度だけ――ビッグ・トムにあれこれ言い訳をする必要はない。自分は授業に出ていることになっているのだ。ビッグ・トムはマヌケだからおれを信用しているが、誰だってミスは犯す。あの男はこれまでにもさんざんミスを犯してきたはずだ。さもなきゃあんな燃えつきた顔をしてるはずがない。

スキップは部屋に戻った。ウィリー叔父はベッドに入り、やせこけた肩まで掛け布団を引きあげ、壁を見つめていた。

「明かりを消してくれ。おやすみ、スキップ」

「おやすみ」

スキップはスイッチを切って明かりを消し、ベッドに横になった。眠りに落ちるまえに、最後に見たときのカレンをちらっと思い出した。カレンは屋敷の小さな窓から差してくるかすかな光の下に立っていた。その顔は死ぬほど怯えているように見えた。

同時に切望もしていた。スキップが本気で怒っているわけではないと必死に確かめたがっていた。スキップが自分を殴ったのは、一瞬の激情に駆られただけだと。

スキップはうとうとしながら考えた。あの女が相手なら、おれはなんでも好きなことができる。殴って半殺しにもできる。それでもあいつは這《は》って戻ってくるだろう。今夜とおなじマヌケな表情を浮かべて、おれが本気で怒ってるわけじゃないと確かめたがるにちがいない。女ってやつはなぜああなんだ？　根性や意地ってもんが、どうしてぜんぜんない？

スキップはすっかり上機嫌になって微笑み、ゆっくりと眠りに落ちていった。

隣の部屋で電話が鳴る騒々しい音に、ビッグ・トムは目を覚ました。まだ暗い。渓谷から吹いてくる乾いた風が、開けっぱなしの窓から入ってくる。ベッドに横になったトムがゴムのサンダルにそっと手を伸ばすと、足のわきで二匹の猫がぴくっと頭を上げた。

小さなランプをつけ、時計を見た。四時十五分だ。

「おいおい勘弁しろって……」

ぽつんと建つ一軒家の静寂のなかで、電話は火災警報のように鳴りつづけている。

ビッグ・トムはリビングルームに行って受話器を上げた。

「はい？」

「ベニー・ビュジックだ」

「ああ、おまえか。いまヴェガスか？」

「そうだ。ところで例の……おれたちが議論してる取引の件だがな。まだはっきりわからない点があるんだ。いま調べてる。まだ一日かそこらは余裕があるんだろ？」

「決行はきょうだ、ボケ野郎。いますぐ知りたい。いったいなにをぐずぐずしてるんだ？」

「おれに怒んなよ。おれはただ伝えてるだけだ。こいつにはなんか裏がある。いま調べてるんだが、ちょいと時間がかかる」

「きょうの昼までになんとかしろ。だめならそれまでだ」

「わかった。とにかく手は尽くす。ただし忠告しとくぞ。おれが連絡するまでは動くんじゃない」ベニーはガラガラ声で機嫌を取るようにいった。

「正午までだ。それ以上は待てん」

受話器を戻して腰をおろし、あくびをしながら額にかかった灰色の長い髪をかきあげた。椅子の上で眠っていた三匹の猫が目を覚まし、朝ごはんの時間かとあたりを見まわした。

ビッグ・トムは体をかき、もう一度あくびをして眠気を振り払うと、いまの会話の内容をじっくり考えた。クソッ、ベニーをあんなふうにどやすんじゃなかった。眠りを妨げられていらいらしていたのと、はっきりしたことはなにもつかんでいないくせにあいつが待てといったせいだ。

そうとも、とビッグ・トムは思った。仕事が遅れているとベニーがいったことと、調べにはまだ時間がかかるといったこと——それが突発的な怒りを引き起こしたのだ。

ビッグ・トムはそのことにちょっとショックをうけ、つづいて自分自身を笑い飛ばしたくなった。つい数日前までは、今後また仕事に手を出すことはないだろうと確信していた。この小さなしけた家で、植物と猫たちに囲まれて生きていくのだろうと。しかしそのあいだにも、ハングリーな渇望はどんどん膨れあがっていき、もう一度だけでかいヤマを成功させてやるという決意が生まれていたのだ。

ビッグ・トムは頭を振りながらベッドに戻り、明かりを消して横になった。深い洞察力で自分自身を見つめ直した一瞬は消え去り、機会がめぐってきたらストールツの金を奪うんだという明確な決意だけが残った。

第9章

ミセス・ハヴァマンが九時前にベッドを出ることは絶対にない。一階に降りるのはたいてい九時半を過ぎてからだ。いつも完璧《かんぺき》に服を着こみ、髪にきちんとくしを当てて高く結い、軽く化粧をしている。一階の玄関ホールに降りると必ず足をとめ、テーブルに置かれた花瓶の花を見て、きょうはどんな花にしようかと考える。それから、郵便物がきている場合にはそれに目を通す。普段はあまりこない——きたとしても世帯主に宛《あ》てた広告か請求書がほとんどだった。

夫が亡《な》くなって以来、ミセス・ハヴァマンは社交的なつきあいをほとんどやめ、徐々に隠遁《いんとん》生活に入っていった。これは意識的なものではなかったが、自分自身で選んだことだった。風雨にさらされた舟が平和な港に安息所を見つけたようなものだ。長年連れ添った夫は、要求の厳しい独裁者のような人間だった。社交的な催しを愛し、友人も多かった。仕事に打ちこんでいないときは、おなじくらいの熱意をこめてパーティのホスト役を演じ、美食を楽しみ、競走馬に賭《か》け、旅行をし、ヨットを操った。そのめまぐるしさはまるで嵐《あらし》のようだった。

自分自身では決して認めなかったものの、ミセス・ハヴァマンは飛行機事故で夫が亡くなったという知らせをうけたとき、まずなによりも安堵《あんど》を覚えた。

社交生活から身を引くと、感情が穏やかになった。他人と接触したいとはもう思わなかった。ほしいのは平穏な生活だった。なんとはなしに楽しい気分に浸ったり、ごく平凡な家事のあれこれに打ちこんだり、ストールツのことをゆったりと夢想することで、無意識のうちに自分を守るようになった。ストールツが自分よりもずっと若いことや、彼女の関心を受け流せるくらい世間慣れしていることもまた、間接的にミセス・ハヴァマンを守る役目を果たしていた。夢想が現実になり、彼女の住む平穏な世界が破裂する危険は、万が一にもなかった。

自分の不毛で殺伐とした生活がカレンにどれだけ影響をあたえているか、ミセス・ハヴァマンは理解していなかった。自分は母親代わりの人間にふさわしい行動をしていると考えていた。食べるものも、寝る場所も、服もある。手に職をつけるために学校へもやっている。カレンを看護師にしたかったのは、将来自分が病気で寝たきりになったとき、面倒を見てもらおうと考えたからだった。カレンが長年の恩に報いるため、体の自由がきかなくなった自分に奉仕している姿を思い浮かべると、これ以上感動的なことはないように思えた。

しかし、カレンは看護学校に行くのを拒否した。腹を立てたミセス・ハヴァマンがビジネススクールの学費を出すことを拒否したため、カレンは夜間学校で商業コースを受講するしかなくなった。

スキップとエディがストールツの部屋に入ろうとして失敗した日の翌朝、ミセス・ハヴァマンは九時二十五分に一階へ降りていった。玄関ホールのテーブルに置かれた花を念入りに観察してから、カレンが運んできた三通の手紙にじっくり目を通した。最初の一通は歯医者の請求書だった。二通目は行きつけのデパートからきたニット製品のバーゲンの案内。つづく三通目に、彼女は思わずはっとした。それは地元に新しく開店した錠前屋の広告だった。

コートが動かされているのに気づいてからというもの、ミセス・ハヴァマンはストールツの部屋のことが気になって仕方がなかった。そこへ偶然、この広告が舞いこんできたため、なんだか迷信じみた不安にとらわれてしまったのだ。振り返ると、廊下の角の向こうにストールツの部屋のドアがかすかに見えた。彼女は錠前屋の広告を封筒に戻し、考えこむような顔をしてキッチンへ入っていった。

カレンはキッチンのテーブルに学校の教材を広げていた。ミセス・ハヴァマンはちらっと彼女に目をやってから、さっと部屋を見まわした。カレンの目は充血して腫《は》れぼったくなっているように見えた。ミセス・ハヴァマンは一瞬、風邪でも引いたのだろうかと思った。

「まあ、いいお天気だこと」ミセス・ハヴァマンはレンジの前まで歩いていき、パーコレーターの熱いコーヒーを一杯注いだ。

「朝食はなにが食べたい、カレン？」

「わたしはなんでもかまいません、モードおばさま」

カレンは教科書とプリントを片づけた。その動作はどこか緩慢で元気がなかった。彼女は教科書類を棚にしまうと、べつの食器棚から皿とステンレスの食器を取りだした。

毎朝のやりとりはいつも決まっていたから、もしカレンがなにか食べたいものをリクエストしていたら、ミセス・ハヴァマンはびっくりしていただろう。ミセス・ハヴァマンはカップを持って窓辺へ行き、立ったままコーヒーを飲みながら空を眺めた。中庭には明るい朝の光が満ち溢《あふ》れていた。やがて彼女は眉《まゆ》をひそめた。屋敷とガレージのあいだの芝生が踏みつぶされている。苛立《いらだ》ちと当惑を覚え、ミセス・ハヴァマンはコーヒーを飲みながら考えた。自分が目にしたことをカレンには話さなかった。朝食を終えたら外に出て、近くからじっくり検分しよう。突然、錠前屋の開店広告を思い出し、奇妙な不安が体を駆け抜けるのを感じた。

コーヒーを飲み終えると、カップをテーブルにおいて冷蔵庫に行き、シリアルの残りが入っているボウルと、小さな卵をふたつ、それにベーコンを取りだした。コンロでオートミールを温め直し、卵をゆで、ベーコンを二枚焼いた。

カレンはひどく無気力で、口数がすくなかった。落ちこんでいるのがあまりに明らかなので、他人に興味のないミセス・ハヴァマンでさえ気がついた。しかし、ミセス・ハヴァマンはそれをすぐに心から閉めだした。踏みにじられた芝生のことや家事のあれこれについて考えたかったからだ。朝食のトーストをかじりながら、彼女はいった。

「きょうは町に行ってくるわ」

カレンはほとんど興味を見せなかった。「ダウンタウンですか？」

「ロサンゼルスのダウンタウンじゃありませんよ。あそこは遠すぎますからね。近くのショッピングモールでちょっと買い物をするだけ」

カレンは関心なさそうにうなずいた。その様子があまりにも憂鬱《ゆううつ》そうだったので、さすがのミセス・ハヴァマンも陽気で無頓着《むとんちゃく》な態度を一八〇度変え、どうかしたのと訊《き》きそうになった。しかし、習慣はすっかり深く染《し》みついていた。代わりにミセス・ハヴァマンは、カレンに二杯目のコーヒーを催促した。

　ストールツの部屋に新しい錠前をつけるつもりでいることを、カレンに話すつもりはこれっぽっちもなかった。いまの錠前は、この屋敷が建てられたとき——もうかれこれ五十年前——にとりつけられた旧式のもので、鍵《かぎ》を探してくるのにひどく苦労したほどだ。心の平安のためには、新しい頑丈な錠前に替えたほうがいい。

　ストールツに関することを秘密にするようになったのは、娘のマーガレットと彼の離婚に端を発している。学校を卒業したばかりだったマーガレットは、年上で経験豊富な男に惹《ひ》かれた。母親のミセス・ハヴァマンも、ストールツに会っておなじように魅了された。結婚生活は長くつづかなかったが、皮肉なことに友好的に終わった。マーガレットはべつの男と出会い、ストールツは素直に一歩引いた。ミセス・ハヴァマンは娘に対して懐疑的だった。さまざまな困難が大嵐のように襲ってきた自分自身の結婚生活に較《くら》べると、マーガレットのそれは理想的に思えたからだ。ミセス・ハヴァマンは新しい義理の息子が気に入らず、愚かなマーガレットに深く失望した。

　それが九年ほどまえ、夫がカレンをこの屋敷に連れてくる直前のことだ。こみいった事情を幼い子供に説明しないのは、ごく自然なことだった。その後、夫のハヴァマンが死んでからは、なかば隠遁して人と話す機会もなくなったため、自分の秘密主義を意識することもなくなった。ストールツはミセス・ハヴァマンと友好的な関係をつづけ、頻繁に屋敷を訪問するようになった。カレンと庭師をべつにすれば、いまやミセス・ハヴァマンが日常的に顔を合わせる唯一《ゆいいつ》の人間となっている。ストールツに対するセンチメンタルな夢想を、ミセス・ハヴァマンは決して誰にも口にしなかった。ストールツがこの屋敷に現金を保管していることをカレンにそれとなく話したのは、自分がどれだけ信頼されているかを誰かに打ち明け、自慢したい衝動に駆られたからだった。もしかしたら、ストールツのほうも彼女に興味があると、自分に確信させたい気持ちもあったのかもしれない。

朝食を終えると、カレンがテーブルを片づけ、皿を洗ってコンロを掃除した。ミセス・ハヴァマンは屋敷の正面に出ていき、あたりを見まわした。裏庭を検分する件を忘れたわけではなかったが、まずはカレンを屋敷の裏手に行かせないようにする方法を考えたかった。

外に出るのをなぜカレンに見られたくないのか、自分でも理由はよくわからなかった。カレンには不信感などまったく抱いていなかったからだ。

ミセス・ハヴァマンは考えた。自分が裏庭で地面を見つめている姿を見たら、あの子はわたしのことをバカだと思うだろう。ミセス・ハヴァマンはその理由に満足したが、深く突っこんで考えないだけで、もっと大きな理由がほかにあった。

　ミセス・ハヴァマンはすぐにキッチンに戻った。カレンはテーブルのまわりに落ちたパンくずを掃いていた。

「そうそう、忘れるところだったけど、朝のうちに玄関ホールにモップをかけておいてほしいの。ワックスはあそこにあるから。よく拭《ふ》いておいてちょうだいね。すこし力を入れて」

「はい、モードおばさま。お花はどうします？」

「ドゥーリーさんがきのう剪定《せんてい》してくれた花がまだしばらくもつはずですよ。デイジーとルピナスは長持ちするから」ミセス・ハヴァマンは洗濯室に入っていった。「おまえがホールを掃除しているあいだ、わたしは洗濯物を仕分けしておくわ」

　カレンはキッチンから出ていった。やがて、食品貯蔵室の掃除用具入れから音が聞こえてきた。カレンの足音が聞こえなくなると、ミセス・ハヴァマンは足早に裏庭に出て、芝生を検分してまわった。しかし、遠くから眺めたときには踏みつぶされているように見えたのに、近くでよく見るとどこにも異常はなかった。これといった跡はまったく見当たらない。芝生用のバミューダグラスは丈夫で、てんでばらばらな方向に向かって元気に伸びている。ただし、蛾《が》の幼虫に食われている箇所や、水のやり方が悪くて枯れかけている箇所が、ところどころにある。ドゥーリーにひとことといっておかなければ、とミセス・ハヴァマンは思った。ドゥーリーは先週、殺虫剤と肥料の代金を請求してきたばかりだった。しかも、毎日の水撒《ま》きには目が飛びでるほどの水道代がかかっている。ここには美しい緑の絨毯《じゅうたん》が広がっているべきなのだ。

ミセス・ハヴァマンはガレージに歩いていき、横手についている小さなドアからなかをのぞいた。ガレージ内は薄暗く、かびっぽい臭《にお》いがした。パッカードの旧型リムジンがブロックの上に乗っている。この車はもういっさい使っていない。この二年間は車検も更新していなかった。彼女は車体を覆《おお》っている埃《ほこり》を見ながら、たぶんタイヤはもうボロボロになっているだろうと思った。

裏庭に戻ったミセス・ハヴァマンは、世間の人間が直感と呼ぶ感覚に導かれ、ストールツの部屋の窓の下に足を運んだ。ドゥーリーはそこの地面を掘り返していた。かなり深くまで掘ったらしく、湿った土とヒャクニチソウの種があたりにまき散らされている。花壇は手入れがしっかり行き届いているため、はしごの足がつけたふたつの穴と靴跡がはっきり見わけられた。靴跡にはスニーカーのゴム底のようなうねがついていた。

ミセス・ハヴァマンはその場に凍りついた。パニックのあまり動けなかった。地面についたはしごの跡を見下ろしていると、心臓の鼓動が速くなり、喉《のど》とこめかみが激しく脈打った。手が冷たくなり、膝《ひざ》が震えた。これは悪夢だ。

ふたたびガレージへ急ぎ、なかに入って明かりのスイッチを入れた。はしごはいつもの場所においてあった。いや、ちょっと違う。ドゥーリーはきのうホースを使った。そのホースの端を、はしごの片方の足が踏みつぶしている。ドゥーリーがホースをガレージにしまったあとで、誰かがはしごを動かしたのだ。ドゥーリー自身が使ったのだろうか？　そんなはずはない。ミセス・ハヴァマンには確信があった。はしごの足でつぶしたら、ビニールのホースが傷《いた》む危険がある。ドゥーリーがそんなことをするはずがない。

ミセス・ハヴァマンはその場にひざまずき、震える指ではしごの足のまわりをこすると、こそげ落とした土を指先ですりつぶした。土にはまだ湿りけが残っていた。ヒャクニチソウの種をまいた花壇の土であれば、つじつまが合う。

誰かがストールツの部屋に入りこもうとしてはしごを使ったのだ。犯人は実際に入りこんだのか？　ミセス・ハヴァマンはもう一度花壇へと急ぎ、上を見あげてほっと息をなでおろした。窓の下枠がこじあけられた形跡はない。それに、錠前が横木にしっかりついたままなのも見てとれる。

ミセス・ハヴァマンはすこしだけ安心した。誰かが侵入しようとしたものの、無理やり入りこむ危険は冒さなかったらしい。おそらくコソ泥だろう、と彼女は思った。地面についた足跡を見ていると、その上の空間に悪賢い危険な人物が実体化してくるような気がした。ミセス・ハヴァマンは身震いして目をそらし、急ぎ足で洗濯室に戻った。

ここで自制心を失ってはいけない。落ちついて対応策を考えなければ。ミセス・ハヴァマンは白いエナメルの洗濯用シンクの横に立ち、頭を使うのよ、筋道を立てて状況を考えて、と自分に言い聞かせた。もちろん、最善の策は警察に行って事情を話すことだった。

ストールツはそれを望むだろうか？　どういうわけか、望まない気がした。二年以上もまえに書斎で交わした会話を、ミセス・ハヴァマンはまざまざと思い出した——彼女とストールツはふたりでブランデーを飲んでいた。部屋は暖房がきいていた。ストールツの暗くハンサムな顔が、ブランデーグラス越しにこちらを見ていた。そしてストールツの声——。

「お願いがあるんですよ。嫌なら正直にそうおっしゃってください、モード。じつは、ここにちょっとお金を置いておきたいんです」

ミセス・ハヴァマンはすこしあだっぽい声で即答した。「あら、ぜんぜんかまわないわ」

「不安になったりしませんか？」

「お金ならわたしも屋敷においてあるのよ、ダン」

「あなたが手元においている額よりは、たぶんずっと大金だと思います。もしここに保管することになったら、あなたとわたし、ふたりだけの秘密にしていただけませんか？ もちろん相手はあなただから、誰かにうっかり話すことはないでしょうが」

「世間知らずのお人好《ひとよ》しじゃありませんからね」

ミセス・ハヴァマンはストールツに向かって微笑《ほほえ》み、内心喜んだ。そこまで深く信用されていることもさることながら、屋敷にお金を保管することがふたりの絆《きずな》のようなものになり、これからもストールツがこの屋敷を訪れることを保証してくれると思ったからだ。

「もし誰かが質問してきたら――」ストールツの目に鋭さが宿った。

「なにも話さないわ。心配はご無用」

ストールツが用心と秘密厳守を強調したことが強く印象に残っている。じつをいうと、カレンにはそれとなく話をした。しかしそのことを、ミセス・ハヴァマンはすぐにきれいさっぱり忘れてしまった。カレンは道義心がすごく強いし、分別もあるから、知らない相手にべらべらしゃべったりしないはずだと確信していたからだ。

ミセス・ハヴァマンの頭に、ストールツの言葉がふたたび響いた。「……あなたとわたし、ふたりだけの秘密にしていただけませんか？」

警察に通報してお金の件を説明することを、おそらくストールツは望まないはずだ、と彼女は判断した。すくなくとも、まだいまのところは。

分別のある対応をしたいなら、まずはお金が盗まれていないか確認するのが先決だった。カレンにそれとなく秘密をほのめかしたりはしたものの、ミセス・ハヴァマンは奇妙なほど道義心が強かった。ストールツは保管してあるお金のことを詮索《せんさく》されたくないだろうと考え、彼女自身が好奇心に負けたのは、ストールツの依頼をうけてからほぼ六カ月後の一度きりだった。そのとき、タンスの引き出しには一万四千ドル入っていた。

廊下でカレンに会ったときに備えて心を落ちつかせながら、ミセス・ハヴァマンは二階の自分の部屋に向かった。鍵はタンスのハンカチ箱の下に隠してある。鍵を取りだしたとき、隣の部屋のバスルームから物音が聞こえた。

「カレンなの？」

「タイルを洗っているんです。きのう終わらなかったので」

「そう」

バスルームは裏庭に面している。真下はガレージのすぐわきだ。カレンが数分前に外に目をやっていれば、下にいるミセス・ハヴァマンが見えたにちがいない。しかしミセス・ハヴァマンは、曇りガラスのはまった窓をいつもしっかり閉めている。カレンがそれをわざわざ開ける理由はない。あの子はなにも見ていないはずだ。

ミセス・ハヴァマンは鍵を手にその場に立ったまま、さらにぼんやりと物思いにふけった。彼女はバスルームの明かりを夜もつけっぱなしにしている。そうしておくと泥棒よけになると、昔なにかで読んだことがあった。誰かがベッドから起きだして、トイレに行くか薬を飲むかしているなら、寝ぼけている可能性は低い――泥棒はそう判断するはずだというのだ。ミセス・ハヴァマンはそこではっと気がついた。バスルームの明かりをつけておいたおかげで、泥棒は無理やり窓をこじ開けるのをあきらめたのではないか？　たぶん、二階で誰かが起きていると考えたのだろう。

ささやかな用心が効果を発揮したことを喜び、ミセス・ハヴァマンはひとりうなずいた。それから一階へ行くと、ストールツの部屋の鍵を開け、なかに入ってからもう一度施錠し、部屋を見まわした。ここにはきのう入ったばかりだった。掃除の必要があるか確認しにきたのだ。彼女はまず、ベッドの上のコートに目を向けた。

最初にコートに気づいたときは、ストールツが出かけた日からずっとベッドの上にあったのに、自分がうっかり見落としていたのだろうと思った。しかしいま、べつの可能性に思い至り、彼女はぎくっとした。誰かがこの部屋に入り、お金を探したのだ。

その結論が正しいという確信はあったが、まさかという気持ちもあった。ミセス・ハヴァマンは以前一万四千ドルが入っていた引き出しを開けた。驚いたことに金はなく、ストールツのシャツと下着がいくつか入っているだけだった。タンスのほかの引き出しも開けてみた。さらには、クロゼット内に造りつけになっている引き出しも確認した。どの引き出しも空っぽで、衣類さえ入っていなかった。

ストールツはお金を持っていったのだ――安堵と失望を同時に覚えながら、ミセス・ハヴァマンはぼんやりと考えた。しかしつぎの瞬間、正反対の確信が湧《わ》いてきた。泥棒がまんまと仕事をやりおおせ、お金を盗んでいったのではないか？　彼女は不安に駆られ、ハンガーラックの扉をさっと開いた。そのとたん、緑色の紙幣の巨大な山が目に飛びこみ、その場に釘《くぎ》づけになった。これだけ大きな山なら、総額はとんでもない額になるはずだ。ミセス・ハヴァマンは甲高い悲鳴をあげ、その場にへたりこみそうになった。

暗闇《くらやみ》のなかでこっそり音もなく成長した巨大な怪物にいきなり出くわしたかのように、ミセス・ハヴァマンは茫然《ぼうぜん》としていた。その場でよろめきかけた彼女の前で、札束がいくつか床に落ちた。有毒なカビが飛んできたかのように、彼女はさっと足を引いた。

どうにか扉を閉め、ベッドまで行ってふらふらと腰を下ろした。恐怖に脊髄《せきずい》が凍りついていた。斧《おの》で殴られたかのように麻痺《まひ》した頭のなかを、さまざまな思いがよぎった。まず考えたのは、あれだけ巨額な金がまっとうなもののはずがないことだった。と同時に、保管場所にここを選んだことに対する突発的な怒りも覚えた。その瞬間、自分がストールツにいだいていたセンチメンタルな期待が幻想にすぎなかったことに、彼女はもうすこしで気づきそうになった。

ミセス・ハヴァマンはベッドから立ちあがり、タンスにはもう目もくれずに廊下に出ると、ドアに鍵をかけた。

階段でカレンとすれちがった。カレンは洗濯物を両手に抱え、足下の階段にしっかりと目を向けていた。一瞬、ミセス・ハヴァマンは足を止めた。ここ何年も経験しなかったくらいに感情がかき乱されていた。パニックを起こす寸前で、誰かと話がしたいという衝動をこらえきれなくなった。

「カレン！」ミセス・ハヴァマンはだしぬけに声をかけた。

カレンははっと目をあげた。

電流の火花のように、ふたりのあいだに共感と同情の閃光《せんこう》が飛び交った。どちらも誰かと話がしたいという強烈な思いをかかえていた。ミセス・ハヴァマンの真摯《しんし》な目と真っ白な肌が、カレンに慰めたいという気持ちを起こさせた。一方のミセス・ハヴァマンは、生まれてはじめてカレンを生きたひとりの人間と見なし、この子に頼りたい、この子の愛がほしいと思った。

ミセス・ハヴァマンは手を差しだし、口を開きかけた。あとすこしで、彼女はいまの自分が陥っているパニックと混乱を打ち明けそうになった。一方のカレンも、スキップの計画をすべて告白するところだった。

しかし、言葉は口にされなかった。抑圧と拒絶の日々があまりにも長くつづきすぎたせいで、愛と信頼を伝える言葉は枯れ果て、死んでいた。ぎこちない沈黙のなか、時が刻々と過ぎていったが、ふたりは階段の途中でただ顔を見合わせたままだった。

ミセス・ハヴァマンは唇をなめた。彼女のなかで湧きあがった温かい気持ちは死に、カレンは無謀な行動をとりそうになった自分を抑えた。ミセス・ハヴァマンはなにかいうことを考え、「もうすこししたら出かけるわ」といった。

カレンはまだ希望を捨てきれないかのように待っていた。その顔は、受け入れてほしいという切望に歪《ゆが》んでいた。しかしミセス・ハヴァマンはすぐわきを通りすぎ、階段をのぼっていった。

第10章

ミセス・ハヴァマンはコートを着て帽子をかぶり、ハンドバッグを手に玄関を出た。大きなコリーがポーチに寝そべっていた。太陽の光をうけ、体毛が金色に輝いている。コリーは頭を上げて尻尾《しっぽ》を振り、日射《ひざ》しに目をしばたたかせた。ミセス・ハヴァマンはいきなり足を止めて犬を見つめた。きのうの夜、この犬はどこにいたのだろう？　犬小屋はガレージのすぐそばだというのに、吠《ほ》える声は聞こえなかった。

この犬は誰が相手でも跳ねまわって歓迎する。ときには、はしゃぎすぎて歓迎された相手が困るくらいだ。しかし見知らぬ人間が壁にはしごをかけていたら、さすがに吠えるにちがいない。ストールツのコートがベッドに出ていたことや、泥棒がほかの部屋には見向きもせずにまっすぐストールツの部屋をめざしたことに加え――なぜか犬も吠えなかった。状況はさらに不穏さと不可解さを増していた。

ミセス・ハヴァマンは屋敷の門に通じている通路を急ぎ、舗装された表通りに出ると、バスが走っている大通りのほうへ向かった。バスがくるより先にタクシーが通りかかったのでそれに乗り、ショッピングモールで降りた。

錠前屋はスーパーマーケットの隅に小さな店を構えていた。カウンターの奥には机と作業台があり、作業台のほうには在庫品の棚や工具、キーマシンなどが載っていた。ミセス・ハヴァマンが足を止めると、三十歳くらいの男が進みでた。とても清潔そうな男で、しゃれたグレーのエプロンをつけていた。

「いらっしゃいませ」

ミセス・ハヴァマンは郵送されてきたチラシをハンドバッグから取りだした。

「きょうこれが届いたの」

「うちの広告ですね。どのようなご用でしょう?」錠前屋はミセス・ハヴァマンを品定めした。不安を隠そうとしているのを見てとったのか、その目に好奇の色が浮かんだ。

「錠前を取りつけていただきたいの。一カ所じゃなくて、ドアがひとつと窓がふたつ」

「なるほど。なにか特定のタイプのものをご希望ですか?」錠前屋はカウンターの上のメモ帳と鉛筆を手元に引き寄せた。

「いちばん高級で、頑丈なのを。どれにするかはそちらで選んでちょうだい」

「窓専用の画期的な新製品が入荷したばかりです」錠前屋は嬉《うれ》しげにいった。「泥棒よけには絶対です。住所をお願いできますか？」

屋敷の住所を教えると、錠前屋はそれを書きつけた。ミセス・ハヴァマンはそれから口ごもるようにいった。

「もうひとつお願いがあるの。屋敷にくるとき……店の名前が大きく入ったトラックとかできてほしくないのよ。もし誰かが……たまたま屋敷のそばにいたら……」

ミセス・ハヴァマンはそこで言葉につまってしまった。その顔はさっきから白くなったり赤くなったりをくりかえしていた。錠前屋はいまや好奇心もあらわにまっすぐ彼女を見ていた。

「錠前を交換するのは、玄関のドアではないんですか？」

「いいえ、ベッドルームのドア」

「自家用車できてほしいということですか？」

「ええ、お願い」

「工具カバンはどうします？　交換用の錠前が入った商品パッケージとかは？」

こっそり作業する必要があることを錠前屋がすばやく理解してくれたことに、ミセス・ハヴァマンは感謝の目を向けた。

「なにかべつのものに見せかけられないかしら？　食料品の配達とか――」

錠前屋は鉛筆で前歯を叩《たた》きながら、しばらく考えこんだ。なんだか、知恵較べのゲームでもしているかのようだ。頭のおかしなおばあさんに調子を合わせているつもりなのだろうか、とミセス・ハヴァマンは思った。

「もっといいアイディアがありますよ。奥さんはご自宅に錠前屋を呼んだことを知られたくない、そういうことですよね？」

ミセス・ハヴァマンは無言でうなずいた。

「だったら、配管工ならどうです？」

なんのことかわからず、ミセス・ハヴァマンは相手の柔和な瞳《ひとみ》をぽかんと見つめた。

「配管工事店のトラックなら借りる当てがあるんです。店の名前が大きく入ったやつを」

「まあ、それならうってつけだわ！」

「あすの午前中ならどうです？」

一瞬、意味がわからなかった。つぎの瞬間、皮膚からさっと血の気が引いた。

「いえ、きょうのうちにやってもらわないと困るの！」今夜ベッドに横たわったまま泥棒が入ってこないかと耳をすませている自分を想像し、ミセス・ハヴァマンは震えあがった。

「トラックをきょう借りられるかはわからないんですよ。それに、いっしょに店をやってる男がいるんですが、そいつがきょうは商用で出てましてね。遅くならないと帰らないんです。なので、きょうはあまり長いこと店を空けられなくて」

ミセス・ハヴァマンは必死になっていた。「きょうきてくだされば、十ドル余分にお支払いするわ！」

錠前屋はうなずいた。「通常料金プラス十ドルだったら、いますぐにでもおうかがいしますよ」

「いいえ。いまはちょっと家に人がいるから……一時ならどうかしら？」

ミセス・ハヴァマンはいきなり計画を思いついた。カレンはダウンタウンで買い物をするのが好きだ。きょう町に行ったけれど探しているものが見つからなかったといって、午後にダウンタウンまで買い物に行かせよう。あまり高価ではないが探すのに骨が折れるものがいい。どこか特定のブランドのワックスか光沢剤はどうだろう？いや、でもだめだ。きょうのカレンはいつもより元気がないから、すぐにくじけて帰ってきてしまうかもしれない。ミセス・ハヴァマンは階段での一件を思い出し、罪悪感で心がうずくのを感じた。なにかあの子が興味を持てるものを探させよう。化粧品か、服か、さもなければ香水か。そうだ、それがいい、もう製造中止になったコロンにしよう。香水売り場をいろいろまわるなら、雑用とはいえ楽しいはずだ。

そうした考えが光速で頭のなかを駆けめぐった——カウンターの向こうの男は、ミセス・ハヴァマンの顔がいきなり明るくなったのを見てとったにちがいない。

「一時ぴったりにおうかがいしますよ」錠前屋は愛想よくいった。

気分が落ちついたミセス・ハヴァマンは、この人はわたしのふるまいをどう思っただろうと考えた。

「わたしのようにあれこれ注文をつけるお客は多くないでしょうね」ミセス・ハヴァマンはすこしでも陽気に見せようとしていった。

「奥さんがお考えになっているよりもずっと多いですよ」錠前屋は安心させるように微笑《ほほえ》んだ。

ミセス・ハヴァマンは店の外に出た。日射しが強く、肌を焦《こ》がすほどだった。タクシーが駐車場に入ってくるのが目に入り、彼女は手を挙げた。近所に住む古くからの友人が降りてきた。ミセス・ポッツだ。ミセス・ハヴァマンは立ち止まり、関節炎と大腸炎に苦しむミセス・ポッツにお見舞いの言葉をかけなければならなかった。タクシーに乗りこみ、自宅の住所を告げると、いきなりパニックが襲ってきた。行き当たりばったりに行動してヘマばかりしていることはわかっていた。結局のところ、たぶん自分は間違ったことをしているのだろう。論理的に考えれば、ラスヴェガスのストールツに電話をするのがいちばんいいのだ。

べつに部屋を詮索《せんさく》したわけではないふりもできる。タンスのお金も見ていないことにして、たんに誰かが侵入しようとした形跡があるので心配だといえばいい。

屋敷を空けるようになって以来、ストールツは断固とした口調でネヴァダには連絡してくるなとくりかえしている。しかしそれは無視したっていい。そんなもの、バカげたルールにすぎない。彼女の屋敷を秘密の隠れ家にしていることを、ネヴァダの友人に知られたくないのはわかる。しかし、火事かなにかで保管している金がすべて失われてしまったら？　そのときには知らせてほしいのでは？　ミセス・ハヴァマンは自分と運転手を隔てるガラスのパネルを叩いた。

「なんでしょう？」

「公衆電話があったら停めてちょうだい」

運転手はうなずいてブレーキを踏み、ぐっとハンドルを切ると、角のドラッグストアの前にタクシーをつけた。

店内は薄暗く、ひんやりしていた。白衣を着た店員がゴム製のビーチ用品の陳列棚の前にしゃがみ、商品を積み重ねてピラミッドをつくっていた。店員は立ちあがってミセス・ハヴァマンを見た。

「電話はあるかしら？」と彼女は訊《き》いた。

そのとき、店の奥のブースが目に入った。ブース内の黒い電話機は、耐えがたい不安と緊張からの解放を約束しているように見えた。ミセス・ハヴァマンはブースのなかに入り、ドアを閉めた。

しかし、〈ソラノ・シー〉に電話をかけたものの、ストールツは不在だった。ミセス・ハヴァマンは彼が戻ったら伝えてもらえるように、伝言を残さなければならなかった。

ビッグ・トムは電話のわきの椅子《いす》にすわっていた。十一時四十五分に電話が鳴った瞬間、その表情がぱっと明るくなった。

「ベニーだ」

「おうおう」

「ちょっと落ちつけよ、頼むからさ。そう興奮すんなって」

ビッグ・トムは電話にぐっと体を近寄せた。「いいか、ボケ野郎、なんでまだこっちに向かってないんだ？　今夜おまえの手が必要なんだ。説明しとかなきゃならんこともある」

「おれを当てにするのはやめてくれ。この件に関わり合うのはまっぴらごめんだ」

「いったいどういう意味だ？」ビッグ・トムは受話器に噛《か》みつかんばかりの勢いで訊いた。「おれたちが準備《ラインアップ》した計画に参加しないだと？――頭がおかしくなったのか？」

「おれが手に入《ラインアップ》れた情報をおまえは知らないだろ」ベニーの声が甲高くなり、口調が反抗的になった。

「さっさと教えろ、ボケ野郎」

「よし、だったら……だったら教えてやるよ。その金のことは、このラスヴェガスじゃ誰もが知ってる。知ってるやつは、絶対に手を出さない。やめとくんだ、トム。その金には手を出すな」

「頭のネジがゆるんだのか？」ビッグ・トムは送話口に向かって唸《うな》った。

「そうかもしれん。だけど鼻はちゃんと持ってるんだ。この件はどっか臭《にお》う」

「だったらどういうことかちゃんと説明しろ。さもなきゃ、こんど会ったときにただじゃおかねえぞ」その言葉は歯切れよく明快に響いた。ラスヴェガスのベニーもビビっているにちがいない。細い顔を汗に濡《ぬ》らし、心臓をばくばくさせ、狂気じみた目をした雄猫みたいに電話を見つめているはずだ。

「なにか……なにかつかんだら電話するよ」ほとんど聞きとれないような声でベニーはいった。「もうすこし待ってくれ」

むっとしたことに、電話が切れた。ベニー・ビュジックが受話器をおいたのだ。

ビッグ・トムは受話器をフックに叩きつけた。しばらく、椅子に腰を下ろしたまま反対側の壁を見つめていた。それから、怒りの形相を浮かべ、キッチンに行った。シンクの水切り板の横に立ち、タイルを爪《つめ》でカタカタと叩き、シンクの窓越しに家の外を眺めた。

ようやくのことでどうにか怒りがおさまると、キッチンに行ってポットに残ったコーヒーをレンジで温め、部屋のまんなかに立ったまま飲んだ。さっき昼寝から目を覚ました二匹の猫が、昼食を探している。ビッグ・トムは二匹に向かって唸り、ボウルに魚肉のキャットフードをスプーンでよそってやった。

リビングルームに戻って腰を下ろし、電話をダイヤルした。呼び出し音が二度鳴ったところで誰かが受話器を上げた。

「はい？　もしもし？」

「ラニガンだ」

「ああ。ちょっと待ってくれるか？」声が受話器から遠くなり、誰かべつの相手にいうのが聞こえた。「おい……角の店に行ってタバコを買ってきてくれ。カートンを二箱頼む」

　受話器の遠くで若い女が不満の声を上げるのが聞こえた。

「いい子にしてくれよ、な？　フィルター付きのキングサイズだ。テレビのコマーシャルでよくやってるだろ。煙すっきりゲホッと知らずとかって」

　若い女が声を裏返して嫌味をいった。「ああもう、ハリーったら、あんたにはほんとうんざり」

「それとマッチを忘れんなよ。二、三箱パックに入ったやつだ」

　女はぶつぶついいかえした。「はいはい、わかったわよ、行ってくりゃいいんでしょ」

　ビッグ・トムの耳に、女がドアを閉じる音がかすかに聞こえた。

「あいつはいい子なんでね。あまりいろいろ聞かせたくないんだ」とハリーがいった。

「去年つき合ってたのとおなじ娘か？」ビッグ・トムはそっけなく訊いた。

「エヴァのことか？　あいつならどっかのろくでなしと出てったよ。場末の酒場でコルネットを吹いてたやつとな。いまはふたりでフェニックスにいるはずだ」

「まあ、おれならこんどの女も信用しないがな。ほかの女たちより長続きするとは思えんね」

「誰が信用するなんていった？　女がいったことなんて、いまが何時かだって信用するもんか」ハリーは鼻を鳴らした。「ビジネスはビジネス、女は女。それがおれのモットーだ！」

ビッグ・トムはそれを無視した。「ビュジックからいま電話があった」

「なるほど。で、なんていってた？」

「これまでと変わらん。手を出すな、こいつはきな臭いの一点張りだ。どうやら臆病《おくびょう》風《かぜ》に吹かれちまったらしい」

「で、おまえはどうするつもりなんだ？」ハリーがためらいがちに訊いた。

「決行する。あんなやつクソくらえだ」ビッグ・トムは待ったが、ハリーはなにもいわなかった。「どう考えたって、悪くなんかなりっこない」

「だがな、おまえもいってたとおり、それだけの金を無防備に保管してるってのはどっかおかしい」

「おれはやると決めたよ。この目でその金を確認してやる。もしどこかにおかしなところが見つかれば、その場で中止すればいい。万が一に備えてビュジックを屋敷の外に配置しときたかったが、あいつは戻ってきてない」

「まあ、ふたりだけでなんとかなるだろう。おまえとおれだけでも」ハリーは自信を取り戻していった。「ちょろい仕事さ」

「持ってくるものはわかってるな？　十時までにここにきてくれ」

「ああ、まかせてくれ」

ビッグ・トムは受話器をフックに戻した。怒りと嫌悪《けんお》の表情はもう消えていた。小さなキッチンに戻ると、新たにやってきた三匹の猫が金魚鉢に向かってミャーミャー鳴いていた。餌《えさ》を出してやり、裏口から裏庭に出た。大きなコショウボクの陰になっているせいで、ここはひんやりと涼しく、風通しがいい。レンガ敷きの細い通路を歩いて育苗室に戻った。なかに入るまえに、注意深くあたりを見まわした。

植木鉢のフクシアとシダに水をやり、もう一度外に目をやった。それから育苗室の隅に行き、一面に緑の苔《こけ》がむした敷石のひとつを持ちあげた。敷石の下にはレンガで区切られた小さな空間があった。雑多に入っているもののなかから、ビッグ・トムはビニールの包みを選んだ。中身は見えなかったが、その形は明らかにルガーだった。

ビニールに包んだ拳銃《けんじゅう》を手に、母屋《おもや》に戻った。小さなリビングルームにしばしたたずみ、渓谷の静寂に耳をすませた。それから腰を下ろし、ルガーの包みを解くと、口笛を吹きながら入念に点検しはじめた。

スキップはバスルームに行き、鏡に顔を映した。エディに殴られた跡はたんなるひっかき傷にしか見えなかったが、ビッグ・トムに拳銃をぶちつけられた部分は一面真っ黒になっていた。スキップは体を洗ってタオルで拭《ふ》き、歯を磨いた。きょうはいつもより遅くまで寝ていた。まあ、それは問題ない。今夜は寝るのがすこし遅くなるはずだ。鏡に映った自分の姿をもう一度見た。ビッグ・トムのことを考えると、目の奥で光がちらついた。

部屋に戻り、服を着て階下に降り、中庭を突っ切ってチルワースの屋敷に行った。ウィリー叔父はポーチで四つんばいになり、たわしで床をこすっていた。そばには石《せっ》鹼水《けんすい》の入ったバケツがおいてあった。

「気をつけろ」ウィリー叔父がスキップに向かって叫んだ。「床がどこも濡れてるからな。ぐるっとまわって横手のドアを使ってくれ。キッチンにも気をつけてくれよ。まだ乾いてないんだ。あんまり歩きまわってほしくないんだがな」

「五十セントくれよ。角の店でなんか買うからさ」

「五十セントだと？　ここはもうすぐ終わる。十分もすればすっかり乾くはずだ。キッチンにあるものを食べればただですむんだぞ、スキップ。そいつを忘れるな。ただですむもんに五十セントせびるのはやめろ」

スキップはウィリー叔父にすこしだけ近寄った。「金を手に入れたときに備えて、いまから慣れるようにしといたほうがいいぜ、叔父さん。五十セントはその第一歩、いわば練習だよ」

ウィリー叔父は毒のこもった鋭い目でにらみ、屋敷の奥のほうにぐいと頭を振った。どこかでチルワースが聞いているかもしれないといいたいのだ。

「食事をただですますって話をしたときは、聞かれる心配なんかしてなかったじゃないか」スキップは小《こ》賢《ざか》しく指摘した。「なんでいまはだめなんだい？　ったく、盗聴器でも仕掛けてあるっていうのかよ？」

ウィリー叔父はさっと立ちあがった。白髪まじりの髪が軽く目にかかった。

「スキップ、おまえにはほとほとうんざりだ。心の底からな。ほかならぬ姉さんの息子じゃなけりゃ、そのケツを蹴《け》飛《と》ばしてるとこだ」

「やってみるかい？」

そうはいったものの、スキップは屋敷をぐるっとまわって横手のドアへ行き、食品貯蔵室を通ってキッチンに入り、食べるものを探した。ウィリーは床をごしごしこすりながら裏口の前まで進んでいくと、そこにたわしをおき、低木の植えこみに水を捨て、横手のドアからキッチンに入ってスキップに合流した。すでにスキップは卵三個と同量のバターで目玉焼きをつくっていた。

　ウィリーはコーヒーを温め、ふたつのカップにたっぷり注いだ。

「ああ、クソッ、四六時中あんなふうによつんばいになってると、背中が痛くてかなわん。刑務所にいたときにゃ、総計二万キロ分近い廊下を磨かされたよ。おかげで背骨がどうにかなっちまった。あんなふうに身をかがめるのはもう無理だ」

　スキップは卵を裏返し、バターを全体にしみこませた。「もうあんなふうに働かなくてもすむようになる。でっかく羽ばたくんだ」

　ウィリー叔父はカップ越しに眉《まゆ》をひそめてみせた。

「おまえはアホか？　おれは今後一年間、いっさい生活を変えない。おれはバカだったから、痛い目にあうまでわかってなかった。しかし、いまじゃあれこれしっかり学んだよ。そのうちのひとつは——とくに重要なのは——自分のしたことをちょっとでもほのめかしたら、すぐに捕まっちまうってことだ。逮捕されたければ、贅沢《ぜいたく》な暮らしをして金をばらまくだけでいい」ウィリー叔父の声は低く、ほとんどささやき声に近かった。「おまえにいっときたいのはそれだけだ、スキップ。貧乏ななりをして、貧乏人みたいな話し方をし、なにをやってもうまくいかないふりをしろ。キャデラックなんか乗りまわしたら、朝日が昇るのとおなじくらい確実に、ムショにぶちこまれることになる」

「わかったわかった」スキップは食器棚から皿を取りだし、卵をぽんと載せ、トースターからパンを出してバターを塗った。いつものように、シンクの横に立ったまま食べた。

「でも、警察は介入してこないって可能性もあるだろ？　ストールツは金を盗まれても通報できないかもしれない」

「そうなったら、状況はさらにまずい」ウィリー叔父はささやいた。「その可能性があるからこそ、おれはこのヤマをおまえから取りあげてビッグ・トムに渡したんだ。ストールツの隠してるのが、国税庁に無申告の収益だって可能性もあるからな。もしそうでも、ビッグ・トムなら自分を守れる。捜査の手が厳しくなったら取引するだろう。もちろん、ストールツ本人に売り戻すことだってできる。おまえやエディにそんな真似《まね》ができるか？」

「ストールツは間抜けなカモだっていうのかい？」スキップはあざけるようにいったが、ふと記憶が甦《よみがえ》った。

〈ソラノ・シー〉でサルヴァトーレの部屋の前に立っていた、花崗岩《かこうがん》の拳《こぶし》を持ったでっかい男――。

花崗岩の拳を持った男は、ストールツの手下のひとりだった。どんなやつが相手でも、あの男なら拳ひとつでマシュマロみたいにぶっつぶせるだろう。落ちついた態度と、ぎこちない礼儀正しさの下には、汲《く》めどもつきせぬ残忍さと凶暴性が隠されている。あの推し量るような冷たい目を見ればよくわかる。

スキップはウィリー叔父に目を向けた。スキップの顔に不安げな笑みがちらっとよぎったが、ウィリーは見ていなかった。その目はコーヒーに注がれていた。

「叔父さんはなにをしてアリバイをつくるつもりなんだい？」と、スキップは訊いた。

第11章

六時三十分、ウィリー叔父は淡いブルーのシャツにブルーのスーツを着こみ、赤いボウタイを締めた。黒い靴はチルワースの屋敷の窓くらいぴかぴかに磨かれている。スキップのほうもいつもの外出着——スラックスにレザージャケット——に着替えていた。体はしっかり洗ったし、髪もきれいにとかしつけ、あごの痣《あざ》が目立たないようにタルカムパウダーをすこしはたいてある。ウィリー叔父が手を拭《ふ》きながらバスルームから出てきて、ずる賢そうな笑みを浮かべた。

「今回のアリバイはちょっとしたもんだと思うね」

「たしかにな」スキップはうなずいた。「誰が迎えにきてくれるんだい？」

「電話ではミッチェルって名乗ってた。ミーティングの場所は西ラーチモントだそうだ。いやしかし、考えてもみろ」ウィリー叔父はさも不思議そうにいった。「このおれがアルコホーリクス・アノニマス（匿名アルコール依存症者の会。通称ＡＡ。アルコール依存症者が匿名で集い、それぞれの体験を披露してお互いの断酒を支え合う）のミーティングに出席して、ビッグ・トムが仕事をしてるあいだ、参加者たちの前で自分の経験について話すってんだからな」

「鉄壁のアリバイだよな」スキップはもう一度うなずいた。内心、ウィリー叔父がそこまで独創的なアイディアを思いついたことに驚いていた。

「ほら、留置場に入るってアイディアはビッグ・トムに却下されちまっただろ？」ウィリー叔父は明るい調子でつづけた。「あのときおれは、バーにでも行こうと思ってたんだ。その場で誰かと友だちになって、話をしようってな。しかしそこで気がついた。いやだめだ、相手はたぶん酔っぱらってるだろうから、いざ警察に呼びだされて面通しをさせられても、おれのことなんか覚えてないだろう。そこで考えたんだ。バーの正反対の場所といったらどこだ？　すると答えがひらめいた。そうとも、ＡＡだ」ウィリー叔父はスキップに向かって得意げに顔を輝かせた。「われながらいいアイディアだと思うね」

ちがいない、とスキップは思った。ＡＡのミーティングに出てくるやつは、みんなほかの参加者に興味を持っている。これほどいい目撃者はほかにいない。

「たいしたもんだよ」とスキップはいった。

ウィリー叔父は湿ったタオルでズボンの糸くずをさっと払った。「しかし、笑わずにいるのはさぞ苦しいだろうよ。手に入るはずの金のことでも考えてるつもりだ。ただすわってホラ話を紡《つむ》ぎだしてくるさ。ＡＡのミーティングに一晩参加しただけでおれほどの金を儲けたやつは、ほかにいないだろうよ」

「ほんとだな」スキップは冷ややかな目で叔父を見て、ポケットに入った小銭と鍵《かぎ》とタバコを確認しながら、もう一度だけそのアイディアについて考えた。「でも叔父さんは酒に溺《おぼ》れたことなんて一度もないだろ。真に迫った話なんかでっちあげられんのかい？」

「ところがどっこいでね」ウィリー叔父はうれしげにいった。「サン・クエンティン刑務所で同房だった男に、ロサンゼルスからブルックリンまで、あらゆるドヤ街を渡り歩いてきたやつがいた。そいつから聞いた話を、一週間だってつづけられるさ。たとえばいちばん傑作な話はな、やつがシアトルにいたときのことだ――当時、日曜は酒の販売をしてなかった。そしてその日は日曜だった。そこでやつは仲間と協力し、缶入りの携帯燃料を手に入れた。で、ぼろ切れで漉《こ》したんだとさ。そんときはもうすこしで失明するとこだったとよ」

　チルワースの屋敷の向こうから、軽いクラクションの音が聞こえてきた。

「迎えがきたらしい」ウィリー叔父はコートを正し、テーブルの上の帽子をつかむと急ぎ足で出ていった。

スキップは足音が消えていくのを不機嫌な顔で聞いていた。タバコに火をつけ、バスルームに行って最後にもう一度鏡をのぞき、あごにタルカムパウダーをたたいてから明かりを消した。路地はシナノキの匂《にお》いが重くたれこめていた。まだどこにも明かりは灯《とも》っていない。西に沈もうとしている太陽の最後の光が、ガレージの錠前にかけたスキップの手を不気味な灰色に染めている。彼はガレージのドアを開けた。ガレージの左側にはチルワースの古いビュイックがおいてあった。スキップは自分のポンコツを路地に出し、ドアをふたたび閉めて走り去った。

ビッグ・トムをこのヤマに引き入れた件に関しては、ウィリー叔父に報復する方法はなかった。すくなくともいまはない。叔父の取り分をゼロにしてやることで満足するしかない。

始業のベルはまだ鳴っていないのに、カレンは教室にいた。身じろぎひとつせず、タイプライターの前にじっとすわっている。スキップは前の席にすっと近づくと、カレンと向き合えるように椅子《いす》をまたいで後ろ向きにすわり、椅子の背に両手をついた。

「よう、鍵は手に入れたか？」

小さな翼のような眉《まゆ》が、青白い肌にくっきりと黒く浮かんでいた。カレンは目を上げた。その目は黒いまつげに埋もれているように見えた。

「うまくいかなかった」カレンはしゃがれた声でいった。スキップはその声に気力がないことに気づき、神経をとがらせた。

「きょうの午後、ダウンタウンにおつかいに行かされたの」と、カレンはつづけた。「帰ってきてみると、ストールツの部屋の錠前が新しいものと交換されてた——ドアだけじゃない、窓の錠前まで。新しい真鍮《しんちゅう》の固定具がついてるのが裏庭から見えたわ」

「ばあさんはどんな態度だった？」

「わたしは一瞬——」カレンは唇を噛《か》んだ。「一瞬、なにか話してくれるんじゃないかと思ったんだけど」

スキップは身を乗りだし、目を細めた。「ばあさんはおまえをどんなふうに見た？ 疑ってるみたいだったか？ それくらいはわかったろ？」

「わたしを見る目はいつもと変わらなかった」

「ならいい」スキップは斜めに傾けた椅子を前後に揺らしながら考えた。早めにやってきた生徒たちがちらほらと教室に入ってきた。スキップは声を低めてささやくようにいった。「いいか、ドアについてるのがどんな錠前だろうと知ったこっちゃない。

計画は今夜決行する。もしばあさんが怯《おび》えて鍵を差しだせばそれでいい。さもなければ――」

カレンはパニックを起こした。「ミセス・ハヴァマンと顔を合わせるつもりなの？」

スキップはうなずいた。「なんの問題がある？　変装するから、おれだってことはわからない」

タイプライターのキーの上でカレンの両手が震えた。顔からはすっかり血の気が引き、目には恐怖の色が浮かんでいた。「おばさんを傷つけたり脅したりするつもりなら、屋敷には入れない」

スキップは肩をすくめた。「あのばあさんにすべて告白するつもりか？」

「そんなことしない」

「おいおい、自分に残された選択肢がよくわかってないみたいだな。エディとおれに手を貸して屋敷のなかに入れるか、あのばあさんにすべて告白して、警察に通報するように仕向けるか。ふたつにひとつだ。怖《お》じ気《け》づいて逃げだし、なにもせず、手も汚さないってわけにはいかない」スキップは腕を伸ばしてカレンの手を握り、痛いほど指をひねりあげた。「もしおれたちに手を貸すつもりなら、最後まで協力しろ。わかったか？　仕事自体はちょろいもんだ。さっさと終わらせて、九時半には何キロも先まで逃げてるさ。九時ぴったりに学校を出ればな」

スキップは椅子を離れ、足早に教室を出ていった。カレンのことはまったく疑っていなかった。それに、いまは片づけておくべき用事がひとつあった。学校の前の通りを渡り、ドラッグストアに入って店員にゴム手袋を何種類か見せてもらった。あのドアをこじ開けることになったらこいつが必要になる。スキップはどれがいいか念入りに較《くら》べ、天然ゴムの軽いやつを二組選び、金を払ってジャケットのポケットに包みを押しこんだ。授業に戻るには緊張しすぎていたので、あたりをぶらつきながらタバコを吸って時間をつぶした。

ミセス・ハヴァマンが錠前を新しくした件に関しては、まったく心配していなかった。もし必要なら叩《たた》き壊せばいい。あんなばあさんなど、恐るるに足らずだ。もしストールツに連絡を入れていると厄介だが、その危険はあえて冒すしかなかった。

エディは九時十五分前に教室を出た。教師には胃が痛いと嘘《うそ》をついた。彼とスキップはカレンを迎えに行った。廊下に出てきたカレンを見たエディは、ひどく落ちこんでいるのを見て取った。なにか声をかけてやりたかったが、スキップの前なので黙っていた。九時十二分、三人はハヴァマン家のドライブウェイに車を乗り入れ、エンジンを切ってライトを消した。スキップは車を惰性で低木の深い影まで転がしていった。スキップとエディは車を降り、カレンがのろのろとそれにつづいた。

「ストッキングを脱げ」スキップがカレンにいった。

すぐには意味がわからずにとまどっているカレンに向かって、スキップが息を殺して毒づいた。カレンが左右のストッキングを両方とも脱ぐと、スキップとエディはそれぞれ一本うけとって頭からかぶった。顔の造作が不気味なくらい平べったくなり、頬骨の部分が白くなった。まぶたが引っぱられているせいで、目がひだのように細い。スキップの顔を見たエディは思わずぞっとした。

スキップがポケットから包みを取りだし、エディに手袋を一組差しだした。

屋敷には何カ所か明かりがついていた――キッチン、二階、一階の正面に近い部屋。

「おまえがこれからやることをいうぞ」スキップがカレンにいった。唇が平たく押しつぶされているせいで、声がこもってひずんでいた。「まずは犬だ。どこか出られないところに閉じこめておけ。吠《ほ》えたり、おれたちの仕事を邪魔したりしないようにな。そしたらつぎは、おれたちが入れるように裏口のドアを開ける。そのあとでばあさんのところに行き、見てほしいものがあるからキッチンにきてくれというんだ。ガス漏れしているみたいな臭《にお》いがするとかいえばいい」

「死ぬほど怯えちゃうに決まってる」カレンは抗議した。「なにかほかの方法はないの？」

「たとえば？　いったいほかにどんな方法があるっていうんだ？」スキップの態度は穏やかで、辛抱強いといってもいいほどだった。しかしエディは、そんな態度のすぐ下に凶暴さが潜んでいるのを感じた。カレンもおなじものを感じているにちがいない。

「約束して」と、カレンがいった。「おばさんが鍵を出したら、あとはもう手を出さないでほしいの。痛めつけたりしないで」

「なんだっておれがそんなことする？」スキップはとぼけた。

「約束して」カレンは念を押した。

「わかったわかった。だからもう黙ってくれ」スキップは退屈したかのように伸びをした。明るい色をしたナイロンのストッキングを頭にかぶっているせいで、スキップは奇妙なほど明るく見えた。まるで後光が射《さ》しているかのようだ。後光の射しているスキップを連想するなんて頭がどうかしてるぞ、とエディは思った。

カレンは歩み去った。足音が遠ざかっていき、暗闇《くらやみ》が彼女を飲みこんだ。しばらくして、正面玄関のドアがカタカタいう音が聞こえた。それにつづく静寂が、エディには永遠に終わらないかのように思えた。いまにも屋敷のなかから、自分たちの破滅を告げる音が突発的に響いてくるのではないか？　たとえばカレンがエディたちを裏切り、事情を知ったミセス・ハヴァマンが悲鳴を上げるとか。エディは窒息しそうな不安を覚え、顔をぴったり覆《おお》っているナイロン越しに息を大きく吸いこんだ。

突然、キッチンのドア越しに明かりが差し、カレンの姿が浮かびあがった。彼女は不器用な手つきでロックをはずすと、足早にまた視界から消えた。スキップはエディのほうを向き、こいというように頭をぐいと傾けた。ふたりはドアに向かった。エディは唇をなめようとした——舌がナイロンにからまり、口に不快感が広がった。

ふたりは音を立てずに洗濯室に入った。スキップはそっとキッチンに入っていくと、廊下に通じているドアのすぐわきに身を寄せ、エディに向かってドアの反対側の壁を指さした。それからほんの数秒もしないうちに、ミセス・ハヴァマンがキッチンに入ってきた。その姿が目に入った瞬間、もう引き返せないのだと悟り、エディは心臓の鼓動が大きく乱れるのを感じた。

ミセス・ハヴァマンはドアから一メートルほどなかへ入ったところで、肩ごしに後ろを振り返った。彼女はエディを見てから、さらに首をまわしてスキップを見た。彼女はふたりと向き合おうとするかのように後ろを振り向きかけたが、そこで膝《ひざ》から力が抜けてしまい、部屋のまんなかに置かれたテーブルに片手を伸ばして体を支えた。

「あなたたちは誰？」老いた女性の甲高い叫び声は、一語一語はっきり聞きとれた。しかしそれは、機械的に口をついて出たにすぎず、答えを求めてはいなかった。ミセス・ハヴァマンはエディとスキップが誰なのか知っていた——例の悪夢が現実になったのだ。それに気づいたショックで彼女の顔は震え、激しく引きつった。

「出ていって！」ミセス・ハヴァマンは喉《のど》の奥から声を絞りだした。「カレン！　カレン、こいつらを追い払って！」

　カレンが廊下に姿を現わした。彼女は泣いていた。涙を拭《ぬぐ》おうともしていなかった。悲嘆と苦悩をかかえた彼女は、怖《おそ》ろしく幼く見えた。

「どうしたらいいかわからないんです、モードおばさま」そこにはぞっとするような真実の響きがあった。

　スキップがジャケットのポケットに手をつっこんでいることにエディは気づいた。人差し指を突き立て、拳銃《けんじゅう》を持っているように見せかけている。ミセス・ハヴァマンは恐怖で茫然《ぼうぜん》としていて、気がついてもいない。いまにも倒れこみそうだ。エディが見ていると、ミセス・ハヴァマンはほんとうによろめいた。しかしすぐに立ち直った。

「お願いだから……暴力だけはやめて」ミセス・ハヴァマンの舌がもつれた。

「そいつはあんた次第だな」スキップは冷淡な声でいい、かすかに微笑《ほほえ》んだ。ナイロンの織[illegible]の下で皮膚が動き、そこだけ不気味に白くなった。「おれたちがほしいのはストールツの部屋の鍵だ。それと、あんたにはおれたちの邪魔をしてほしくない」

ミセス・ハヴァマンが心を決めるまで——もしくは、手足の震えをなんとか抑えこむまで——しばらく[illegible]なくてはならなかった。それから、彼女は先に立ってゆっくりとキッチンを出た。エデ[illegible]すくんでいるカレンのわきを通りすぎ、二階に向かった。階段のいちばん上までくるとミセス・ハヴァマンはふたりのほうに向き直った。さっきよりは自分を取り戻している。

「こんなことをしても時間の無駄よ」ミセス・ハヴァマンはスキップにいった。「ストールツさんの部屋に金目のものなどないわ」

「そいつはおれたちに確認させてもらえないかな」スキップはゆったりと構えていた。「さあ、鍵を出してくれないか？」

カレンは階段のまんなかあたりに立っていた。ミセス・ハヴァマンが振り返って自分のベッドルームに入っていくと、カレンは上にあがってきた。ミセス・ハヴァマンはクロゼットのドアを開けた。スキップが体を緊張させた。なかに拳銃を隠しているのではないかと思ったのだろう。しかし、ミセス・ハヴァマンはハンガーにかかったコートのポケットをしばらく探り、鍵を取り出した。鍵は真新しく見えた。へりがすり減っておらず、まだ鋭い。

スキップはそれを握りしめてうなずき、エディからカレンに目を向けた。

「よし。こいつを縛りあげるんだ」

カレンは金切り声をあげた。「でも約束したじゃない!」

スキップは冷淡にいった。「縛りあげるのがいやなら、殴って気絶させてもいい」

ミセス・ハヴァマンは唇をなめた。「縛っておくれ、カレン」

スキップがマスクの下で笑い、顔を歪《ゆが》ませるのを横目で見つつ、エディは思った。あんなふうに叫ぶことで、自分がうっかり口をすべらせてしまったことに、カレンは気づいているのだろうか? スキップが指さしたベッドの端に腰を下ろしたミセス・ハヴァマンは、深い物思いにふけっているかのようだった。遠い昔の出来事を思い出し、年月の移ろいに思いを馳《は》せているような顔だ。しかし同時に、なにか苦いものが口のなかにあるような顔でもあった。

「ベッドにうつ伏せになれ」スキップがミセス・ハヴァマンにいった。「カレン、背中で両腕を縛るんだ。きつくだぞ。まず手首のところで縛ってから、肘《ひじ》のほうに引っぱりあげろ。そうすりゃずっときつくなる」

「なにを使って縛るの?」

「ちょっとは自分の頭を使え。タオルを引き裂くんでもなんでもいい」

ミセス・ハヴァマンが首をひねって顔を上げた。「カレン、おまえはこの男たちを知ってるの？」

「会ったこともありません」カレンは狼狽《ろうばい》した子供のような嘘をついた。彼女の受け答えはどれもスキップを知っていることを示していたし、彼の動きや目配せに従っているのも明らかだった。「なにを使って縛りますか？」

「新しいタオルは使わないで」ミセス・ハヴァマンはだいぶ落ちつきを取り戻していた。「タオル類をしまってあるクロゼットに行って、なにか使い古しのものを持ってきて」

カレンは急ぎ足で出ていき、ピローケースをいくつかかかえてすぐに戻ってきた。彼女はそれを細く引き裂き、ミセス・ハヴァマンの腕を縛り、つづいて——スキップに命じられ——足首を縛った。

「バスルームに脱脂綿はあるか？」とスキップが訊《き》いた。「あのふわふわしたやつ」

「た、たぶん」カレンの目に不安があふれた。

「探してこい」

カレンはベッドの端にそってあとずさった。ミセス・ハヴァマンが小声でいった。

「猿ぐつわはやめてちょうだい。絶対に大声は上げないと約束するから」

「ここを仕切ってるのはいったい誰なんだ？」スキップは誰にともなく訊くと、バスルームに行って脱脂綿の青い箱を持ってきて、ベッドの上に放り投げた。

「その女の口にそれをつめこんで、ぼろ切れで猿ぐつわをするんだ」スキップはカレンを見たが、彼女は動こうとしなかった。

「お願いだから！」ミセス・ハヴァマンが横たわったままあえぎ、スキップにちらっと目を向けた。「騒いだりしないと約束するわ」

「あんたには選択肢がある」スキップが冷淡に言い放った。「猿ぐつわか、耳の後ろを殴られてしばらく昏倒《こんとう》してるか。どっちがいい？」

まるで、ミセス・ハヴァマンが殴られるほうを選ぶと本気で思っているかのように、スキップが一歩前に進みでた。ミセス・ハヴァマンは掛《か》け布団《ぶとん》の上で縮こまり、顔をすこしでも背けようとした。

「い、いやよ。それだけはいや」

「オーケー、カレン、さっさとやるんだ」スキップは震えている娘を面白がるような意地の悪い目でじっと見た。「時間を無駄にしてる暇はないぞ」

カレンは震えながらミセス・ハヴァマンに近づき、ためらいがちに訊いた。「口をあけてくださいますか、モードおばさま？」

「わたしはおまえのおばさんじゃありませんよ」ミセス・ハヴァマンはカレンの目をまともに見据えた。「なぜそんなふうに呼ぶように頼んだのか、自分でもわからないわ。わざわざ引き取って食べさせてきたのに——まさかこんな男たちをわたしの家に引き入れるだなんて」

　カレンは後悔の念に飲みこまれたような顔でミセス・ハヴァマンを見つめた。

「どこの馬の骨ともわからないこんな連中と、いったいどうやって知り合ったんでしょうね。これまでは悪賢いところなんてなかったし、陰でこそこそなにかしたりとか、夜中にこっそり出かけたりとか、そんな不良じみたことはいっさいしていなかったじゃないか。てっきりまともな娘なんだと思っていましたよ。ところがどうだい、こんなことをしでかすとは」

「おいおい、さっさと猿ぐつわをしろよ」スキップはかんしゃくを起こしかけていた。

「もうひとりのほうはぜんぜんしゃべらないのね？」ミセス・ハヴァマンは耳ざわりな声でいいながらエディを見た。エディは頭にかぶったナイロンに汗がにじんでいることを知っていた。しかし、自分の顔がスキップとおなじくらい歪んでいて、誰だか見分けがつかなくなっていることには、たったいままで気づいていなかった。

ミセス・ハヴァマンは直接エディに話しかけた。「もし分別ってものがあるなら、ほんとうに重罪を犯すまえに出ていったほうがいいわよ」

スキップが腹を立てて唸《うな》り声を漏らした。彼は脱脂綿をひとつかみ取り、ミセス・ハヴァマンがしゃべり終わると同時に口のなかへ押しこんだ。ミセス・ハヴァマンはあごを動かして吐きだそうとした。カレンが駆け寄って手を貸そうとしたが、スキップがぐっと腕を突きだして壁に押しつけた。彼はエディに目を向けた。

「ちょっと落ちつけよ」エディは小声でささやいた。

スキップはミセス・ハヴァマンの口もとに脱脂綿を一枚押し当て、ぼろ切れで強く縛った。猿ぐつわの奥からくぐもった声が響いた。ミセス・ハヴァマンの顔が赤くなり、やがてどす黒くなった。

　スキップがエディにいった。「カレンを連れて廊下に出ろ」

エディはカレンに近寄った。「おばさんは気絶してる。なんにも感じてないよ」彼はいきなりぐったりしたミセス・ハヴァマンの体を見たくなかった。

カレンは壁際《かべぎわ》にしゃがみこみ、スキップを見つめていた。「わたしはそばにいなきゃ。わたしにさわらないで」

スキップが鍵をお手玉のようにポンポンと宙に放りあげ、まだ新しい真鍮が光を反射してきらめいた。

「おまえはおれたちといっしょにくるんだ」スキップがカレンにいった。「このばあさんといっしょにしとくと、なにをやらかすかわかったもんじゃないからな。いったいなんだってそんなに動揺してるんだ？ べつにたいしたことはしてないだろ？」

スキップはカレンの二の腕をつかんで上に引っぱり、無理やり立ちあがらせた。あまりの痛みにカレンがはっと息を飲む声が、エディの耳にも聞こえた。

「さあ、くるんだ」

カレンは夢遊病患者のようについてきた。エディはびくびくしていたが、スキップは意気揚々とした足どりで、鍵を宙に放りあげては小声で笑っていた。スキップがストールツの部屋の新しい錠前を開け、三人はなかに入った。カレンはドアのわきにとどまった。いまや彼女は、金への関心をすっかり失っているようだった。スキップは明かりのスイッチを入れ、奥の壁際におかれたマホガニーの古いタンスへと急いだ。彼は扉に手を伸ばした。丸く曲げた指が飢えているかのように見える。スキップは扉を勢いよくさっとあけた。そして、ショックのあまり茫然とし、その場に立ちつくした。しばらくして彼はエディに目を向け、つぎにカレンを見た。

タンスは空だった。

それからの数分間、スキップとエディは急いで部屋を探した。金はすぐにでも見つかるだろうと考え、人目につかない隙間《すきま》や隠し場所がないか確認していった。部屋のなかにはないことが明らかになると、スキップはカレンのほうを向いた。エディにはわかっていた。もしいま自分がこの部屋にいなければ、スキップはカレンを殴りつけていたにちがいない。

大声を出さないように自制しながら、スキップがカレンにいった。

「さっきの部屋に戻って、あのばあさんに会わなきゃならないな。まずはおまえからよくいって聞かせるんだ――おれたちはストールツがここに隠してる金がほしい。あきらめるつもりは絶対にない」

二階に戻ると、ミセス・ハヴァマンはすでに意識を取り戻していた。猿ぐつわの上で、両目が彼らに懇願していた。

エディは体が熱くなり、気分が悪くなった。こんな屋敷やばあさんとは関わり合いにならなければよかったのに、と思った。金のことなど、知らずにいればよかったのだ。

しかし、スキップと出会わなければよかったのにという思いは、なぜか頭に浮かばなかった。

第12章

山のふもとに広がる街は空にまばゆい光を放ち、丘の頂を冷たく輝かせている。しかし、この渓谷は闇《やみ》に沈み、風にそよぐ木々の音以外、ひっそり静まり返っている。動いているものは斜面をのろのろと這《は》っている一台の車だけだ。その車はビッグ・トムの家の下でゆっくりと停止した。エンジンが切られ、車内灯が消え、黒いスーツを着た背の低いがっしりした男が降りてきて、あたりを見まわした。漆黒の闇のなか、目につく明かりは、トムの家の玄関脇《げんかんわき》についた電灯だけだった。

ハリーはかすかに吹いてきた風の匂《にお》いをかいだ。車の排ガスの匂いも、街から流れてくる煤煙《ばいえん》の匂いもしない。振り返って丘の下に目を向け、渓谷を走るハイウェイのランプを見た。そこにも車の気配はまるでない。この渓谷はロサンゼルスから何十キロも離れているにちがいない。ビッグ・トムはじつにいいところを見つけたものだ。

ハリーは階段をのぼってポーチに行き、スクリーンドアを揺すった。ドアはすぐになかから引き開けられた。ビッグ・トムはいつでも出かけられるように身支度を整えていた。部屋のまんなかには油断のない目をした猫が二匹すわり、こんな時間になにをするつもりなんだろうという顔で主人を見つめている。

「ちょっと待ってくれ。裏口がちゃんと閉まってるか確認しときたいんだ」

ビッグ・トムが奥へ向かいかけたとき、電話が鳴りはじめた。ビッグ・トムは無視してキッチンに行き、一分ほどして戻ってきた。ハリーはスクリーンドアが閉まらないように肩で押さえ、隙間《すきま》から頭を突きだしていた。

「電話に出ないのか？」

「誰からかはわかってんだ。ベニーさ」ビッグ・トムは電話のおいてあるテーブルのわきを通りすぎた。電話には一瞥《いちべつ》もくれなかった。「あんなやつ、くたばりやがれってんだ」

「もしかしたらなにかわかったのかもよ」とハリーはいった。「話だけでも聞いといたほうがいいんじゃないか？」

「なにをいうかはわかってる。あいつは一日じゅうずっとおなじことをいってるんだ」

「ほう。ならおれが話を聞いてみるよ」ハリーは有無をいわさぬ口調でいうと、どこか喧嘩《けんか》腰《ごし》な態度で部屋に足を踏み入れた。

ビッグ・トムが冷たい視線を投げた。「おれといっしょにくるのか？　それともこないのか？」

「ベニーの話を聞いてから行くよ。フリスコでヤバいことになったとき、一度命を救ってもらったことがあるんだ。あいつのいうことなら聞いておきたいね」

「クソッ、だったら好きにするがいいさ」ビッグ・トムは椅子《いす》に腰を下ろして手を組み、まんなかのラグに並んですわっている二匹の猫に愛情のこもらない目を向けた。

ハリーは電話の前まで行って受話器を上げ、耳に当てた。「そうだ。いや違う、ハリーだよ。もう出かける準備はできてる」彼はしばらく話を聞いていたが、やがて唇を突きだし、唇をなめた。「おまえは信頼できる話だと思うか？」

沈黙がドームのように家を覆《おお》った。あたかも、そのなかだけが真空になったかのようだった。ビッグ・トムはなにかを引っかく音にでも耳をすますように、身動きもせずにすわっている。沈黙のドームに誰かが侵入しようとしていないか、ほんのわずかな物音も聞き逃すまいとしているかのようだ。ビッグ・トムはハリーを見なかった。ハリーの感じている不安は、まるで匂いのように、波となって部屋に広がった。

ハリーは受話器をおき、ビッグ・トムの正面におかれた椅子まで行って、腰を下ろした。

「いやはや」ハリーは白いハンカチを取りだすと、襟の下に突っこんで首筋の汗をぬぐった。「こりゃマジでヤバいぞ」

ビッグ・トムはなにもいわず、なんの興味も示さず、ただ待った。ハリーはつづけた。

「ベニーはある男を一日じゅう追ってた。酒をおごってやって、なんとか親しくなろうとしてたんだそうだ……おまえに電話するために中座するとき以外はずっとな……やつはその男にしこたま飲ませ、ようやくのことで話を聞きだした。もちろんストールツの話だ」

ビッグ・トムは片方の猫をつまみあげ、ノミがいないか両耳の後ろを調べた。ハリーのほうには目を向けなかった。

「ベニーがずっと張りついてた若造は、ほんとに鼻っ柱の強いやつらしい。タフなやつだ。ベニーはエルパソからきた殺し屋じゃないかとにらんでる。まえに一度会ったことがあるといってた。そいつは一年かそこらストールツの下で働いてたが、もう働いてない。いまは違う名前を使ってる。とはいえ、ベニーに話したような秘密をベラベラ話してたら、名前なんかもう必要なくなっちまうだろう」

「おれとしては、おまえがビッグニュースの説明にたどりつく日が待ち遠しいね」とビッグ・トムはいった。

「そのニュースってのがヤバいんだ。マジでヤバい」ハリーは濡《ぬ》れた石鹸《せっけん》のように目をきらめかせた。「噂《うわさ》だと、ストールツはハートフィールド事件の身代金《みのしろきん》をごっそり買ったらしい。一ドルにつき十セントでな。いくら安い買い物だといっても、それじゃ金をドブに捨てるようなもんだ。おまえもハートフィールド事件のことは覚えてるだろ？」

猫がよつんばいに立てるように、ビッグ・トムは慎重に床に下ろした。

「ああ、覚えてるとも」

「ニュースはあの事件でもちきりだったからな」ハリーは息もつがずにまくしたてた。「ハートフィールド夫妻を誘拐したガキどもは、身代金をどんな紙幣で用意するか指定するだけの常識もなかった。そこでそいつらは、続き番号の百ドル札を受け取った。番号はすべて控えられてたんだ——ほんとヤバかったよ！　おれたちはうっかりそいつをつかまされるとこだったんだぜ」

ビッグ・トムはゆっくりと目を上げた。「おまえは行かないのか？」

「おいおい！　いったいなにいってんだよ！」ハリーは大声で叫んだ。「おまえだって行かないだろ！」

「いや、おれは行く」

ハリーは顔を伏せ、もやで視界がきかないかのように、目を細めてビッグ・トムを凝視した。「おい、ちょっと待てって――」

「おれは行く」ビッグ・トムはつっぱねた。「たったいままで、おれもそんな事情とは知らなかった。きょうは一日じゅう、もしベニーがうさんくさい話を掘り当てたら手を引こうと思ってた。しかし、そのあとで電話に出るのをやめた。そうすりゃ、やつのいうことを聞かないですむからな。おれはずっと行くと決めてたんだ。なのに、自分がもう決心してることに気づいていなかった。たったいままで」

「おいちょっとなにいってんだよ」ハリーは意味がわからなくて口をすぼめた。「そんなヤバい金をどうしようってんだ？」

「ストールツにはなにかプランがあったはずだ。それを突きとめて、おれもそうするさ」ビッグ・トムは立ちあがって鍵《かぎ》をチェックし、ベルトの内側に差した拳銃《けんじゅう》の位置を直した。そして、ハリーなどその場にいないかのようにつぶやいた。「おれはひとりで行かなきゃならん」

「そうとも、おれは行かないからな」ハリーはうなずいた。

ビッグ・トムはドアに向かった。「おれの代わりに、スノープに電話してくれるか？」

「あいつはマジで怒るぞ。ヤバい金をなにより嫌ってるからな！」

「いずれにしろ、やつの分け前だ」とビッグ・トムはいった。「ヤバかろうが腐ってようが」ドアから出ていきながら、ビッグ・トムは皮肉っぽい笑みを浮かべてみせた。彼はドアを閉じさえしなかった。

　ハリーは決心がつきかねているかのように、しばらくそのまま椅子にすわっていた。唇をつまんで引っぱった。ビッグ・トムのフォードのエンジン音が聞こえた。最初はガレージのなかで暖機運転をしていたが、やがて表の通りに出てきた。ようやくのことでハリーは立ちあがり、玄関ドアの前まで行って耳をすませた。フォードのエンジン音は遠い彼方《かなた》へと消えていった。ハリーはほっとして頭を振った。

　それから、耳を傾けている猫に声をかけた。「あいつはイカレてるんだ。救いようがない」

　ハリーは玄関の外に出るとドアを閉めたが、明かりはつけたままにした。猫は自分たちだけになってしまったことにいらだち、しばらく部屋をうろついていたが、やがてボロボロの椅子の上で眠ってしまった。

そのあとは、とてつもない恐怖と、死に物狂いの果敢な抵抗がつづいた。ミセス・ハヴァマンはひとりでいたあいだに、ありったけの勇気をかき集めていた。スキップが口のなかから脱脂綿を取りだすと、彼女はしゃがれた声でまくしたてた。

「ミスター・ストールツがいまこっちに向かっているわ。これはあなたたちのためを思って教えてあげるんですよ。あの人が帰ってきたら、こんな茶番を許すはずがありませんからね。ただお金を奪われて黙っているものですか！」

ここではじめて、スキップの自信が揺らいだ。彼はミセス・ハヴァマンの肩をつかんで上半身を起こし、乱暴に体を揺すった。

「いつ？　いつ帰ってくるんだ？」

カレンがふたりのあいだに割って入ろうとしたが、スキップは邪険に肘《ひじ》で突き飛ばし、ミセス・ハヴァマンを離さなかった。カレンは悲鳴を上げ、片手を頬に当てた。

「いつだ。ストールツはいつ帰ってくる？」

「たったいま帰ってきてもおかしくないわね」縛りあげられたミセス・ハヴァマンは無力で、顔の神経が引《ひ》き攣《つ》っていたが、その目は怒りに燃えていた。「いますぐ出ていったほうが身のためですよ」

たぶん、ミセス・ハヴァマンはほんとうにスキップを怯《おび》えさせることができたと思ったのだろう。スキップは黙りこみ、ベッドのほうに体をかがめた。そのキツネのような目は急に静かになり、警戒の色を浮かべていた。ミセス・ハヴァマンはさらに追い打ちをかけた。

「いま下の玄関で音がしたんじゃない？　もしかしたらもう帰ってきたのかもしれない」

ほかの三人はその場に凍りつき、下からなにか音が聞こえてこないか耳をすませた。スキップはそっと廊下に出て、なにも音がしないことを確認してから戻ってきた。

「この女はデタラメこいてるだけだ。ちょいと痛い目にあわせる必要があるみたいだな」

カレンがミセス・ハヴァマンの前にさっと立ちはだかった。「暴力はやめて！　約束したでしょ。あなたが約束しなければ、なかに入れたりなんかしなかったわ」

ミセス・ハヴァマンは片肘をついてなんとか体を起こし、ベッドのヘッドボードにもたれかかった。「カレン、わたしを見なさい」カレンが振り返ると、ミセス・ハヴァマンはつづけた。「わたしはおまえに守ってもらいたくなんかありませんからね。おまえからは言葉ひとつだってほどこされたくない。おまえがなにをしようが、もうなにも感じたりしませんよ。わたしの期待してた愛と忠誠は燃えつきて灰になった。おまえからはなにひとつほしくない。恩義なんかいっさい感じてもらわなくて結構よ」

カレンの目に涙が溢《あふ》れ、いまにもこぼれ落ちそうになった。ミセス・ハヴァマンは無理やり顔を突きだし、脱脂綿の点々とこびりついた唇の隙間からカレンの顔に向かって唾《つば》を吐いた。

スキップが笑った。エディは不安に駆られ、壁際にあとずさった。計画は遅れている。なのに自分は恐怖に呑《の》みこまれ、なにもできない。それがいらだたしかった。

「なんで議論なんかして時間を無駄にしてるんだ？」と、エディはいった。「この女はストールツのために金を隠したんだ。だったら探しだせばいい。誰かを痛めつける必要なんてない」

「こんな広い屋敷なんだぞ。見つかるか？」スキップは不平を鳴らした。

「カレンに手伝わせればいい。彼女なら金を隠せそうな場所を知ってるはずだ」

カレンはミセス・ハヴァマンからやや離れたところに立っていた。顔に吐きかけられた唾はもう服の袖《そで》でぬぐってある。ミセス・ハヴァマンが身を乗りだして唾を吐きかけたとき、カレンの顔に信じられないという表情が広がった。しかしいまは、沈んではいるものの、平静さを取り戻しているようだった。

「どうだ、手を貸すか？」スキップがカレンに訊《き》いた。

彼女はエディとスキップを交互に見た。ミセス・ハヴァマンには目を向けなかった。

「ええ、いいわ」

三人は手分けして探すことにした。カレンは屋根裏部屋と二階のベッドルームを受け持ち、エディとスキップには簡単な一階を割り振った。地下室もあるから、とカレンはいった。石油式の暖房炉しかないが、一応チェックしておくべきだろう。

キッチンでシンクの下の食器棚を調べていたスキップは、山積みになったドッグフードの缶詰の裏に百ドル紙幣の札束がふたつ落ちているのを見つけた。隠し場所を見つけたのだと思い、彼はもうすこしで大声を上げそうになった。しかし、よく見てみると、食器棚の奥の暗い部分にはもうなにもなかった。ミセス・ハヴァマンはいったんそこに金を隠したものの、考え直してほかの場所に移したらしい。棚の奥も手探りしたが、このふたつの札束には気づかなかったのだ。

キッチンのドアの向こうから足音が聞こえてこないか用心しつつ、札束をパラパラとめくってみた。明らかに未使用で、じっくり調べたが間違いなく偽札《にせさつ》ではなかった。

スキップは通し番号のひとつに目をとめた。それから、さらにもう二枚の番号を確認した。この真新しい札は番号が通っている。造幣局で印刷されたときのままらしい。スキップは首を振ってニヤリと笑った。ストールツはなにかを——過剰利潤か、配当金か、さもなければ株式売却益を——保存が簡単で美しくも合法的な紙幣に換金したのだろう。紙幣が新しく、番号が通っているのは、問題がなにもないせいにちがいない。好きなときに使えるように、手元に保管してあるのだ。ところが、しっかり目を光らせておくことを忘れてしまったというわけだ！

スキップは立ちあがり、食器棚の奥にもう札束が転がっていないことを確認した。ふたつの札束はシャツと素肌のあいだにすべりこませ、そのあとでもう一度シャツのボタンをはめた。笑みが浮かぶのをこらえることができなかった。ナイロンのマスクのせいで、その笑みは歪《ゆが》んでいた。結局のところ、あのばあさんは頭が切れるってわけじゃない。たんなるマヌケな女がパニックを起こしただけだ。ドアの錠前を新しいものに交換しておきながら、それでは不十分ではないかと不安になり、あれこれ策を弄《ろう》したってわけだ。砂《さ》糖壺《とうつぼ》に小銭を貯《た》めこんでいるばあさんがよくいるが、間違いなくそのタイプだろう。二階に行ってあの顔を殴りつけてやりたいところだ、とスキップは思った。

エディがドア口に姿を見せたとき、スキップはたまたまそっちに目を向けていた。

「ミセス・ハヴァマンがいってたことを考えてたんだけどさ。ほら、ストールッツの話だよ」エディはスキップにいった。「そいつがもしほんとにここへ向かってるんなら、たったいま入ってきてもおかしくない。ミセス・ハヴァマンをどっかに隠したほうがいいんじゃないか？」

スキップは考えこむようにエディをじっと見た。

「もしストールッツが入ってきたら」と、エディはつづけた。「物音でわかるはずだから、おれたちふたりは裏口から逃げだせばいい。たぶんやつは二階に行ってカレンを探すだろう。そしたらカレンはそしらぬ顔をして、ばあさんは友だちに会いに行ったと話す。縛りあげられたばあさんの姿がどこにも見えなきゃ、やつはなにが起こってるか気づかない」

「そうだな、おまえのいうとおりだ」ふたりは廊下を引き返し、エディが担当していた居間のドアの前を通りすぎた。ふたりは階段を上がったところでカレンを見つけた。

スキップは足を止めていった。

「ミセス・ハヴァマンをどこか人目につかないところに隠す。そうすれば、ストールツが帰ってきても、すぐには異変に気づかないはずだ。おまえはやつに、ミセス・ハヴァマンは誰かの家に行ったと話し、チャンスを見つけてここから抜けだすんだ」

カレンはなにかいいかけた。おおかた、暴力は振るわないと約束したじゃないかという話を蒸し返そうとでもしたのだろう。しかし、口を開くまえに言葉は死んでしまった。カレンの顔はやつれ、頬はスキップが肘で殴りつけたせいで腫《は》れはじめていた。しかし、もっと深く傷ついているのは心のなかにちがいない。苦痛のあまり、その目は暗くうつろだった。

スキップはカレンに向かっていった。「おれたちがなかにいるあいだ、ここにいて玄関を見張ってるんだ」

実際のところ、スキップはストールツが現われることを真剣に怖《おそ》れてはいなかった。ミセス・ハヴァマンは自分たちを脅すためにでまかせをいっているのだと思っていたからだ。しかし、ビッグ・トムと仲間たちのことはすこし心配になりはじめていた。なんとしてもビッグ・トムがここにくるまえに出ていく必要があった。

ミセス・ハヴァマンはベッドの上で目を閉じていた。口は強く縛りあげられ、顔は青っぽく見えるほど白かった。

「また猿ぐつわをさせてもらうぞ」スキップは散らばった脱脂綿を拾い集めた。

ミセス・ハヴァマンが目を開いた。「あなたは邪悪な人間よ。あなたがいまここでなにをやってるかは、神さまもご覧になっていますからね。なにも見逃していませんよ。いつかかならず報いを受けるに決まってます」

どういうわけか、これがスキップの怒りに火をつけた。彼は身を乗りだし、ミセス・ハヴァマンの頬を何度も平手でひっぱたいた。それから拳《こぶし》を握り、顔にパンチを叩《たた》きこもうとした。そのときエディが割って入り、スキップを引き離した。エディは「おいちょっと《サンクタ・マリア》！」と叫び、自分でも気づかぬうちにスペイン語をまくしたてていた。

ふたりの目は五十センチも離れていなかった。エディはスキップが自分のことを「メキシコ野郎」と呼んでいるのを聞き、自分がスペイン語を口走っているのに気がついた。

「ばあさんを殴りつけるのはやめろ」エディは英語でいった。

「スペイン語でなにをギャンギャン吠《ほ》えてたんだ？」

「いまいっただろ。彼女を傷つけるな」

スキップはナイロンのマスク越しに歯をむきだしてみせた。「あの女は金がどこにあるか知ってるんだぞ」

「そうだな――だったら訊けばいいじゃないか」

「おれたちには教えっこないさ」スキップはいやがるミセス・ハヴァマンの口に無理やり脱脂綿をつめこむと、ぐっと強く押しこんでから、顔を布きれで縛りつけた。

「あまりきつく縛るなよ」エディは注意した。

「こうしときゃ、もうギャンギャンまくしたてることもないさ」スキップは残酷に言い放ち、さらにもう一度縛った。

エディは不安だったが、スキップとまた殴り合いたくはなかった。彼はクロゼットに行って扉を開けた。かなり大きなクロゼットで、なかはこぎれいに整理され、衣服がぎっしりつまっていた。スキップがミセス・ハヴァマンをベッドから引きずりおろし、脇の下に手をつっこんで運び、エディとふたりでクロゼットにかけてある服の下に押しこんだ。ミセス・ハヴァマンは半狂乱になってもがき、そこらじゅうに体をぶつけ、猿ぐつわの下でくぐもった声を上げた。スキップはクロゼットのわきに立ったまま、興味深げになかを見ていた。

エディは自分の声に不安がにじむのがわかった。「お願いですよ、ミセス・ハヴァマン。そこに横になって、静かにしててください。もうなにもしませんから。ミスター・ストールッが帰ってきて見つけてくれるはずです。そしたらもう大丈夫ですから」

ミセス・ハヴァマンはのたうちまわり、体を激しく振動させた。太い脚を驚くような激しさで振り、クロゼットの壁に並べてあった靴を跳ね飛ばした。

「発作でも起こしたような騒ぎだな」スキップが物思いにふけるようにいった。

いまや猿ぐつわの下からは、甲高い声が漏れていた。まるでおもちゃのホイッスルが口のなかにあるかのようだ。しかし、鞭《むち》のような下半身の動きは、やがて勢いを失ってきた。ミセス・ハヴァマンは縛られた両手を使って上半身を起こそうとしたが、すぐにまた倒れこんだ。

エディはすでに部屋を出ていた。

「ゆっくりおねんねしててくれ」スキップはクロゼットからはみだしたミセス・ハヴァマンの脚を蹴《け》ってなかに戻し、扉を閉めた。

三人は屋敷の探索に戻った。スキップはミセス・ハヴァマンの部屋を出るまえに、見逃したところがないか確認した。裁縫箱のなかものぞいたし、繕いものを入れた大きなかごや、小さな黒いトランクも調べた。この女の持ち物はどれも防虫剤の臭《にお》いがする、とスキップは思った。トランクのふたを開くと、臭いがさらに強くなり、息がつまるほどだった。いちばん上の仕切り箱に、額入りの大きな写真が入っていた。独裁者を思わせる傲慢《ごうまん》な顔つきのがっしりした男だ。

ミセス・ハヴァマンの亭主だろう、とスキップは思った。

トランクのなかをくまなく探してから、入っていたものを乱暴に戻し、ふたを閉めた。クソッ、この部屋には隠してない。たぶん二階ではないのだ。スキップは食器棚のドッグフードの後ろに転がっていた札束のことを考えた。あそこになにか手がかりがあるはずだ。ミセス・ハヴァマンはいったんあそこに金を隠しておきながら、考えを変えた。どこかもっといい場所を思いついたのにちがいない。食器棚かドッグフードを見て思いついたのだとしたら、いったいどこだ？　ミセス・ハヴァマンはなにを連想したのか？　しかしスキップにはわからなかった。食器棚からもドッグフードからも、なにも思いつかない。

クロゼットのなかから、ひときわ大きなドシンという音がした。ミセス・ハヴァマンが最後にもう一度だけかかとで扉を蹴りつけたのだろう。そのあとは、もうなんの音もしなくなった。

スキップは部屋を出て一階に行き、物音を立てないようにそっと裏庭に出た。ビッグ・トムはいないと自分に言い聞かせる必要があった。車の周囲を偵察し、表通りと屋敷を結んでいるドライブウェイを見通した。いまここにビッグ・トムが現われて金を探してるおれたちを見つけたら、とんでもないことになる。頭にかぶっていたストッキングを脱ぎ、タバコを吸った。手のひらで囲ってタバコの火を隠しながら、表通りに目を向け、この手詰まり状態をどう打開するか考えた。あの女はおれたちを出し抜いた。こっちはすっかりお手上げだ。スキップは歯を食いしばり、あの女をどうしてやろうかと考えながら、チドリの鳴き声のような口笛を吹いた。

口笛に応《こた》えてエディが洗濯室に入ってくるのが窓越しに見えた。エディはドアから顔を外に突きだした。「スキップ、もう引きあげたほうがいい！」

スキップはエディのほうに歩いていき、もう一度マスクをしながら唸《うな》った。「そうだな」

「ちょっと考えてたんだけどさ、ミセス・ハヴァマンの口を割らせる方法はあるはずだ。痛めつけるんじゃなくて、脅しつけるんだよ。たとえば、この屋敷に火をつけるとかいって」

「いいだろう。でも、うまくいかなかったら？」

「たぶんうまくいくって」エディは希望をこめるようにいった。

ふたりは廊下を通って階段に向かった。階段の下にカレンが立っていた。まるで、生命力と感情がすべて流れだしてしまったかのようだった。目は深く落ちくぼみ、極度の重圧のせいで暗く燃えている。彼女はほとんどささやくような声でいった。

「おばさんに手を出さないで、スキップ」

「わかったよ」スキップはうなずいた。「もう解放してやる。いますぐにな」

スキップはエディを従えて階段を駆けあがり、ミセス・ハヴァマンの部屋に入ると、クロゼットの扉をさっと開けた。ミセス・ハヴァマンのねじ曲がった体が、ハンガーから落ちた服を道連れに転がりだした。スキップが扉を閉めたあとで、ミセス・ハヴァマンは体をねじって扉にもたれかかったらしい。スキップはかがんでその体をよく見た。誤解の余地はなかった。

ミセス・ハヴァマンは死んでいた。

第13章

スキップとエディは死体のゆがんだ顔を見てから、ゆっくりと目を合わせた。まるで、爆発で鼓膜が破裂したときのような沈黙が流れた。さもなければ、とてつもなく強い風が吹きすぎたあとの真空状態か、巨大な波が崩れ落ちたあとの静寂のようだった。

エディは信じられなかった。「おれがそばについてたのに、おまえにこんなことをさせちまうなんて！」

「〝おまえに〟っていうのはどういう意味だ？」スキップの唇が醜い線となり、拳《こぶし》が硬く握られた。「おまえだって同罪だろ。クロゼットに押しこめるのを手伝ったんだからな。その結果が窒息死ってわけだ」

「おまえは彼女を殺したんだ」エディはゆっくりといった。

スキップは硬く握りしめた拳をくりだし、一発でエディを叩《たた》きのめした。エディは気が遠くなり、なにも見えなくなった。ショックが激しすぎて、やり返すことも自分を守ることもできなかった。壁に叩きつけられたエディはそのまま床にずり落ち、恐怖に駆られて無意識にドアへ向かって這《は》い進みはじめた。スキップはすばやく部屋を走り出た。しかし階段のてっぺんでカレンと正面衝突し、ふたりそろって階段を落ちそうになった。ふたりはなんとか踏みとどまり、おたがいの体から離れた。

「なにかまずいことでも？　なにがあったの？」とカレンが叫んだ。その顔は恐怖で半狂乱になっていた。

「くたばりやがれ」スキップはカレンを突き飛ばした。カレンはバランスを崩して下の玄関ホールまで転げ落ち、よろよろと立ちあがった。

エディが部屋から出てきて立ちあがり、手すりにしがみついた。彼はカレンを見下ろした。

「おばさんは死んだ。猿ぐつわがきつすぎて、窒息しちまったんだ」

カレンはむせぶような悲鳴をあげ、階段を駆けあがった。しかしこんどもスキップに突き飛ばされ、息もたえだえに叫びながら、手で腹を押さえた。

「おれたちは逃げるぞ、マヌケ女。おまえもくるか？」スキップはカレンに訊《き》いた。

スキップは彼女のわきを走りすぎ、下のホールに降りた。エディもすばやく降りてきた。カレンは現実が理解できていないかのように、エディのことを茫然《ぼうぜん》と見つめた。

「嘘《うそ》なんでしょ？　ほんとは生きてるんでしょ？」

「いや、嘘じゃない」エディはそのひとことがカレンに激しいショックをあたえたのを見てとった。肌から血の気が引き、目から生気が失《う》せた。いまはやさしくしているような場合ではなかったが、やさしくしてやる必要があった。エディはカレンに腕をまわした。

「部屋に戻って死体を見ようなんて考えるな。おばさんが好きだったんならな。好きだったんだろ？」

「好きだった？　愛してたわ」と、カレンはいった。「ただしおばさんはこれまで一度も……わたしにそれを伝えさせてくれなかった」彼女は両手で顔を覆《おお》った。このままではエディにすがりついて泣きだしそうだ。エディは彼女をやさしく押し離した。

「ぐずぐずしてる暇はない。急げ。いっしょにくるんだ」

エディはカレンの手をとった。彼女はエディに導かれるまま、裏口から外に出た。車までくるとスキップはマスクと手袋をはずし、運転席に乗りこんでイグニションキーを差した。エディはカレンと助手席側にまわり、カレンを先にして乗りこんだ。スキップがキーをひねった。しかしエンジンは穏やかに咳《せ》きこんだだけだった。彼はもう一度ひねり、慎重にアクセルを踏んでガソリンを送りこんだ。エディの耳にカタカタいう鈍い音が聞こえた。しかしこんどもエンジンは点火せず、バッテリーが上がりそうな音を響かせただけに終わった。その間ずっと、カレンは打ちひしがれたように泣いていた。

エディもすでにマスクと手袋を脱いでいた。いまや汗びっしょりで、心臓が早鐘を打っている。イグニションキーをひねるたびに古いエンジンの回転音はさらに弱くなっていった。

スキップがエディたちふたりをあざけるような顔で見た。「なにかいいアイディアがあるやつはいないのか？」

「おいおい、早くかけろよ」とエディはいった。

エンジンがふたたび回転し、永遠とも思えるほど長いことためらってから、ようやくのことで騒々しいリズムを刻みはじめた。エディは長々と息を吐き、自分がこれまで息を止めていたことに気づいた。

車は闇《やみ》に沈んだドライブウェイをすべるように進んでいった。表通りに出るとスキップはヘッドライトのスイッチを入れ、スピードを上げた。

エディは食ってかかった。「ストールツの金のことなんか、知らなきゃよかったんだ」

「たんにちょっとツイてなかっただけさ」スキップの声は冷静だった。いくらか落ちつきを取り戻し、いまの状況をじっくり見直しはじめていた。希望が完全になくなったとは思っていなかった。もちろん、カレンを屋敷に残してこれなかったのは痛い。カレンを残しておけば、いきなり押し入ってきた見知らぬ男たちが彼女に暴力をふるったうえにミセス・ハヴァマンを殺したと殺人課の刑事たちに証言させることができたのだ。いまのカレンの様子を見れば、刑事たちも疑いはしなかっただろう。ただし、厳しい尋問を受けたりすれば、カレンが耐えられるはずはない。こいつはあまりにも若く、無防備で、簡単に傷ついてしまう。スキップは肩ごしに振り返り、屋敷のほうに目を向けた。

「ストールツの金よ、さらばだ。おまえがいまどこにいるんだとしても」スキップは小声で笑った。

カレンがスキップから体を引こうとした。「なんで冗談なんかいえるの?……まるでなにもなかったみたいな口ぶりじゃない」

「おまえとエディは髪でもかきむしって泣き叫んでてくれ」とスキップはいった。

「おれは、このポンコツを運転しなきゃならない。こいつはいつまでたってもひとりで走れるようになってくれないんでね。一方のおれは、泣いてると前が見えなくて運転ができないんだ」

スキップは交通量の多い大通りに車を乗り入れた。大きなバスがすぐ横を追い抜いていった。まばらにしか乗っていない乗客は疲れた顔を窓の外に向けていた。最後部の座席にはしわだらけの小柄な男がすわっている。男は帽子をかぶっておらず、くたびれはててやる気を失っているように見えた。だらんと垂れたまぶたは羊皮紙のようで、いまにも完全に目を覆ってしまいそうだ。スキップはアクセルを踏み、ふと気づくとバスにスピードを合わせて後部座席の窓を見つめていた。やがて、両手で握ったハンドルがスピードの上げすぎでガタガタ震えはじめた。

「おい！」エディが叫んだ。「気をつけろって。いまスピード違反で捕まるわけにはいかないぞ」

バスはさらにスピードを上げたが、スキップは後部座席の窓と並走しつづけた。すぐ目の上に、疲れたしわだらけの顔が見えた。くたびれきった老人の目は、羊皮紙のようなまぶたの下で死んでいるように見えた。

「あれを見ろ」スキップは歯を食いしばったままいった。「窓際《まどぎわ》にすわってるあのじいさんをさ。あれを見りゃ、おまえにもわかるだろ？」

「わかるって、なにが？」エディは落ちつかない気分だった。エディのすわっている位置からだと老人は見えなかった。しかしその口調から、スキップが怒っていることはわかった。

「おれたちにはチャンスがあった」と、スキップはいった。「そいつを、あのばあさんが台なしにしたんだ。あんなチャンス、もう二度とめぐってこないだろうよ」

「終わったことだ」エディの口調が冷たくなった。「逃げ出せただけでもラッキーだったんだ」

「こっちがほしいのは金だけだったのに」とスキップはつづけた。「あんなクソいまいましい態度をとる必要はなかったんだ。ちょっとは協力してくれりゃいいものを」

スキップはふたたびバスの窓を見あげた。老人は窓に額を押し当てていた。その疲れた目はなにも見ていない。一回だけ、鋭いともいえる目つきでスキップを見たが、いまはまた自分だけのどこでもない世界にひきこもっていた。あの老人にあるのは、夜と、通りすぎる車と、陰鬱《いんうつ》で面白みのない下宿の部屋だけだ。決まりきった生活をひたすらつづける老人のひとりなのだろう。薄汚い下宿屋での生活。痛む足。たぶん、一日じゅう立ちっぱなしの仕事についているのだ。もしかしたら皿洗いかもしれない。スキップは湯気のあがるシンクの前に立つ老人を思い浮かべた。熱い石鹸水《せっけんすい》のなかに何時間も両手を突っこんだまま、皿についた食い残しをこそげ落とす。ときどき小汚い路地に出てタバコを吸う。なんて人生だ。最悪としかいいようがない。スキップのなかで激しい怒りが湧《わ》きあがり、抑えることができなくなった。

まっすぐに伸びる大通りはかすかにカーブを描きながら東へと向かっていた。だだっ広いだけの高台の遥《はる》か向こうに、木々に囲まれたハヴァマンの屋敷が明かりに煌々《こうこう》と照らされているのが見えた。

「ああ、なんてこった、あれを見ろよ」とエディがいった。「クリスマスツリーみたいじゃないか！　なんで明かりを消してこなかったんだ？」

「まったくな、おまえはなんで消さなかったんだよ？」

「明かりがついてるとどうだっていうの？」当惑したようにカレンが叫んだ。

ハンバーガー・ダイナーに通りかかったところでスキップが急ブレーキを踏み、駐車場に車を乗り入れた。

「ここで……停まるわけじゃないわよね？」カレンがあえぐように訊いた。

「猛烈に腹が減っちまった」とスキップはいった。「夕飯をぜんぜん食べてないんだ。叔父貴は興奮してて、おれに夕食をつくるどころじゃなかったんでね」

「なんで興奮してたんだよ？」疑わしそうな声でエディがすばやく訊いた。

うっかり口をすべらせてしまったが、スキップは動じたりせず、車を停めてエンジンを切り、イグニションからキーを抜いた。

「生まれてはじめてＡＡに参加するんだってさ」

「叔父さんが酒飲みだなんて話、知らなかったな」エディはまだ疑わしそうだった。

「じつはさ……」スキップは気が進まないふりをしていった。「もういい年なんだからやめときゃいいのに、ＡＡを相手に詐欺《さぎ》を働こうって腹なんだ。悲しい身の上話を披露して同情を買えば、ちょいと金をかっさらえると考えてるらしい」

「本物の酒飲みじゃないなんて、すぐにバレちまうぞ」エディが断言した。

「なぜあなたがスキップの叔父さんの心配なんかするの？　叔父さんが本物の酒飲みだろうが偽物《にせもの》だろうが、ＡＡの人を相手になにをしようが、どうだっていいじゃない」カレンが切羽つまった声でいった。「もし捕まりたくないんなら……どうかお願いだからこんなところで停まらないで！」

スキップはカレンに目を向けた。「ま、おまえが分別ってもんを取り戻してくれたのはありがたいがな。おまえはあのばあさんのことより、自分が逃げられるかどうかのほうが心配ってわけだ。しかし、ある意味じゃおまえが正しい——これだけ屋敷に近いと、誰か知り合いに見られるかもしれない。だからおまえは車のなかにいろ。エディがいっしょにいてくれるさ。おれはちょいと食事をしてくる」

スキップは車から降り、ストッキングをかぶっていたせいで乱れた髪をなでつけてから、砂利敷きの駐車場を店のほうへ歩いていった。

ハンバーガーとコーヒーを前にして、スキップは眉間《みけん》にしわを寄せて考えた。バスに乗っていた老人の姿が頭から離れなかった。たぶん、自分に似たところがあるからだろう。なんだか不安になってくるのだ。

店の奥で皿を洗っていた老人が出てきて、カウンターを拭《ふ》きはじめた。スキップはその姿を眺めた。白いＴシャツを着た灰色の顔の老人は、バスに乗っていた老人とどこか似ていた。やがてふたりの共通点が見えてきて、スキップを包みこんだ。

車のなかでは、カレンがエディの肩に頭をあずけて泣いていた。エディは抱きしめてやった。最初はそっと、それからもっと力をこめて——まだ若い彼女の骨まで軋《きし》らせている震えを感じながら。

ビッグ・トムは屋敷から二ブロック手前で車のスピードを落とした。大通りの酒屋とドラッグストアはどちらもまだ営業していたが、理髪店と靴磨きスタンドは閉まっていた。店の明かりが届かない場所に車を駐《と》め、ドラッグストアに入り、店内からは自分の車が見えないことを確認し、すばやく外に出た。暗い歩道を足早に歩いて大通りを進み、屋敷に通じている脇道《わきみち》で折れた。あたりに注意を払いながら、坂になっている道をゆっくりと登っていった。ようやくのことでハヴァマンの屋敷が見えてきた。屋敷は部屋の明かりがすべてついていた。それを目にした瞬間、ビッグ・トムは失望のどん底に突き落とされた。こいつは最悪の事態だ。

苦い挫折感《ざせっかん》に引きずられ、ビッグ・トムはそのまま屋敷の前を通りすぎた。ドライブヴェイには警察車両が駐まっているにちがいないと思っていたが、屋敷はひっそり静まり返っていて、人の気配がまったくなかった。

ビッグ・トムはすぐさま確信した。スキップと相棒の若造が先にきて、彼を出し抜こうとしたのだ。しかしそこでヘマをしでかし、屋敷の女主人に見つかったのだろう。だとすれば、まだ希望はあるかもしれない。

衝動的に、ドライブウェイに沿ってぎっしり植わった低木の陰にすばやく身を隠し、その場にしゃがんだまま待った。どこか遠くで犬が吠《ほ》えているのが聞こえた。たぶん屋敷のなかだろう。ほかにはなんの物音もしない。低木をさらにかきわけて奥に進んでいくと、小道のようなものに出た。頭上には灰色がかった常緑樹の枝が張りだし、わきには灌漑《かんがい》用の水路が掘ってある。小道はまっすぐに屋敷に通じていた。ビッグ・

トムは物音を立てないようにこっそりと進んでいき、数分ほど屋敷の周囲を——表も裏も——検分した。困惑はさらに深まった。

いったん暗い木蔭《こかげ》に引き返し、どういうことか頭をひねった。誰かが警察に通報したわけではないらしい。さもなければこんなに静かなはずがない。肝心な仕事に取りかかるまえにスキップがなにかヘマをしでかし、怯《おび》えた女主人が屋敷にこもってすべての部屋の明かりをつけたのか？　さもなければ——ビッグ・トムは新しい可能性を思いついた——スキップと相棒はまだ屋敷のなかで金を探しているのかもしれない。どんな手を使ったかはわからないが、女主人はスキップたちを出し抜いたのだ。

もちろん、ストールツが帰ってきた可能性もある。ビッグ・トムにとっては、警察がきているよりもそっちのほうがぞっとしなかった。彼は唇を嚙《か》み、明かりに目を細めてじっくり考えた。

常識も、危険に対する本能も、ここから立ち去れと警告していた。今回の件は忘れろ。この古い屋敷に金があると耳にしたことも忘れるんだ。しかしビッグ・トムはためらった。彼は好奇心を刺激されていた。金のことを思うと手がむずむずした。美しい緑色の札束の山——ヤバかろうがどうだろうが、知ったこっちゃない。

そのときいきなり、二階の窓でなにかが動いた。ビッグ・トムは体を硬直させ、不安に目を細めた。なにか黄色いものが窓ガラスの向こうで揺れている。はっきりは見えないが、なにかふわふわした毛の塊のようだ。つぎの瞬間、犬が窓の下枠に前足をついて外の闇をのぞき、助けを求めるかのように一声吠えた。

「変だな」ビッグ・トムは小声でつぶやいた。そのまま待っていると、犬はまた跳ねあがり、窓の下枠に前足をついて夜のしじまに向かって吠えた。「あいつは閉じこめられてるんだ。だから吠えてるんだ」

ビッグ・トムは考えつづけた。もし屋敷の女主人が不安に怯え、おかしな人間が近づいてこないように明かりをつけているのだとしたら、犬をあんなところに閉じこめておくはずはない。一階か屋敷の外で番をさせるのが普通だろう。

しかし、もしスキップとエディがまだあそこにいて、家捜しをしてるんだとしたら？ 犬に仕事を邪魔されないように、まずはどこかに閉じこめておくにちがいない。

ビッグ・トムは唇にかすかな笑みを浮かべ、黒い帽子のつばを軽く押しあげた。灰色の硬い髪が帽子の下からすこし逃げだした。彼は髪の生え際をかいた。

「そうとも、そうに違いない。あいつらはまだあそこでなにかやってるんだ。さもなきゃ、たったいま出ていったところか」

スキップたちが金を奪って逃げたばかりかもしれないと気づいた瞬間、ビッグ・トムは茂みから飛びだして裏口に急いだ。いったんそこで足をとめ、ズボンのポケットから古い手袋を取りだしてすばやくはめ、腹をたたいて拳銃《けんじゅう》を確認した。試しに押してみると、スクリーンドアは手を触れただけで開いた。

洗濯機と洗濯用シンクを横目に、最初の部屋を煙のように音もなく通り抜けた。つぎの部屋はキッチンだった。ビッグ・トムは足を止めて耳をすました。二階から犬の鳴き声が鋭く響いてきた。ほかにはなんの物音も聞こえない。人の声も、足音も、誰かが争う物音も、なにかを探している音も。不安に駆られた犬以外、この屋敷には誰もいないのではないかという気さえした。

油断することなく、廊下に足を踏み入れた。食品貯蔵室のドアが開いているのが見えた。なかには煌々と明かりがついている。廊下の反対側には裁縫室があり、さらにいくつものドアが並んだ廊下は、その先で直角に折れている。廊下用の細長い絨毯《じゅうたん》はそこで終わり、天井灯が強い光を投げかけていた。ビッグ・トムはスキップから聞いたストールツの部屋の位置を思い出し、前方右手のドアのノブに目を留めた。木製のドアについている錠前は明るい真鍮色《しんちゅういろ》で、間違いなくまだ新品だった。

つま先立ちでそっとドアの前まで行き、ノブをまわしてみた。ドアはなんなく開いた。室内は天井灯の明かりに煌々と照らされていた。ビッグ・トムは注意深く部屋に視線を走らせ、タンスに目を留めた。ハンガーラック部分の扉が大きく口を開け、引き出しの中身があたりにぶちまけられている。家捜しした形跡がそこらじゅうに見てとれた。はっと不安を覚え、ビッグ・トムはドア口で凍りついた。彼のなかでは、すべてがやめろと執拗《しつよう》に迫っていた。心臓も、呼吸も、思考そのものも。ビッグ・トムは恐怖に囚《とら》われ、その場に立ちつくしたまま部屋の光景をぽかんと見つめていた。しかし、自分の無防備な背後には廊下があることを思い出し、部屋に入った。

タンスまで歩いていき、しばらく見つめてから、手袋をした手で小さな扉を閉めた。つづいて周囲を見まわし、ごく単純な事実に気がついた。もし金がスキップの思っていたとおりの場所にあったとしたら、家捜しなどしなかったはずだ。

金は見つかったのか、それともまだこの屋敷にあるのか？

そのとき、ふと疑問が湧いた。ミセス・ハヴァマンはどこにいるんだろう？

どうするか決めかねて、ビッグ・トムは部屋のまんなかに立ち、なにか音はしないか耳をすました。警戒感がふたたびドリルのように体を貫いたが、どうにかふんばった。頭の奥の鈍い痛みのように、好奇心がつきまとって離れない。屋敷のほかの部屋がどうなっているのか見てまわり、ここでなにが起こったのかを突きとめ、金はまだこの屋敷内にあるかもしれないという希望にはっきり答えを出したかった。

ビッグ・トムはさらに一分待ち、うるさいほどの静けさを犬の鳴き声がときどき破るのを聞いていた。それから、ふたたび廊下に戻った。

スキップはダイナーを出て、運転席の反対側から車に近づいていった。エディがなにかいうのが聞こえ、カレンが頭を上げて髪を直すのが見えた。かすかな笑みがスキップの唇に浮かんだ。唇が細い線になり、キツネのような顔がさらにキツネっぽくなった。助手席側のドアのすぐわきに立つと、エディが窓を巻き下ろした。

「おれは戻る」とスキップはいった。

車のふたりはなにをいっているのかわからず、とまどった顔でスキップを見た。カレンの濡《ぬ》れた瞳《ひとみ》が薄暗がりのなかで光った。いきなり意味に気づいたエディがいった。

「戻るって、いったいなんのために？　気でも狂ったのか？」

「いや、おれはただ……」スキップはまったく動じなかった。「もう一度だけチャンスがほしいんだ。金はあそこにある。間違いなく」

「でもあそこにはおばさんの死体があるのよ」カレンがエディの体ごしに身を乗りだし、震える声でいった。「戻るなんてできないわよ！」

「もうちょっとでっかい声で叫んだらどうだ？」スキップがうながした。「そんな声じゃ、ダイナーにいる連中には聞こえないぞ」

「お願い、お願いだから——引き返したりしないで」

「いまいっただろ。金はあそこにある。ごくありきたりなもんの下に隠してあるんで、おれたちがうっかり探し忘れただけだ。戻ってもう一度探せば、すぐに気がつくようなところにな」

「正気じゃない」と、エディはいった。「もう警察がきてるかもしれないんだぞ」

「なんできたりする？」スキップが強い口調で訊いた。

「ミセス・ハヴァマンがいってたろ、ストールッツが帰ってくるって」不安と緊張のあまり、エディの声がひっくり返った。

「ああ、ありゃおれたちを追い払うためのデタラメさ」いったん言葉を切ってから、スキップはつづけた。「カレンの話を覚えてるか？ あの女はストールッツに気があったって話だよ。いやはや、たぶんほんとにそのとおりだったんだな。あの女はストールッツの金を守ろうとして命を落としたってわけさ」

　悲しみに耐えきれなくなったかのようにカレンが泣きだした。エディはそちらに注意を向けて慰めはじめた。真横のドアが開く音がして、エディは目を上げた。

「席を替われ。こんどはおまえが運転するんだ。例の林の前でおれを降ろしてくれ。

あそこから屋敷までは歩いていく」

エディはいったん外に出て、車をぐるっとまわって運転席に乗りこんだ。いつまでも屋敷のそばでぐずぐずしているなんて正気の沙汰《さた》じゃないのに、あそこの近くまで行くなんてどうかしている。自分はなぜこんな狂った計画に加担してしまったのだろう、とエディは思った。どうしてスキップの言いなりになってしまったのか？

スキップは助手席に乗りこみ、ドアを閉めた。「三十分だけくれ。仕事を終えたら、また林を通って戻ってくる。三十分後におれの姿がなかったら、もう三十分してからまたくるんだ。ただし車を停めるときは、そのまえにかならず屋敷の前を通ってなにか異変がないか確認しろよ」

「おまえが屋敷にいるあいだ、おれたちはなにをしてればいい？」

スキップはいたずらっぽい目をエディからカレンに向けた。

「このあたりをドライブしてればいいさ。トラブルに巻きこまれないように気をつけてな」

第14章

ウィリー叔父は驚くと同時に、すこしばかり落胆した。参加者の数がとんでもなく多かったからだ。会場は中学校の講堂だった。ウィリーと身元保証人のミッチェルが席にすべりこむと、ほとんどすぐにミーティングがはじまった。講堂の正面ステージに立った大男が、小槌《こづち》でテーブルを叩《たた》いた。

「ご静粛にお願いします」

ウィリーは周囲を見まわした。自分のスピーチの番になったら、聴衆の記憶に残るように、強い印象をあたえなければならない。もっと人数がすくなければやりやすかったんだが、とウィリーは思った。

司会は会場のざわつきがおさまるのを待った。それから、演壇のすぐそばにすわっている人たちに目を据えてつづけた。

「こんにちは、みなさん。わたしの名前はジェリー。アルコール依存症です」

　聴衆は声をそろえて答えた。「こんにちは、ジェリー」

「あの男がアルコール依存症なのか？」ウィリーはミッチェルにささやいた。いまこの講堂の正面にいる男ほど健康そうな人間を、ウィリーはこれまで見たことがなかった。

　ミッチェルはうなずき、励ますように微笑《ほほえ》んだ。「二週間ほどまえに、五年禁酒のメダルをもらったばかりだ」

　司会のジェリーがいった。「みなさん、ベティのことはご存じですね。ベティ、ミーティングをはじめるまえに、まずは十二のステップを読みあげてくれないか？」最前列でベティが立ちあがり、ＡＡのマニュアルを手に聴衆のほうを振り返った。三十をすこしすぎたくらいの女性で、こぎれいな服を着て、かなりの美人だった。彼女はしっかりとした澄んだ声で十二のステップを読みあげた。

「彼女もかい？」ウィリーはベティを見つめながら、疑わしげに目を細めた。

「いいか」とミッチェルはいった。「こいつは非公開のミーティングなんだ。参加者は全員が苦しい経験をしてきてる。もしＡＡがなければいまごろ死んでいた人たちだっている。いまはみんな素面《しらふ》だし、身なりもしっかりしてるし、おたがいに助け合おうと心から思ってる。しかし、かつては全員がいまのきみのように混乱し、道を見失っていたんだ」

ここへくる車のなかで、ウィリーはミッチェルにスピーチの内容をざっと説明した。話の半分は作り話で、半分は昔の同房者から聞いた話だった。しかしいまになってみると、すこし大げさすぎるんじゃないかという気がした。まあ、どうでもかまわない。ミッチェルの態度は友好的だし、分別のある参加者たちに囲まれているいま、自分は安全だ。ウィリーはミッチェルに向かってうなずき、プログラムに注意を戻した。

最初の登壇者は、この会に出席するためにはるばるリヴァーサイドからやってきたという話だった。ジェリーによる紹介が終わると、ずんぐりした髪の薄い男は笑みを浮かべ、演壇に進みでて聴衆を眺め渡した。

「ただいまご紹介にあずかりました――ボブです。わたしはアルコール依存症です。こんにちは、みなさん」

聴衆がボソボソと返事を返した。「こんにちは、ボブ」

前口上として、ボブははじめた。「こうしたミーティングで話をするときにはいつも、はじめての参加者はどれくらいいるんだろうと考えるんです。ＡＡにはじめて参加する方は、手を挙げていただけますか？」

ミッチェルがウィリーに目を向けて微笑んだ。ウィリーは手を挙げた。数列前の女性も手を挙げた。彼女は誰か知り合いに見られるのを怖《おそ》れるかのように、帽子のつばを目もとまで引き下ろしていた。

ボブはまばらに挙がった手を数えた。「六人ですね。いいでしょう。あなたがた初心者に、わたしはとくに興味があります。できることなら、あなたがたを勇気づけたい。きょうは時計の針を巻き戻し、ほんの三年前のわたしがどんな風体で、どんなふうに行動し、なにをどう感じていたかをお話ししましょう」

ボブは記憶を新たにするように頭を振った。それからぐっと声を低め、いかにもその道の権威のように話しはじめた。

「わたしは浮浪者でした」ボブは単刀直入に切りだした。「いつも通りの側溝に転がっていました。比喩《ひゆ》などではありません――ほとんど毎晩、ここロサンゼルスのドヤ街で側溝に転がって寝ていたんです。わたしは泥棒でもありました。とにかく手当たり次第にものを盗んでは、くず屋に売って酒を買っていました。大通りで物乞《ものご》いもしました。ほかの酔っ払いから金を巻きあげもしました。もし可能なら、祖母の墓をあばいて死体の両目に載せてある十セント硬貨まで盗んでいたはずです。幸いにもわたしの祖母は健康で、いまもアイオワで暮らしています。危ういところで難を逃れたことを、祖母は知らずに終わることでしょう」

会場の聴衆から笑い声がもれた。ずんぐりしたはげの男は、いまや聴衆の心をがっしりつかんでいた。スピーチの技術には欠ける点があるとしても、誠実さとやる気がそれを補って余りあった。内心、ウィリーはシニカルな目で見ていたし、こんなやつらとつきあうのはごめんだとも思っていた。頭のなかにあるのは金のことだけだった。なのにいつしか心を奪われ、感銘を受けていた。なんてこった、あの男がやり遂げたことは生半可なこっちゃないぞ。

ボブはアルコール依存症として生きてきた年月の詳細を語りつづけた。その態度に苦々しさはなかった。代わりに、ものごとを客観的に分析しているようなところがあった。なぜかウィリーには、ボブが自分を駆り立てていた悪魔と停戦協定を結んでいるのがわかった。

強制退去や警察への通報など、一般の人が聞いたら眉《まゆ》をひそめるような話も披露した。酔った勢いで犯した犯罪、ドヤ街の居住者たちとの怖ろしい関わり、意識喪失、実刑判決、九死に一生を得たこと。聴衆は敬意を持って、寛大に耳を傾けた。ところどころで笑い声が上がり、胸を打たれた者が大きくうなずいた。

ボブは家を失い、家族と友人を失った。転落をはじめてまもなく、妻は彼を見限った。両親は実家に足を踏み入れることを拒否した。きょうだいは道で会っても知らないふりをした。

「ドヤ街と刑務所で、わたしはようやく安住の地を見《み》出《いだ》しました」とボブはいった。「環境が一種の避難所をつくり、アルコール依存症のせいで失ったすべての場所の代わりをしてくれたのです。普通の人たちにも、普通の環境にも、自分が適応できないことはわかっていました。わたしは酒を飲んで正気を失い、心の安らぎを得られる場所に身を寄せました――ドヤ街の側溝に」

ウィリーは深い同情と親近感に圧倒されそうになった。そうとも、自分はアル中ではない。ウィリーの抑えがたい欲望は盗みだった。盗みが原因で、ウィリーは良識ある人々やまともな環境とは切り離された生活を送ってきた。ボブがそうしたものから切り離されたように。ウィリーは心のなかで、ボブの話を自分の人生にあてはめて考え、自分たちがいかに似ているかに気づいて驚いた。

ボブは声を落とし、秘密を打ち明けるような口調でいった。そこには希望の響きがあった。

「そんなある晩のことです、わたしはそのまま苦しみにまみれて死ぬしかないところまで追いつめられていました。そのときわたしがいたのは救済施設の一室でした。そこでＡＡのミーティングが開かれていたんです。どうしてそんな場所にいたのかは記憶にありません。たぶん、施設の人たちの目を盗んで、座席で眠りこけているやつの懐《ふところ》からなにか盗もうとでも考えたのでしょう。その施設では浮浪者に風呂《ふろ》と食事を提供し、衣服の洗濯をしてくれていました。わたしには入浴が必要でした。ええ、それだけはよく覚えています。そのとき、わたしはひとりの浮浪者に気づきました。わたしとおなじくらいひどいなりの男で、わたしがそばにすわったら逃げてしまいました」

　ボブがそのときのことを思い出して陽気な笑顔を浮かべると、聴衆もつられて笑みを浮かべた。ウィリーは自分の目の端からなにかが落ちて頬をつたっていくのを感じた。不思議に思って指先で触れてみると、涙が一筋流れ落ちていた。なんてこった、おれは泣いてるんだ！　まったくバカもいいところではないか！　そのとき、ミッチエルが腕をぽんぽんとたたくのを感じた。ウィリーは逃げだしたかった。

　ボブはつづけた。「ということで、体じゅうから悪臭を放っていたわたしは、体の調子も最悪で、座席にまっすぐすわっていることさえできませんでした。わたしはミーティングが終わるのを待ちました。どういうわけか——これが奇跡だったんです——ＡＡプログラムの意味するものが、わたしの頭に染《し》みこんできたんです。わたしは座席から逃げていった浮浪者に話しかけました。その男は、自分は会員になって三週間だと打ち明け、ワインを一日に一リットルに減らすことができたと話してくれました」

聴衆が笑った。

ボブは笑いがおさまるのを待った。「ミーティングが終わると、わたしは演壇のほうに行き、スピーチをした男を無理やりつかまえて話しかけました――なにを話したかは覚えていません。するとその男は――会ったのはそのときがはじめてで、その後は一度も会ったことがないんですが――椅子《いす》に腰を下ろし、わたしの話を聞いてくれたんです。しばらくこの施設に滞在して体を休め、身ぎれいにしろ、と彼はいいました。しかも彼は――ここをよく聞いてください――きみの更生に手を貸すから、わたしの自宅にこないかと誘ってくれたのです」

いまや会場はしんと静まり返り、吐息が聞こえるほどだった。ウィリーは考えた。なんてこった、酔いどれを自宅に招くなんて、そいつはよっぽどのお人好《ひとよ》しだったにちがいない。そんなことをしたら、幻覚症状を起した酔いどれに自分の家をめちゃくちゃにされていただろう。しかしウィリーは、寛大な申し出に深く心を揺さぶられてもいた。おそらく、その申し出がボブの人生を大きく変えたのだ。

ボブは厳粛な面持ちでつづけた。「それにつづく何日間か、酒にかすんだわたしの頭に、その男の深い信頼が何度も戻ってきました。こうしてわたしは、ある晩、その施設で開かれているＡＡのミーティングにもう一度出席したのです。たった一晩で自分がすっかり変わったとか、その後は一度も酒でトラブルを起こしたことがないなどといって、みなさんを騙《だま》すつもりはありません。それは非常に苦しい経験でした。やっぱりもうだめだと思ったことも一度や二度ではありません」

ウィリーはいまや頭を振り、体を震わせていた。ミッチェルの手がふたたび腕をたたくのが感じられた。

ミッチェルはささやいた。「なにもあせることはないんだ。おまえさんだって変われるとも。きょうを境にな」

いま自分の周囲にいる人々は、心の平和と安心感を得ているらしい。ウィリーは自分もそんな境地に達したかった。どうしても盗みがやめられない犯罪者は、救いようのないアルコール依存症患者に似ている、とウィリーは思った。この渇望《かつぼう》を断ち切る方法を見つけることができたら……すこしでも自尊心を持ち、もう二度とトラブルに足をつっこむことはないと確信が持てれば、貧乏なことも、チルワース老人のもとで身を粉にして働くことも、なんの苦にもならないはずだ。そうとも、この世でもっとも大切なのは自分自身がどう感じるかなのだ！　危険はなにもないと感じられること。

後ろ暗い点がどこにもないと思えること。それも永遠に。

ウィリーは顔を伏せて両手にうずめた。どっとこみあげてきた激しい感情に押し流されそうだった。まるで、ボブのスピーチが忘れ去られていた古い泉に触れたかのようだった。刑務所での長い年月が築きあげた沈黙と警戒感の壁が崩れていった。自分が生まれ変わったような気がした。死ぬほど怖かった。いまのウィリーは精神的にまったくの裸だった――それもまったく突然に。

ボブの声はつづいていた。その響きにつつまれて、ウィリーは体を震わせつづけた。

ミッチェルは彼の腕をたたいて慰めつづけた。

やがて、ミッチェルがウィリーのほうにかがみこんでささやいた。「心配するな、怖がることはない。自分自身を解放するんだ。おまえさんは自分でもまだ気づいていないが、曲がり角を曲がって自分の道を歩みはじめてるんだ。もうおまえさんを止められるものはなにもない」

頭が混乱して、ウィリーは顔を上げた。「ほんとうに？」

「ああ、請け合うよ」

「なんでわかるんだ？」

「経験さ」ミッチェルはウィンクをした。「ここだけの話にしてほしいんだが――ボブはまったく覚えていないようだから、わたしからはなにもいっていないんでね。あの夜のボブはとんでもなく酔っぱらっていた。しかし、あの施設から彼を自宅に連れ帰ろうとしたのは、このわたしなんだよ」

エディは腕時計を持っていなかったので、スキップを拾いに戻る時間を確認する方法がなかった。しかたなく歩道寄りに車を走らせ、店のウインドーをのぞいて時計を探した。ようやくのことで、閉店した理髪店の奥の壁にひとつ見つけた。通りから差している光で時刻を確認した。十時十五分をすこし過ぎたところだった。

カレンは反対側のドアにもたれかかっていた。いつ屋敷から出てくるかを言い残してスキップが車を降りて以来、ひとことも口をきいていなかった。しかし眠っているわけではない。窓のすぐ外をこの車と並走しているなにかを見つめているかのように、まっすぐ前方に目を向けている。エディは彼女のほうにちらちらと目を向けつづけていた。どうやらミセス・ハヴァマンの死を受け入れ、ショックから立ち直りつつあるようだ。と同時に、彼女のなかでなにか新しい苦痛が育《はぐく》まれつつあった。

カレンが長い沈黙をやぶった。「わたしたち、なにをされるのかしら?」

「誰に?」

「逮捕されたときによ」カレンは唇をなめた。「警察に捕まったとき」

「これだけは忘れるな」とエディはいった。「もし捕まったら、やつらはきみの口を割ろうとするだろう。罪を軽くしてやると約束したり、あれこれ取引を持ちかけてくる。さもなきゃ、議論をふっかけてくるときもある。そのとき大切なのはただひとつ。口を閉じておくことだ。トラブルに巻きこまれたくなければ、方法はそれしかない。たった一度でも質問に答えたり、やつらがわざと口にした間違いをほんのちょっとでも訂正すれば、きみはやつらの罠《わな》にはまって、気づいたときには自分の足につまずいてるはずだ」

カレンはじろじろとエディを眺めまわした。「要するに、とにかくなにもいうなってこと？」

「うなずいたり、まばたきをしてもいけない。自分のなかに閉じこもってなにかべつのことを考えるんだ。やつらの話には耳を貸すな。数をかぞえたり、昔のことを思い出したりしろ。これまでに自分が持っていた靴をすべて思い出してみてもいい。子供の頃からいままでに履きつぶした靴を、記憶に残ってるかぎりすべてね。これまでに観《み》たショーや映画の数をかぞえるんでもいいし、タイトルをぜんぶ思い出すんでもいい。ただし、一語たりともしゃべっちゃいけない」

カレンは目を大きく見開いてエディを見ていた。「自分でも経験があるの？」

エディはうなずいた。「ああ。誰かがずっと昔に教えてくれたんだ。やつらに勝つにはそれしかない。とにかく話に耳を貸すな」

カレンはふたたび窓の外を見つめはじめた。エディはあてもなく車を走らせた。ミセス・ハヴァマンの死に胸がむかつき、恐怖が片時も頭を離れなかった。もし自分の好きにできるなら、このポンコツに出せるかぎりのスピードで、この町を出ていっていただろう。しかし、スキップを拾いに行かなければならない。スキップはいまもまだ金を探しているのだ。

ふたりの乗った車は、アルタディーナの町を見晴らす丘のでこぼこ道を走っていた。エディは周囲を見まわし、突然明かりが見えなくなったのに気がついた。まだ建設中の住宅街に入ったのだ。やがて、前方に赤い警告灯が並んでいるのがぼんやりと見えてきた。その向こうは、地面を掘り返した穴がまだそのままになっている。エディは急ブレーキを踏んだ。

カレンははっとして外を見た。建物のいくつかはまだ骨組みと煙突だけで、屋根がついていなかった。ほかの家はほとんど完成に近づいている。

「見て、新しい地区よ」カレンが抑揚のない声でいった。

「どこかでUターンしないと。あそこを越えるのは無理だ」

こんどはちょっと興味を引かれたように、カレンは外に目をやった。「ここに車を停めてすこし休みましょ。どこかで待たなくちゃいけないんだもの。監視員がいると思う?」

「わからない。たぶんいないんじゃないかな」エディは以前スキップと建築現場で盗みを働いたときのことを思い返して答えた。カレンが助手席のドアを開けた。

「どこに行くんだ?」

「なんでもいいからとにかく車を降りたくて。新鮮な空気が吸いたいの」

カレンは頭を反らして空の星を見つめた。それから、あちこちに石が転がっている暗い敷地をぶらつきはじめた。エディはヘッドライトを切って自分も車を降り、ドアを閉めた。あたりはかなり暗かった。どこか遠くで鳴いているコオロギの声が、あたりの静けさを強調していた。遠くに見える警告灯は赤く燃える石炭のようだった。カレンの姿はなんとか見わけることができた。かすかな星明かりに、体の輪郭がぼんやりと浮かんで見える。彼女はまだ完成半ばの家の大きなフロントポーチへ歩いていき、そこに腰を下ろすと、膝《ひざ》に両肘《りょうひじ》をついて手のひらにあごをのせた。その体はとても小さく、言葉でいいあらわしようのないくらい孤独に見えた。

「ものごとって、なぜ起こるのかしら……最終的に起こったような形で」エディがすぐ横に腰を下ろすと、カレンは訊《き》いた。

「そんなこと、わかるわけないだろ。もしわかってたら、おれは魔術師になってるよ」エディはさらにもうすこし考えた。「神になれるかもしれない」

ポーチはレンガ製で、まだ掃除をしていなかった。背後の家のなかからはおがくずの強い匂《にお》いに混じってペンキとパテの匂いが漂ってくる。エディが目を向けると、カレンは両手で目を覆《おお》ってまた泣いていた。

エディは身を寄せ、カレンの体に腕をまわした。彼女はエディのジャケットに顔を押し当て、嗚咽《おえつ》を漏らした。

「おばさんにさよならもいえなかった。わたしはこれまで一度も……ほんとにたった一度も……あそこに住まわせてもらってどう感じてたか、伝えたことがなかった。おばさんは死ぬまえに、わたしを憎んだ。スキップとあなたを屋敷に引き入れたから」

カレンは涙にむせんだ。エディはそっと背中をさすってやった。

「はじめてスキップに会ってお金の話をしたときは、ほんの冗談のつもりだったのに」

それを聞いてエディは驚いた。「スキップは金の話を冗談だなんて考えたりしない」

エディのジャケットに顔を押し当てたまま、カレンはしばらく泣いていたが、やがて手の甲で涙を拭《ぬぐ》っていった。

「あなたはスキップとは違ってるのね、エディ。自分では気づいてもいないでしょうけど、ぜんぜん違ってる。なんていうか……あなたには優しさがあるわ。スキップにはない。まったくこれっぽっちも」

「スキップだって悪いやつじゃないさ」エディは居心地の悪さを感じながらいった。

「いいえ、あの人にはなにかが欠けてるのよ。まえはタフな人だと思ってた。すごく勇敢で、内に強さを秘めてるんだって。でも今夜、ぜんぜん違ってたことに気づいたの。スキップのなかは――空っぽみたいなものなのよ。肉体的な意味でじゃない。どう説明すればいいかわからないけど」

エディは昔あったことを思い出した。「おれたちが高校生だったとき、校長がスキップに向かって、おまえは未熟だと怒鳴りつけたことがある。あいつのなかには、ほかの部分の成長についていってない部分があるんだ。スキップに悪いとこがあるとすればそこだな。まだ大人になりきれてないんだ」

「あの人はいつまでも成長なんかしない」カレンは考えこむように黙っていたが、やがて唐突にいった。「彼を拾いに行くのはやめましょ！」

裏切るという発想に、エディはいきなり氷水を浴びせられたような気がした。彼は抗議の言葉を並べはじめた。

「そのことで言い争うつもりはないわ」カレンはすばやくいい、ぎゅっと身を寄せた。まるで、風から身を守るかのように。「あなたとは言い争いたくないの。わたしはあなたが好き。あなたとはなればなれになったら、いますぐ死んでしまう」

　この子はすごく幼くて、心底怯《おび》えている——エディにはそれが痛いほどわかった。彼女が自分にしがみついているのは、この状況のせいにすぎない。しかしエディは、応《こた》えずにはいられなかった。すぐそばにある柔らかな体に、あらがうことができなかった。いきなりカレンが顔を上げ、エディと向き合った。ふたりは唇を重ね、強く押しつけ合った。

　カレンは温かく、従順だった。エディはいつしか震えていた。彼の顔に向かってカレンがなにかささやいた。その声はハスキーで、眠たげでさえあった。エディはそれから、ぼつぼつとしゃべりはじめた。気持ちがはやるあまり、短い言葉をきれぎれに口にするのがやっとだった。

「おれたちは、戻らない。きみのいうとおりだ。スキップを拾いには行かない。あいつなんてどうとでもなれだ」

第15章

スキップは裏口のわきの暗闇《くらやみ》に数分ほど身を隠し、耳をすましていた。こっそり低木の植えこみから出て、ポーチに向かおうとしたとき、なにか物音が聞こえた気がしたのだ。二階の犬の甲高い鳴き声や壁にぶつかる音とは違う気がした。しかし、足を止めて耳をすましてみたが、なにも聞こえない。屋敷は静まり返っている。その静けさは、どこか死を思わせるものがあった。

スキップは網戸で囲ったポーチに入り、洗濯用シンクと洗濯機のわきを通りすぎ、キッチンを抜けて廊下に出た。ストールツの部屋のドアは開いたままだった。それを見て、スキップは一瞬ドキッとした。しかしいくら思い返してみても、この屋敷から逃げだしたときにこのドアが開いていたか閉まっていたか、どうしても思い出せなかった。ストールツの部屋に入り、ドアを押して閉めた。ただし、ロックがかからないようにわずかな隙間《すきま》を残しておいた。スキップの目的はこの部屋だった。ダイナーでじっくり考えていたとき、ふと気づいたのだ。ドッグフードの缶の裏に金があったのは、自分が思っていたのとは違う意味があるのではないか？

ミセス・ハヴァマンがキッチンに金を隠したのは、ストールツの部屋に新しい錠前をつけるまえだったのかもしれない。錠前を新しいものと交換したあとで、彼女は金をシンクの下の食器棚から回収し、ストールツの部屋に戻した――スキップたち三人が思いもつかなかった場所に。ベッドの下を探したことは覚えていた。しかし、なかは探さなかった。布団《ふとん》がふくらんだり波打ったりしないように、布団のあいだかマットレスの下に、薄く並べて隠したのではないか？

スキップはそれを調べるつもりだった。

ベッドの横に行って布団をひきはがし、床の上に投げだした。なにもなかった。ベッドのヘッドボードの側に立ち、マットレスを持ちあげてみた。マットレスの下はスプリングになっていた。ボックススプリングではなく、コイルがむきだしになっている古いタイプなので、下の床を見通すことができた。床にはほこりがすこしたまっていた。ふわふわした綿毛のようにまるくなっているものもある。それ以外にはなにもなかった。スキップはマットレスをそのままドサッと落とした。金はストールツの部屋にあるはずだという確信は揺らぎつつあった。

指紋が残りそうなものには手を触れないように気をつけた。ゴム手袋はエディの手袋といっしょに車の後部座席においたまま、持ってくるのを忘れてしまったのだ。

スキップはタバコとマッチを取りだし、そこでふと手をとめた。

「おっと、そうだ」スキップはベッドの足側に行くと、マットレスの反対側を持ちあげた。その瞬間、大きな歓喜が湧《わ》きあがった。そこには白い布にくるまれた包みがあった。それほど大きくはないが、金の一部かもしれない。スキップは指にはさんだタバコを落とした。手が震えていた。しかし、包みに手を触れた瞬間、中身が札束ではないことはすぐにわかった。

包みをほどいた。白い布は枕《まくら》カバーで、中身は拳銃《けんじゅう》だった。とても小さく、銃身が極端に短い。まるでおもちゃのようだ。弾倉を抜くのに骨を折った。ようやくのことで引き抜くと、小さな弾丸がフルにこめてあった。

凶悪な顔をしたその小さな銃に魅入られ、スキップは一瞬金のことを忘れそうになった。銃を構え、照準器をのぞいて目を細め、部屋の反対側の鏡に映った自分に狙《ねら》いを定めた。

「こいつはいい」スキップは拳銃をためつすがめつした。「最高だ」

いったんポケットにしまったが、やはり手に持っていたかった。もう一度取りだし、部屋をさらに検分するあいだもずっと握っていた。なにも見つからなかった。見逃しているところはもうどこにもない。自分とカレンとエディですべて探した。

部屋のまんなかに立ったまま、スキップは考えた。ビッグ・トムと仲間はなぜまだ姿を見せていないのだろう？　それから、この屋敷がいま外からどう見えるかを思い出した。隣の敷地からでも、屋敷じゅうの部屋に明かりがついているのが見えるはずだ。ビッグ・トムたちにとっては、屋敷が火事になっているも同然だったにちがいない。スキップはひとりでニヤついた。ということは、明かりをつけっぱなしにしたのは正解だったわけだ……すくなくとも、これまでのところは。しかしもう消したほうがいい。ビッグ・トム以外の人間が目にとめるかもしれない。スキップはストールツの部屋の明かりを消して廊下に出ると、さっきとは逆に廊下をたどってキッチンに戻り、明かりを消した。つづいて、玄関ホールのブラケットライトを除いてすべての部屋の明かりを消し、そっと二階にのぼった。

ここに上がってくるのはおかしな気分だった。いまの自分は死んだ女のすぐ近くにいるのだ。しかし、もう一度すべての部屋を見てまわりたかった。手には拳銃を握っている。スキップはその感触が気に入っていた。小型で軽量だが殺傷能力がある。火を噴くブラスナックルとでもいったところだ。ミセス・ハヴァマンの部屋のそばを通りかかったとき、なかからかすかな物音が聞こえてきた。

犬だろうか？　スキップは体を硬直させて耳をすました。いや、ちがう。犬は廊下の先の部屋でキャンキャン鳴いては壁に体をぶつけている。ミセス・ハヴァマンの部屋からはずっと離れている。

だったら……ミセス・ハヴァマンか？　なんてこった、あの女は死んでいなかったのだ！　どういうわけか息を吹き返したんだろう。しかし、部屋のなかでいったいなにをしているのか？

動きの緩慢な人間が部屋のなかでなにかものを動かしているようなかすかな物音は、ミセス・ハヴァマンが立てているのにちがいない――そう確信していたせいで、ビッグ・トムが屋敷に入りこんだという考えはまったく思い浮かばなかった。

この銃であの女を脅しつけてやる。いまここに邪魔するやつは誰もいない。すこしくらい殴りつけてやってもいい。こんどは口を割る気にもなっているはずだ。スキップはドアをさっと開け、勢いよく足を踏み入れた。

ビッグ・トムは部屋の奥のクロゼットの前に立っていた。この部屋に入ったのはほんの一分ほどまえだった。クロゼットの扉は開いたままで、ハンガーから落ちた服の下に女が大の字に倒れていた。その瞬間、ビッグ・トムにはすべてが一気に読めた。ガキどもはやはりここにいたのだ。ビッグ・トムが思っていたとおり、ヘマをしでかしてパニックを起こし、あわてて逃げだしたのだ。いまの自分はこの屋敷に死体とふたりきり——寝苦しい不快な夜の悪夢にでも出てきそうな状況だった。

右の手袋をはずし、かがんで女に触れようとした。慈悲の本能に駆られたわけでも、蘇《そ》生《せい》させたいと願ったわけでもない。ガキどもが究極のバカをしでかしたことを、自分の手ではっきり確認したかっただけだ。そのとき、背後で誰かが部屋に入ってくる音がした。ビッグ・トムはベルトの拳銃に手を伸ばし、ずっしりと重いその大きな拳銃をベルトから抜き、部屋のほうをさっと振り返った。いますぐ撃てる用意がすでに整っていた。ルガーが銃声を轟《とどろ》かせた。しかしその瞬間、小さな羽虫がビッグ・トムの皮膚をチクッと刺した。なんの衝撃もなければ、なにかが貫通した感触もなかった。皮膚のすぐ下に小さな針がとどまっているような感じだ。ルガーから発射された弾丸は、スキップの足元の床に穴を穿《うが》った。ビッグ・トムはゆっくりと前のめりに倒れ、絨毯《じゅうたん》に頭を打ちつけた。

スキップは驚きのあまり、ドア口に立ちつくした。すべてはあっというまの出来事で、現実とは信じられなかった。拳銃が勝手に自分の仕事をしたとしか思えない。その小さな拳銃はとても賢く、すばやく、自分の意思を持っていた。スキップは拳銃を見つめてから、床で痙攣《けいれん》している大男に目を向けた。その男が痙攣していることと、自分の手にした銃のあいだに、なにか関連があるとは思えなかった。

スキップは待った。ビッグ・トムは身もだえしながら激しく痙攣し、床に落ちたルガーをなんとかつかもうとした。スキップはさっと進みでて、死んだ女が入っているクロゼットにルガーを蹴《け》りこんだ。ビッグ・トムは開いた右手を床について起きあがろうとした。手が床をすべり、血の跡を残した。きれいに磨かれた明るい色の床に、手形がくっきりとついている。スキップは興味を引かれたかのようにそれをじっと見た。

「あんたのおかげでいいアイディアが浮かんだよ、おっさん」スキップは自分の銃をポケットに入れると、ビッグ・トムの腕をつかんでクロゼットのそばまで引きずっていった。それから、すでに麻痺《まひ》しかけているビッグ・トムの指を広げ、白塗りの扉にくっきりとしたにじみのない手形をつけた。

ビッグ・トムは三メートルのホースを通して呼吸しているような音を立てていた。

「クソッ……クソッたれの若造が……だからおれはウィリーに——」

「黙れ」スキップはクロゼットからミセス・ハヴァマンの死体を運びだし、ビッグ・トムの隣に横たえた。それから、ビッグ・トムの手をペンキの刷毛《はけ》のように使い、血を塗りたくった。

「これでよし」スキップはドアへ行き、明かりのスイッチを切り、階段を駆け降りて裏口から屋敷を出た。指紋はどこにも残していない確信があった。ミセス・ハヴァマンの体からは、血でつけたビッグ・トムの指紋しか検出されないはずだ。スキップは口笛でも吹きたい気分だった。

通りを見下ろす木立に隠れて待ったが、車が迎えにくる気配はまるでなかった。すでに真夜中も近い。スキップは漠然とした不安感に締めつけられた。そのとき突然、第六感が働き、エディとカレンになにが起こったかがわかった。しかし、感じたのは怒りではなかった。今夜の唯一《ゆいいつ》の収穫は自分が手にしている。おそらく三千ドルか四千ドルはあるだろう。これを誰かと分け合いたいとは思わなかった。

ブロックのはずれで木立から出ると、町を横断している大通りを足早に走っていき、バスに乗ってウィリー叔父の家に戻った。ウィリー叔父が部屋に入ってきたとき、スキップは自分の持ち物を——今回は一切合切すべて——バッグにつめているところだった。

　ビッグ・トムは目を覚まし、暗闇を見つめた。頭のなかから幻影が飛び去っていった。自分がどこにいるかはわかっていた。それどころか、自分の隣に横たわっているものがなにかも知っていた。体を動かすたびに、自分からは動かないその物体が押し返してくる。ドア口に立っていたスキップのことを思い出した。あいつの手には拳銃など握られていなかった。なら、いったい弾丸はどこから飛んできたのか？　ビッグ・トムは頭をひねった。ただし、弾丸が本物であることは疑っていなかった。いまも体のあちこちで、燃える卵のように熱を発している。大量の血を失って頭が朦朧《もうろう》としていたが、とにかくここを出ていく必要があった。

のたうつように這《は》って部屋を横切り、ドアから廊下に出た。それから、ずるずると体をすべらせて階段を降りた。一階の玄関ホールは、玄関脇《わき》のブラケットライトが煌々《こうこう》と明かりを放っているだけだった。顔を上げてそちらに目を向けると、電灯はぐるぐると浮遊し、爆発して赤と紫の光となって飛び散り、そのまま暗転した。ビッグ・トムは顔から床に倒れこんだ。思考と意識は消えていた。ミセス・ハヴァマンが二十七歳のときにフランスで買ってきた大時計が、静寂のなかでもの悲しく時を刻みつづけた。

やがてビッグ・トムはふたたび意識を取り戻し、なんとか膝《ひざ》をついて体を支え、玄関ドアのノブに手を伸ばした。しかし、ノブをつかむまえにふたたび倒れこんだ。ノブをまわさずにドアを開ける方法を考えたが、なにも思いつかなかった。そのとき、さっき居間を覗《のぞ》いたとき、ドアのすぐ内側に電話があったことを思い出した。ビッグ・トムは廊下の反対側に体を向け、開いたままになっているドアのほうへ這っていった。

居間の明かりは消えていたが、部屋の様子は見てとれた。電話は小さなひょろ長いテーブルの上にのっていた。電話の下にはレースの敷物が敷いてあり、レースの端をテーブルの天板から垂らしてある。敷物ごと電話を引っぱると、敷物が顔の上に落ちてきた。アイロン用のりとほこりの臭《にお》いがした。口と鼻をふさがれ、息ができない。必死で手を持ちあげ、顔から敷物をどけるのに、永遠とも思えるほどの時間がかかった。

番号をダイヤルすると、呼び出し音が六回か七回鳴ってからハリーが出た。その声は不機嫌で眠たげだった。

「はい？　もしもし？」

「よお……ハリー」

「誰だ？」ハリーはあくびをした。「声が小さくて聞こえないぞ。なにかいってくれ」

「トムだよ、トムだ」

「おお」ハリーが受話器からはっと身を引いた気がした。「で、いまどこにいるんだ？　なにかあったのか？」

「た……助けが……必要だ」

ハリーはしばし考えてから訊《き》いた。「公衆電話からかけてるんだろ？　バーかなんかか？」

「ハヴァ……」ビッグ・トムはいったん言葉を切り、小さなテーブルに寄りかかって体を支えた。しかし、すぐにバランスを崩して倒れこみ、床の上にべったり横たわってしまった。電話は床のすぐ横に落ちていた。「ハヴァマンの屋敷だ。おれの車は大通りに駐《と》めてある。ドラ……ドラッグストアのそばだ」

言葉をひとつ絞りだすにも、まずはなにをいうか考え、息を吸いこみ、唇を意識して動かさなければならなかった。言葉を発するための感覚がすべて失われていた。いま、言葉を発することは目標であり、希望であり、ハードルだった。

「気分が悪いみたいだな」とハリーがいった。「なにかあったのか」

「撃たれた」

「マジかよ。さっさと屋敷を出なきゃだめだ」

「努力してみるよ」意識が遠ざかった。また気を失ってしまうのではないか、電話が切れてハリーと会話できなくなるのではないかという恐怖が、氷のようなパルスとなって体を駆け抜けた。「きてくれるか？　車を……運転して」

　ハリーは気が進まないらしい。答えを待つあいだの沈黙が、ビッグ・トムにそれを教えてくれた。しかし、ハリーはようやくのことでしぶしぶいった。

「車はどこに駐めたって？」

　ビッグ・トムは大通りの名前を思い出そうとした。記憶と取っ組み合った。浮かんでくる名前は、どれもほかの通りや町のものばかりだった。しかし――突然思い出し、電話口でその名前を口にした。ハリーはいまだに気が進まないようだったが、車のところで落ち合うと約束してくれた。

　この屋敷まで助けにきてくれと頼んでも無駄なのはわかっていた。ハリーはうんといわないだろう。しかもそこで一回拒否すれば、反対に強気になって、車のところで待つのもいやだといいだしかねない。車まではなんとかひとりで行くぞ、と自分に言い聞かせた。失血して熱く燃える体を引きずって正面玄関まで戻り、もう一度ドアノブをつかもうとした。しかし手を伸ばしはしたものの、その場で意識を失った。

ふたたび意識を取り戻したとき、ビッグ・トムは驚きとともに周囲を見まわした。こいつは奇跡だ！　そこはなだらかな斜面を描いた芝生の上だった。ハヴァマンの屋敷からはだいぶ離れている。表通りの歩道まであとちょっとだ。玄関のドアを開けた記憶も、ポーチを降りて芝生をゆっくりと進んできた記憶もなかった。

誰かが――ハリー？　それともベニーか？――ビッグ・トムのことを見つけ、手を貸してくれたのか？　周囲を見まわしたが誰もいなかった。闇に沈んだ芝生の向こうに建つハヴァマンの屋敷は、ここからだととてつもなく高く、しかしどこかさびしげに見えた。玄関のドアは開いたままで、ブラケットライトがポーチに光を投げかけているほかは、完全な闇に包まれていた。

ビッグ・トムは自信と力が甦《よみがえ》ってくるのを感じた。地面に膝をつき、よつんばいで大通りまでの二ブロックを――なにもない長い二ブロックを――横切った。それから、立ちあがって歩くべきときがきた。

明かりに照らされていない建物に体を押しつけ、無理やりゆっくりと立ちあがった。なんだか奇妙な感じだった――おかしな体の震え、緩んだ関節、肺のどまんなかを貫く間欠的な痛み。まるで肺がティッシュでできていて、どこかにあいた穴が息を吸うたびにゆっくりと大きくなっていくかのようだ。全身から汗が噴きだし、体のバランスをくずしてよろめいた——轟くような音が耳を圧した。

「脚よ、歩いてくれ」いまおれは、声に出していったのだろうか？ いや、そんなことはどうでもいい。そばには誰もいない。車まではあとわずかだ。ドラッグストアのわきを通りすぎながら、店のなかに目をやった。調剤台の上の常夜灯が、色のついた液体の入った巨大な広口瓶のなかで深紅に輝いている。つづいてふたたび奇跡が起こり、ふと気づくと車にたどりついていた。ビッグ・トムは運転席にすべりこみ、ぐったりとシートにもたれかかった。

それからだいぶして、ささやき声が聞こえてきた。その声は脳のなかに徐々に染《し》みわたり、抑えがたい激しい眠けから彼を引きずりだした。

「おい！ おい！ 体を起こせるか？ このあたりに警官は？」

トムは夢見心地でその声を聞いていた。

「誰に撃たれた？」

トムは心のなかで答えた。「チビのクソ野郎が弾丸をひとつかみ、おれに向かって投げつけたんだ——いいか、たんに投げただけなんだ——ところがそいつが体にめりこんでさ。まるでほんとに拳銃を使ったみたいにな。ありゃすごい、ほんと驚いたね」夢のなかで、おなじことをこんどは監獄で知り合った看守に話した。すると、いつも短気なその看守は、でっかい足でトムの背中を蹴りつけた。震えるような痛みがじわじわと全身に広がっていった。この痛みはおれに、看守のクソ野郎にはどう話しかければいいかを教えてくれる、とトムは心のなかでつぶやいた。しかしそれから、ともかく説明をつづけた。「しかも、あいつが手を上げるのさえ見なかった。あいつはおれを指差した、それだけなんだ……ジジジジジ！　蜂《はち》みたいに！」

「なんてこった、おまえ笑ってんのか？」ささやき声が叫んだ。

ビッグ・トムは目を開いた。ハリーが反対側のドアをあけ、車のなかに身を乗りだしていた。その顔はビッグ・トムの顔から十五センチも離れていなかった。

「ドクのとこに連れてってやるよ。ドクのことは覚えてんだろ？　いい顔はしないだろうけどな」ハリーはささやいた。「でも、手当てはしてくれるさ」ハリーは唸《うな》り声をあげてトムの上半身を押し、座席の反対側に寄りかからせた。「キーはどこだ？　おい、トム！　トムったら！」彼はトムの顔を平手で引っぱたいた。

「シャツの……ポケットだ」

ハリーは座席に無理やり体をこじいれ、ポケットに手を突っこみ、トムの服が血まみれになっているのを近くから見た。

「ちょい待てなんてこった！　ざるで水をすくったようなありさまじゃねえか。こりゃどうしたってドクのとこに行かなきゃだめだ！」

「ああ……たしかに……そうだな」トムはかすれ声で答えた。

　くぐもった音を立て、エンジンが息を吹き返した。ハリーはクラッチを入れた。

「おまえ、銃を持ってなかったのか？　なぜ使わなかった？」

「いきなりのことで……」

「金は？」

「わからん。たぶんやつらが……手に入れたんだろう。ばあさんは死んだ」

「なんだって？」ハリーが甲高い声で叫んだ。

「死んでたんだ……クロゼ……」言葉を話すのが困難だった。彼はほかの言葉を忘れてしまっていた。「死んでた」彼は簡潔にくりかえした。

「おまえが撃ったのか？」

「もう死んでた」

「なら、誰が殺したんだ？　そもそもおまえを撃ったのは誰なんだよ？」

「あの若造だ」

ビッグ・トムはハリーの体にもたれかかった。ハリーはなんとかハンドルにしがみつき、駐車している車に突っこむのを避けた。

「おい、気をつけろって、おれまで血まみれになっちまうじゃねえか！　ずっとそんなふうに出血してんのか？　おれの服まで血まみれにしたいのか？」

ビッグ・トムは返事をしようとしたが、かすれた息をのろのろと吐いただけで、いきなり呼吸が止まってしまった。ハリーは車を脇道に乗り入れ、スピードを落とし、左右にひょこひょこ揺れるビッグ・トムの顔を不安げにのぞきこんだ。

「だいじょうぶなのか？」

ビッグ・トムは口を開け、意味もなく手を上げた。まるで、唇がどこにあるかを探しだし、なぜ自分の命令に従わないのかを突きとめようとしているかのようだった。どうしておまえは言葉を発しないのか？　なぜだらんと垂れたまま、息を吐くとふるふる震えるのか？　手を上げると同時に、それを出迎えるように顔が垂れた。全身が前のめりによろめき、フロントガラスにぶつかった。

血が床にボタボタと落ちはじめた。

「おい！」ハリーは返事を待ち、不安げに外を見た――このあたりは閑静な住宅街だ。古い屋敷がずらりと並び、敷地内には低木と花が植わっている。ハリーは唇をなめ、何度か大きく息を吸いこんだ。ダッシュボードの明かりをうけ、その顔は緑色に染まっていた。

「トム？」ハリーはそっと声をかけた。

血のしたたりはだんだんと勢いを失ってきた。ビッグ・トムはなにも答えない。それどころか、息もしていない。

ハリーはハンカチを取りだし、慎重にハンドルとドアを拭《ふ》いた。つぎにハンカチを手に巻きつけ、ハンドブレーキを引いてヘッドライトを消し、エンジンを切った。ドアを開けてそっと外に出ると、ドアハンドルにハンカチをおき、そっと閉じた。それから、後ろ歩きで車から数歩ほど離れ、立ちどまった。ダッシュボードに寄りかかっているビッグ・トムが見えた。あれなら泥酔《でいすい》して意識を失っているように見えるはずだ。あと数時間は誰も騒ぎだしたりしないだろう。夜が明けるまではたぶんだいじょうぶだ。太陽の光が差してきて、全身が血だらけなのが見えるようになるまでは。

「すまないな。こうするよりほかないんだ」とハリーはつぶやいた。「面倒に巻きこまれるわけにはいかないんだよ」彼はいったん立ち去りかけ、もう一度だけ振り返ってささやいた。「助けてやれるんならそうするんだがな。でも、いまじゃなにをしたって手遅れだ」

ハリーは町を横断している大通りに戻り、あたりを見まわした。ビッグ・トムからの緊急連絡をうけて、ここまではタクシーできた。しかしそれは、なにが起きたかをまだ知らなかったからだ。いまとなっては、この地区と自分を結びつけるような手がかりは残したくなかった。いや、この地区だけではない。ビッグ・トムとも、そもそもパサデナの町とさえも。ここでタクシーを拾う危険は冒せなかった。

ハリーはバスを待った。最初の一台がやってくると、車内の様子をじっくり観察した。かなり人が乗っている。後部座席のほうでは若者たちがうるさく騒いでいるし、ほかの乗客は疲れていて、他人には無関心に見える。周囲にはなんの注意も払っていない。ハリーは乗りこんだ。スーツの片側についている血に誰かが気づくまえに、ドアのそばの座席にすばやく腰を下ろした。

アパートの部屋に帰りつくと、ブロンドの娘はベッドで眠っていた。いつものとおり裸のままで、セクシーなコロンの香りを漂わせている。

バスルームに行ってスーツについた血を落とし、パジャマを着てアスピリンと睡眠薬をそれぞれ数錠ほど飲んだ。ベッドの端に腰を下ろしてあくびをすると、娘が目を覚まして不平をいった。ハリーは「うるさい！」と一喝し、ベッドのわきのランプを消すと、枕に頭をあずけて横たわったまま、暗闇を見つめた。

「まったく！」ハリーは小声でつぶやいた。「あんな死に方はしたくないもんだな！」

第16章

ロングボディの黒い車がドライブウェイにそっと入ってきて、いったん停止してから、ほとんど音も立てずに屋敷に近づいていった。ハンドルを握った運転手——花崗《かこう》岩《がん》のように硬い印象をあたえる黒髪の大男——がいった。

「ミスター・ストールツ、玄関のドアが開いています」

「ああ、わたしにも見えてる」ストールツは穏やかな声でいった。よく日焼けしたハンサムな男で、ほっそりしたその顔に狼狽《ろうばい》の色はほとんど浮かんでいなかった。彼はそれまで吸っていたタバコを金と象牙《ぞうげ》のシガレットホルダーからはずし、ダッシュボードの灰皿でもみ消すと、ホルダーを胸のポケットにしまった。車がゆっくりと進んでいくにつれ、よりはっきりと屋敷が見えてきた。

「真っ暗だな。ミセス・ハヴァマンだったらこんなに暗くしておくはずがない。誰かがきたんだ。どうやら遅かったらしい」

マーヴィッチはうなずき、ガレージの近くの暗い場所まで車を進めた。マーヴィッチがブレーキを踏み、エンジンを切ってヘッドライトを消すと、ストールツは車を降りて裏口へ歩いていった。マーヴィッチは裏口のすぐ手前で追いついた。

「ドアに鍵《かぎ》がかかっていない」とストールツはいった。「ミセス・ハヴァマンは用心深いから、日が落ちたらかならず掛け金をかけるはずなんだ」

ふたりはなかへ入った。屋敷を知っているストールツは、廊下に行きつくまで明かりをつけなかった。まっすぐに自分の部屋へ向かった彼は、マーヴィッチとともに部屋の惨状を眺めた。

「ミセス・ハヴァマンは金を移動したといっていた。わたしがしまっておいたのはここだ」ストールツはタンスに歩いていき、ビッグ・トムが閉じた小さな扉を開いた。「押し入ったやつらは家捜しをしたんだ」彼はマットレスの端がめくりあげられているのに目をとめ、首を振った。「あの小さなオートマチックを失うのはつらいな。なかなかいいおもちゃだった。それに、あとでどこかで見つかったりすると、具合の悪いことになりかねない」

マーヴィッチがいった。「老婦人と娘を探したほうがいいでしょう。どこかで縛りあげられているかもしれない」

「そうだな」ストールツはふたたび廊下に戻った。「ミセス・ハヴァマンの部屋は二階だ。まずはそこを探そう」

　ストールツはカーペットの敷かれた階段をやすやすと駆けあがった。彼は引き締まった体を維持していた。食事は果物とヨーグルトとふすまのクラッカーを中心にするように心がけているし、ホテルのプールで泳いでいる。しかも、砂漠の日射《ひざ》しのおかげで肌はすっかり日焼けしていた。ずっと体重の重いマーヴィッチはもっと足が遅かった。マーヴィッチが好きなものはレアステーキとバーボンウィスキーと十八歳のブルネット娘だ。とはいえ、彼も彼なりにすぐれた体型を維持している。ふたりはミセス・ハヴァマンの寝室に入った。そのとたん、ストールツは青ざめ、マーヴィッチは首を絞められたカモのような憤慨の声をあげた。

「ああ、なんてこった、こんなことになるなんて」ストールツの声には心からの同情がこもっていた。彼はミセス・ハヴァマンを見つめていたが、凄惨《せいさん》な光景に気分が悪くなったかのように目をそらした。「やつらは彼女を殺したんだ」

「ええ」マーヴィッチは部屋をじっくり見まわした。「娘のほうはどこに行ったんです？」カレンには会ったことがなかったが、ストールツの説明を聞いて興味を持っていた。

ストールツはすばやくほかの部屋を見てまわった。「屋敷にはいないようだな」彼はカレンの問題を頭から追い払うかのように頭を振った。「これからどうするか、慎重に計画を立てる必要がある」

「どんなに手をつくしても、警察に嗅《か》ぎつけられずにすむとは思えませんね」

「もちろんわたしたちは、これから警察を呼ぶんだ。こいつは殺人事件なんだぞ、マーヴィッチ」ストールツはマーヴィッチの目を見つめた。マーヴィッチも理解した。これは〝特殊な〟タイプの殺人だ。殺した男の死体を路地裏に置き去りにするとか、フーヴァー・ダムのさらに向こうの砂漠に放置してコンドルの餌《え》食《じき》にするとかいった〝普通の〟殺しとはわけがちがう。この老婦人が殺された件はきちんと通報し、正式な検視と捜査を依頼する必要がある。

「わかりました」とマーヴィッチは答えた。「しかしいつ通報するんです、ミスター・ストールツ？」

ストールツの目は険しかった。「まずは金を見つけるのが先決だ」

「もちろんですね」マーヴィッチはうなずいた。

ストールツはじっくり考えた。「この屋敷のことはおまえよりわたしのほうがよく知っている。おまえはどこになにがあるかも知らない」

「金は金ですよ、ミスター・ストールツ。どこにあろうと、見ればわかります」

ストールツはかすかに笑みを浮かべた。

「それだけじゃありません」マーヴィッチはつづけた。「わたしはものを隠されたことが何度もあります。しかし、見つけるのに苦労したことは一度もない」

「残念だが、ここには締めあげて答えを引きだす相手はいないぞ」

「そういうことじゃありません。文字どおりの意味です。ものを探すのがうまいんですよ。以前、シカゴである娘とつきあってましてね。おれはそいつにダイヤモンドのブローチをプレゼントした。その後彼女は、どこかのディーラーに浮気しておれを追いだした。おれはブローチを取り戻したかった。しかし、彼女を締めあげるわけにはいかない。新しい恋人は組織にコネがあったんでね。そこでおれは彼女の部屋を探して——」

ストールツは手を上げて制止した。「いまは時間がないんだ」

マーヴィッチは勢いこむように訊《き》いた。「その娘はダイヤモンドのブローチをどこに隠してたと思います？」

ストールツはため息をついた。「さあね。どこなんだ？」

「下着を入れとく箱ですよ」

ストールツはうなずいた。「そりゃ盲点だな」

「おれは一瞬たりとも騙《だま》されなかった」

「一階に行って」ストールツはそっけなくいった。「探しはじめろ。わたしの部屋はいい。ほかの場所だ。ガレージも忘れるな。ミセス・ハヴァマンの古い車がジャッキアップしたまま放置してある」

ミスター・ストールツがブローチの話を最後までさせてくれたことが、マーヴィッチは嬉《うれ》しかった。彼は階下に急ぎ、エディとスキップが今夜すでにひっくり返したものをもう一度ひっくり返した。

一時間ほど探したがなにも見つからなかった。金は犯人が持ち去ったと考えるしかない。不安と怒りに駆られ、平静さをやや失ったストールツは、警察に事件を通報した。

ふたりは居間で警察の到着を待った。犬は閉じこめられていた二階の部屋から解放され、いまはストールツの足元に横たわっていた。しばし考えこんでからマーヴィッチがいった。

「お気づきかもしれませんが、この殺しにはちょっとおかしなところがある。死体の様子からすると、ミセス・ハヴァマンは首を絞められて死んだらしい。しかし、現場にはそこらじゅうに血の跡が残ってる——クロゼットの扉には血の指紋がついてるし、廊下も階段もそこらじゅう血だらけだ。ここにまでついてるとこがある」

マーヴィッチは電話がのっているテーブルのそばの絨毯《じゅうたん》を指さした。金を探してこの部屋に入ったとき、電話は受話器がはずれた状態で床に転がっており、受話器には血だらけの手で握った跡がそこらじゅうについていた。

「たぶん、犯人は撃たれたんですよ。外に出て血痕《けっこん》が残ってないか探して、どこに向かってるか調べるべきです」

「犯人のひとりが撃たれたのは間違いない」ストールツはいらだったようにいった。「しかし、わたしたちはそいつを追ったりしない。それは警察の仕事だ。現場に残った証拠をうっかり消すような真似《まね》はするな。ここはネヴァダじゃないんだ」彼はマーヴィッチを鋭くにらみつけた。「わたしたちは危ない橋を渡ってるんだ。言葉やふるまいに気をつけろ。忘れるな。おれたちはここに帰ってきて、すっかり驚いてしまったんだ」

ふたりは驚いた顔を練習した。赤い回転灯をつけたパトロールカーがサイレンを鳴らして駆けつけ、金色のバッジをきらめかせた警官がやってくるまで、犬はすっかり眠っていた。

スキップはスーツケースのふたをバシンと閉めた。ジッパー式のバッグよりは大きかったが、そこらじゅう傷だらけだった。

「話はそれだけだよ」とスキップはいった。

不安と緊張で顔を青くしたウィリー叔父は、部屋の反対側のベッドに腰を下ろして体を震わせていた。

「もっと詳しく話してくれないか？　事情も知らずにひとり取り残されたくないんだ。なんたって、友だちを今回の件にひっぱりこんだのはおれなんだからな。みんな大事な友だちなんだよ」ウィリー叔父が考えているのはスノープのことだった。あの男が機嫌を損ねたら、どんなことをするかはわかっていた。

「知らないほうがいい。ただし、これだけはいっとくよ。計画は完全に失敗だ。ビッグ・トムはヘマをした。マジでヤバい。叔父さんがあいつを引き入れたときから、おれは失敗だと思ってたんだ」

ウィリー叔父は爪《つめ》を噛《か》んだ。「ビッグ・トムがヘマをするなんて考えられん。計画を実行するときには、慎重なうえにも慎重なんだ。しかし、なんだっておまえはあの屋敷に行ったりしたんだ？　もしおまえが様子を見にいったりしなければ——」

「いや、行ってよかったよ」とスキップはいった。「様子を見にいくだけの頭が自分にあってほんとによかった。もしおれがあの銃声を聞かずに、現場の状況をいろいろ見てこなかったら、いまごろ叔父さんはいいカモになってるところだ」

「いやいや、おれに疑いはかからんさ。絶対にだいじょうぶだよ、スキップ。今回の仕事はおれを洗い清めてくれた。完全に生まれ変わったんだ。不正にはもう二度と手を出さない」

「ひとつ利口になったってわけか」

「おまえにはもうなにも質問しないよ」ウィリー叔父は不正行為から身を引いた人間ならではの口調でつづけた。「おれは人生をまったく新しい観点から見るようになった。人生を激しい生存競争だと考える必要はないんだ」

椅《い》子《す》にかかったウィリー叔父のジャケットのポケットには、ＡＡのリーフレットがごっそり突っこまれていた。ウィリー叔父はそちらに目を向け、顔を輝かせた。

「そうとも、おれは橋を渡ったんだ。これまで歩んできた道に戻るつもりはない」

スキップはうなずき、なにか詰め忘れたものはないか部屋を見まわした。ウィリー叔父のとりとめのない話にはたいして注意を払っていなかった。

ウィリー叔父はいった。「おれは今夜、目を開かれた。これからはもう、ミスター・チルワースのために働くことに文句をいったりはしない。ぶつぶつ不平をいったりもしないし、自分がものにしそこなったチャンスや、成功してたかもしれないヤマなんかのことを、いつまでもくよくよ考えたりもしない。これからは自分の欠点や失敗にしっかり目を向けるんだ。わかるだろ？　これまで他人にしてきた悪事やなんかのことにさ。これからは心を入れ替える。ＡＡがあのミッチェルを差し向けてくれたのは、まさに奇跡だといっていい」

「その男が好きなのかい？」スキップはジッパー式のバッグを拾いあげ、ひげ剃《そ》り類をつめるためにバスルームへ行った。

「この人生で出会ったなかで最高の男だよ」ウィリー叔父は熱に浮かされたようにいった。

「そりゃよかった。ならそいつにひっついて離れないといい」

ウィリー叔父は部屋を歩きまわるスキップを目で追っていたが、やがておずおずした声で「金はまったくなかったのか？」と訊いた。

スキップは叔父を見返した。「そもそも金の話を耳にしたことは、きっぱり忘れちまったほうがいい」

「で、おまえは……その……ぜんぜん金を――」

「屋敷の外から?」スキップは小馬鹿《こばか》にしたように訊いた。「なかのやつらは射撃場みたいに撃ち合いをしてるのに?」

「ちょっとよくわからないだけさ」ウィリー叔父は髪の薄くなった頭を手のひらでなでた。「ビッグ・トムが仲間と内輪もめをするとは思えないんだ」

「ところがしたんだよ。だからおれは逃げてきたんだ。もしあの娘がしゃべったらおれはおしまいだ。警察があいつを捕まえたら、もうそれまでさ」

「その子はどこかでおまえを待ってるんじゃないのか?」もう質問はしないと約束したことを忘れ、ウィリー叔父は訊いた。「その子はおまえのポンコツに乗ってるんだろ? もしかしたら表の通りにいたのかもしれないし、なにか用事をすませに行ってたのかもしれない」

「車を運転しているのはエディだ」とスキップはいった。「もしあいつが車を返しにきたら、ガレージに入れといてくれないか? こなけりゃこないで、それでいいし」

スキップは心のなかで思った。あいつはおれからあのクソアマも奪ったんだ。あんなポンコツくらいくれてやるさ。服や所持品はもうふたつのバッグに詰め終わった。ジッパー式のバッグと傷だらけの古いスーツケースだ。スキップはドアの前まで行き、ウィリー叔父に声をかけた。

「じゃあ行くよ、叔父さん。達者でな。それから忘れないでくれよ。今夜の件に噛んでるんじゃないかと警察に疑われても、あくまでしらを切ってくれ」

「おれはＡＡのミーティングに参加してたんだ」ウィリー叔父の疲れた目に、ふたたび輝きが宿った。

ユニオン駅に着くと、スキップは男性用便所に行き、個室に入ってドアを閉めた。それから、床においたふたつのバッグをまたぐようにして立ち、シャツのボタンをはずしてふたつの札束を取りだし、いくらあるか数えた。片方の札束は百ドル札が二十枚、もう片方は二十五枚あった。いまや彼は、切れるようなピン札で四千五百ドル持っていることになる。スキップは札束から二枚抜き、残りをシャツのなかに戻し、個室のドアを開け、ふたつのバッグを持って駅の構内に戻った。

いまのいちばんの望みは、ラスヴェガスに行って運試しをし、この金を元手にでっかく儲《もう》けることだった。しかしラスヴェガスはストールツの縄張りだ。どういう偶然でこの金がストールツのものだと発覚しないともかぎらない。まさかとは思うが、不安を感じるのはたしかだった。ラスヴェガスに次ぐ選択肢といえば、かなり遠くはなるが、リノだ。

スキップはオレゴン州ポートランド行きの切符を買った。途中駅のサクラメントで降り、そこから東に向かう列車に乗るつもりだった。

スキップの足どりをつかもうとする者がいたとしても、少々手こずることになるだろう。ただし頭にあるのは警察ではなく、ストールツだった。花崗岩のような顔と花崗岩のような拳《こぶし》を持ったあの大男とまた顔を合わせることにはなりたくなかった。スキップにいわせれば、あの手の人間は社会的に望ましくない人間なのだ。

エディは自宅から三軒ほど離れた路地に車を停めた。

「どのくらいで帰ってこれる、エディ？　だいぶかかりそう？」と、カレンがささやいた。

「荷物をいくつかつめるだけだ。すぐに戻るよ」

暗闇《くらやみ》に浮かぶカレンの顔は、花のように白かった。唇と頬の愛らしい曲線と、まつげと、かすかにきらめく瞳《ひとみ》が見てとれる。すでにカレンの顔は、愛する人の見慣れた顔になりつつあった。エディはその顔を永遠の昔から知っているような気がした。彼は車のなかに身を乗りだしてもう一度キスをした。カレンは両手でエディの顔をはさみ、唇を強く押しつけた。キスが終わると彼女はささやいた。

「あなたってすてきだわ、エディ。ほんとにすてき！」

エディはすばらしい気分だった。自分だけの小さな、しかしなにものにも代えがたい宝を見つけたような高揚感を覚えた。金なんかよりもずっと価値がある。カレンはおれのものだし、おれはカレンのものだ。すべてのはじまりは、アルタディーナの名も知らぬ地区に建設中の家のフロントポーチだった。あの家を誰が買うにしろ、そのほんの一部だけは、いつまでもエディとカレンのものだ。

　エディは外灯のない暗い路地を急ぎ、小汚い裏塀に行き当たると、通用門からなかに入り、ゴミと酒瓶の山のわきを抜けて裏口にたどりついた。ドアを開けてキッチンに入ったとたん、きょうの夕食の匂《にお》いが鼻をついた。チリとトルティーヤと油、それにコーヒー。エディは居間に忍びこみ、闇のなかをこっそりと横切って寝室のドアをノックした。

　ベッドのスプリングが軋《きし》り、酔っぱらった父がなにやらつぶやく声が聞こえたのにつづき、「寝てていいわ、あたしが見てくるから」という母の声がした。ドアが開き、母が居間をのぞきこんだ。大きな綿のガウンがぼんやりと闇に浮かんでいる。

「エディなの？」

「こっちの部屋にきて、ドアを閉めて」

母はいわれるがままに居間に入り、鍵がカチッと音を立てないようにドアを閉め、テーブルの前まで行って卓上ランプのスイッチを入れた。ランプ越しにエディを見る母の目には不安の色が浮かんでいた。

「なにかあったのかい？」と母はささやいた。

「今夜、家を出なきゃならない。いますぐに」

母は両手でガウンの襟をつかみ、ふくらんだ喉《のど》の上まで引きあげた。しばらくそのままランプの前に立っていたが、それからゆっくりと腰を下ろした。その顔がしわくちゃになった。母はそれを両手で隠した。彼女は泣いていた。

「おれのことなら心配いらないよ」とエディはいった。「ちょっとお金がほしいだけなんだ。ママなら、どこかにこっそりお金を貯《た》めてあるんじゃないか？」

母は顔から両手を離さずにうなずいた。手首の隙間《すきま》から、甲状腺腫《こうじょうせんしゅ》の大きな膨らみがのぞいている。いままさに生まれようとしている赤ん坊が、皮膚の下から頭を突きあげているかのようだ。母が体を震わせると皮膚がぶるぶる震えたが、その下の大きな塊はびくりとも動かず、まるで体の一部ではないかのようだった。

「事情を話してくれるかい？」

「いや、聞かないほうがいい。そうすりゃなにも知らないわけだから、やつらも脅しようがないだろ」

「誰にも話したりしないよ」母は震える手の向こうからいった。

「だめだよ、ママ」

「すごく……まずいことになったのかい？」

「ああ、かなりね。これ以上悪くならないくらいだ」

母は手から目を上げた。唇だけはまだ覆《おお》ったままなのは、震えているのを隠すためだろう。目はすでに赤くなっていた。

「誰か死んだの？」

エディは答えずに顔を背けた。母はガウンの袖《そで》を指でつまんで濡《ぬ》れた目に押し当てた。

「予感はしてたんだよ。ずっとまえから予感はしてたんだ。だけどあたしは、自分に言い聞かせてきたの。いいえ、エディは真面目《まじめ》に学校で勉強してるんだって。あの子は定職について、まっとうにお金を稼ぐんだって。これまでのトラブルも、悪い仲間も、働かずに楽をして儲けるんだとかいった話も、ぜんぶ過去の話なんだって」

エディは意味もなく部屋を歩きまわった。母さんには愚痴をいう権利がある。それはわかっていた。小学生のときに教師の財布から金を盗んで捕まった昔から、エディがどんな窮地に陥ったときも、母さんはいつもそばにいてくれた。エディとスキップ。

あの財布から金を盗んだとき、じつはスキップもいっしょだったことを、エディは誰にもいわなかった。しっかり口を閉ざしていた。校長はエディを木のパドルで打ちすえ、こんどやったら少年裁判所行きですよと母さんに言い渡した。母さんは校長の厳しい言葉に動揺することなく、威厳を失わなかった。家に帰る途中、母さんは通りの角で立ちどまると、はにかんだようにそっと、ドラッグストアでチョコレートソーダを飲みたいかいと訊いた。メキシコ人の母さんが愛と忍耐力とやさしさを失ったことなど、エディの記憶にあるかぎり一度もなかった。だからいまは嘆きに耳を傾け、口を閉ざして待った。

「まずはお祈りをさせてもらうよ。お金はそのあとで取ってくるから」と母はいった。

「そこにひざまずきなさい、エディ」

エディがすこし気づまりに思いながらひざまずくと、母はスペイン語でわれらが神よと唱えはじめた。それが終わると聖母マリアに祈りを捧《ささ》げ、キリストの母に助けを求めた。誰よりも純粋で慈悲深い聖母は、この地上にあったときに恐怖と絶望を経験した。だとしたら、いまここでべつの母親がわが子のために感じている苦悶《くもん》を聞き届けてくれるはずではないか？

祈りを終えると母は立ちあがり、胸の前で十字を切り、キッチンに入っていった。

そして、ドアのわきにおいてあった背の壊れた椅子を食器棚の前まで運び、エディにいった。

「いちばん上の棚だよ。トマトの缶詰の赤い缶があるだろう？　そこに入ってるお金を持っておいき」

エディは缶を下ろしてふたを開けた。

「五十六ドル入ってる」母は息子にいった。「たいした額じゃないけどね。でもすこしは役に立つはずだよ。どこかに落ちついたら手紙をおくれ。この家じゃなく、ミセス・バルデスの家にね。彼女なら教会で渡してくれるから」

エディは金をズボンのポケットにつっこんだ。ふたりは最後の抱擁を交わした。ガウンに包まれた母の体は大きくて締まりがなかった。髪は油の匂いがした。父のそばにいるせいで、かすかに酒の匂いもする。酒臭い酔っぱらいとおなじ布団《ふとん》にくるまっているからだ。

「手紙はミセス・バルデスに送るよ」エディは約束した。

「神のご加護がありますように」母は最後にそういった。

第17章

ふたりは車で海岸へ向かった。寒い夜で、海から霧の塊がつぎつぎに流れてくるため、ハイウェイは視界が悪かった。エディは始終あくびに襲われ、目を開けているのがむずかしくなってきた。サンタモニカを越えたところで、海浜公園のキャンプ場に行き当たった。キャンプ場はトレイラーやテントでいっぱいだったが、エディはとにかく車を乗り入れ、背の低い常緑樹の林に押しこんだ。カレンが外に降りた。コートの類《たぐ》いをなにも持っていなかったので、彼女は寒さに震えあがった。エディは車の座席から毛布を引き剝《は》がした。シートにいくつも穴が開いて詰め物がはみだしているため、スキップが古い軍用毛布をかぶせていたのだ。エディはそれを木の下に運んでいくと、木の葉やゴミに覆《おお》われた地面に敷き、カレンとふたりでそこに横になって体をまるめた。こうして地面に横になり、海風から守られていると、だいぶ暖かくなった。

その夜、ふと目を覚ますとカレンが泣いていた。エディがそっと触れると、髪が涙で湿っていた。

朝の八時頃、ほかのキャンプ客が立てる物音や話し声に目を覚ました。エディは毛布から出て、カレンが立つのに手を貸した。カレンはよろめいたが、すぐにバランスを取り戻し、あたりを見まわした。どんよりと曇った朝で、霧が濃く、肌寒かった。カレンはむきだしの二の腕を両手でさすり、唇をなめた。疲労のあまり、目を閉じるとぞわぞわしたものが見え、目の奥が熱っぽかった。口のなかには土ぼこりが入りこみ、酸《す》っぱい味がした。突然、ハヴァマン家の大きな屋敷が頭に浮かんだ。あそこは静かで安全だった。きれいなお湯とタオルも、料理をつくるための食材もあった。喪失感と寂寞《せきばく》感がカレンを揺さぶった。このときカレンは、ミセス・ハヴァマンが自分にあたえてくれたものをはじめて——形あるものとして——見た気がした。

カレンは車まで歩いていくと、エディに涙を見られないように、彼が穴のあいたシートに毛布を戻し終えるのをそばで待った。エディには自信がみなぎっていた。自分がやるべきことを知っているだけでなく、困難に立ち向かう気概まで感じられる。おかげで彼女はすこし気が楽になった。

ふたりは北を目指した。オックスナードに近づいたところでエディがいった。

「なにか食べないとな。ただし、いまある金は一セントたりとも無駄にできない。なにか手を考えるよ」

できれば櫛《くし》とタオルがほしい、とカレンは思った。たった一晩、道路脇《わき》で野宿しただけなのに、こんなに体が汚れていると感じたのは生まれてはじめてだった。いまなら一週間でもお風呂《ふろ》に入っていられる気がする。カレンは目を閉じた。食事にはたいして気をそそられなかった。

感じのいいカフェの前を何回か通りかかったが、エディはちらっと目を向けただけで却下した。ようやくのことで、どちらかというとみすぼらしいカフェのわきに車を乗り入れた。小さな店で、ハイウェイからすこし引っこんだところに建っていた。砂利敷きの駐車場は雑草が伸び放題だし、ネオンサインは修理が必要だった。金属製の換気扇《ルーフベント》が屋根からはずれ、軒樋《のきどい》の端に落ちているのが見えた。エディはエンジンを切ってハンドブレーキをかけ、車を降りた。

「ここで待っててくれ」

外の空気は冷たかった。エディはジャケットの胸もとをかき合わせ、カフェの入口まで歩いていった。

店内には、六十歳くらいの女店主がひとりいるだけだった。清潔な綿の普段着に青い更紗《さらさ》のエプロンをつけ、灰色の髪に青いキャップをかぶっている。彼女は旧式のポットでコーヒーを淹《い》れ、鉄板に油を引き、シリアルを注文されたらすぐに出せるようにシリアルボウルの用意をしていた。エディは脚を広げてスツールにすわった。

「コーヒーを一杯」

女店主は窓の外の車に目をやってから、ふたたびエディに視線を戻した。「けさは冷えこむね」

「ああ」

「このあたりの海岸沿いは、ときどきいまが何月なのかわからなくなることがある。いつだって霧が多いし、どんよりしていて寒いし」彼女は厚手のマグカップにコーヒーを注ぎ、エディの前においた。

「朝食が食べたいんだ。それもきちんとした本物の朝食がね。でも、懐《ふところ》がすっからかんで払う金がない」

「まあ、そりゃ気の毒に」その声からは興味も同情も読みとることができなかった。彼女はエディに背を向けかけたが、ふと振り返って訊《き》いた。「車のなかにいるのは誰なの?」

「妻だ」とエディはいった。

「もしあの子が寒さに震えてるんなら、コーヒーを一杯出してあげるよ。ただでね」

「そりゃ……すごくありがたいな」エディは立ちあがった。「できればパンケーキとベーコンと卵が食べたい。代わりに仕事をするよ。皿洗いとか」

「皿洗いはもうすんでるよ」彼女はそっけなくいった。それから、すこし態度をやわらげた。「でも、あんたは体ががっしりしてるね。つるはしとシャベルでひと仕事ってのはどうだい？」

エディは内心、それはごめんだと思った。一時間かそこら皿洗いをするだけならいいが、それ以上のことは考えていなかった。しかし、老齢の女店主のどこか皮肉っぽい視線をうけたエディは、いつしか答えていた。

「まあ、プロのようにはいかないだろうけど、喜んでやるよ」

女店主は握りしめた両手をカウンターについた。「じつはこういうことなんだよ。あたしの夫が――この店は夫とあたしのふたりでやってるんだけど――店の裏の新しい汚水処理タンクまで排水溝を掘ってたんだ。郡の役所から、六十日以内に設置しろって命じられたんでね。で、夫はこの一週間、毎日作業をしてた。そしたらきのう、急に調子が悪いっていいだして、きょうは筋肉ひとつ動かせない。もう七十だからね。そもそもそんな作業をするような歳《とし》じゃないんだよ」

彼女は唇をすぼめ、エディを間近から観察した。その顔にはケチな守銭奴のような表情が浮かんでいた。「もしあんたと奥さんがおなかをすかせてるんなら――仕事はあるってことさ」

エディはカウンターに十セント硬貨をおき、首を振った。「食事の見返りにしちゃ大仕事すぎるな。でも、心づかいには感謝するよ」

「おや、ちょっと待ちなよ」彼女はつぎの言葉がなかなか出てこないかのように二度ほど息を吸った。「なにも食事しか出さないって意味じゃないよ。排水溝はどうしても掘る必要があるの。とにかく、なんとしてもね。でも配管工のやつらときたら、時給四ドルも要求するんだ」一瞬、失敗したという表情がよぎった。いまの話は黙っておきたかったのだろう。彼女はしばらくためらっていたが、ようやくのことでいった。「こういうのはどう?――一時間につき一ドル。もし時間がかかるようだったら二日間」

エディはマグカップに手を伸ばし、最後に残っていたコーヒーを飲みほした。「申し訳ない。それじゃ引き受けられない」

「食事もつけるよ。あんたと奥さんに」

ふたりはおたがいの腹を探るように見つめ合った。この小柄なばあさんは生まれてこのかた田舎暮らしで、世間の流行にはうといかもしれない。しかし、車で旅している詐欺師《さぎし》やペテン師を何人も見てきたせいで、怖いほど勘が鋭い。

「一時間につき一ドル五十セントなら、考えてもいい」

女店主はすぐさま切り返した。「一ドルと二十五セント。それ以上は一セントだって出せないね」

「食事つきで？　好きなものをなんでも？」

女店主は窓の外をのぞいた。たぶん、車に乗っているカレンを見て、どのくらい食べるか見当をつけようというのだろう。エディは体が大きいし、排水溝を掘る作業をするのだから、たっぷり食べるのはわかっている。小柄な女店主はしみったれた倹約精神を飲みこみ、うなずいた。

「なら、それで決まりだね」

エディは急いで車に戻り、助手席側のドアを開けた。「話をつけてきた。ここで食事をする。好きなもんをなんでも注文していい」

カレンは髪を後ろにかきあげ、関心がないかのように、ぼんやりとエディを見上げた。彼女がいまどんな心境かはわかっていた。エディは車を降りるようにいった。

「食事をすれば気分もずっとよくなるさ。熱いコーヒーにどれだけ効果があるか、きっと驚くよ」

小柄でほっそりしたカレンを見て、女店主の顔から不安の表情がすっと消えた。彼女はすばやくコーヒーを注いでカウンターにおき、エディのカップを取りあげてお代わりを注いだ。

「さて」と彼女はいった。「ハム？　それともトースト？」

「パンケーキだ」とエディはいった。「バターとシロップをたっぷりかけてね」

エディはジャケットを脱いでスツールにおき、たくましい腕を品定めしている女店主に目を向けた。エディは思った。おれたちには名前が必要だ。金属加工のクラスでいっしょだった同級生の名前を思い出した。アーノルド・ダイクス。

「おれはアーノルド・ダイクス。こいつは妻のケイだ」とエディはいった。

カレンがいぶかしげな目でエディを見た。

小柄な女店主はパンケーキ用のフライ返しを左手に持ち替え、右手をカレンに差しだした。「あたしはミセス・モズビー。よければエリーと呼んどくれ。ケイっていうのはかわいい名前だね。あんたみたいな子にはぴったりだ」

ミセス・モズビーはカレンが気に入ったようだった。たぶん、怯《おび》えて疲弊した様子が心の琴線に触れたのだろう。料理を出されると、カレンは興味なさそうに、ほとんど機械的に食べた。しかしエディは、すぐさま彼女の顔色がよくなったことに気がついた。目からもすこしだけ靄《もや》が晴れたようだ。

ふたりが三杯目のコーヒーを飲み終えたところで、店の横に二台のトラックが停まり、四人の運転手が入ってきた。四人とも体が大きく、馬のように腹を空《す》かせていた。ミセス・モズビーは店のなかをあたふたと走りまわり、運転手たちと話を交わした。どうやら四人は常連らしい。このカフェをつづけていくには、こうした客が頼りなのだろう。つぎの瞬間、エディは驚かされた。カレンが立ちあがり、食器を重ねて厨房《ちゅうぼう》に運んでいき、カウンターの後ろにあった古いふきんを使って洗いはじめたからだ。

エディはカウンター越しにカレンの手首をつかんだ。

「おい」エディは抑えた声でいった。「そんなことする必要はないんだ」

「ただすわっているより、このほうがいいの」カレンは厨房の奥に行き、青いエプロンを手に戻ってきて腰に巻いた。トラックの運転手たちが好奇の目を向け、ミセス・モズビーはいかにも嬉《うれ》しそうな顔をした。

「そいつは取引に入ってない」エディはスツールから立ちあがり、頑固に言い張った。

カレンは疲れたように彼を見た。

「なら、わたしはわたしの取引をするわ」突然、カレンの目に涙があふれた。彼女の声は弱々しく、加減が悪そうだった。「ねえ、エディ、けんかはやめましょ。そうじゃなくても最悪の状況なんだもの。仲よくしましょうよ」

エディは肩をすくめた。ミセス・モズビーは喜んでいるし、カレンも仕事をすればすこしは気がまぎれるだろう。

トラックの運転手たちに料理を出し終えると、ミセス・モズビーはエディをカフェの裏の便所に連れていった。便所から延びている排水溝は、途中で厨房の排水溝と合流し、茶色い硬そうな地面をすこし行ったところで途切れていた。ミセス・モズビーはどこにどれくらい深い溝を掘るかを指示した。

「あそこまで」彼女はコショウボクの木立に半分隠れている小さな家を指さした。

「あそこがわが家。夫はいまあそこで寝てるの。痛む背中とふたりきりでね。たぶんあんたを見てるはずだよ。でも気にしなくていい。ベッドから出てきて自分でなにかすることはないから」その声にこもった恨みがましい響きからすると、どうやらミセス・モズビーは、ベッドで伏せっている夫に含むところがあるらしい。

午前中はゆっくりと過ぎていった。エディは十一時に休憩を入れ、コーヒーを飲んだ。店の外にはレタスを積んだトラックが停まっていて、店内では日本人の運転手たちがコーヒーとドーナッツの昼食を終えるところだった。カレンは厨房で皿を洗っていた。ミセス・モズビーはスズメのように快活で陽気だった。

そりゃ当然だろ？　エディはいらついた気分で思った。なんたって、おれたち両方をこき使ってるんだからな――こっちはあのばあさんの言いなりだ。すくなくとも向こうはそう思っている。突然、ミセス・モズビーに対する強い嫌悪《けんお》感《かん》が膨れあがった。

　正午近く、ミセス・モズビーは裏庭を横切ってコショウボクに囲まれた家に歩いていった。彼女の姿が見えなくなるとエディはすぐさまシャベルを投げだし、カフェに入った。カレンはひとりで鉄板を磨いていた。エディはレジのところに行き、現金の入った引き出しを開くボタンを押し、なかにいくらあるか調べた。十ドルくらいだな、とエディは思った。ほとんどは二十五セント硬貨で、あとは五十セント硬貨や十セント硬貨だ。エディは引き出しを乱暴に閉めた。

「いったいなんだってなかをのぞいたの？」カレンがにらみつけた。

「べつに」

「あのおばあさんはいい人よ」

「そうじゃないとはいってないさ」

「あなたはわたしが彼女の手伝いをしてるのが気に食わないんだわ。そうでしょ？」

「どうも思っちゃいないよ」

　エディがいま感じているのは退屈だった。裏庭の仕事は、彼にとってなんの意味もなかった。窓の外に目をやり、スキップのショボい小型車を見ながら、エディはこんなところに停まったりしなければよかったと思った。しかし同時に、いま自分がやっているのは、母さんのいう「正直な仕事」なのもわかっていた。エディがなぜ不満なのか、どうして興味を持てないのか、母さんにはきっと絶対にわからないだろう。エディを理解したいと思ったら、息子の人生を最初からすべてたどり直す必要がある。まずは学校時代だ。エディの通った学校は白人の生徒もメキシコ人の生徒もいたが、彼はハーフだったので、どちらの仲間にも入れてもらえなかった。その後、スキップと出会ったことが、エディの考え方や生き方を大きく変えたのだった。

　スキップはリノでバスを降りると、スーツケースを駅に預け、町を見てまわった。リノにきたのははじめてだったが、ラスヴェガスとは違うのは知っていた。まず、ここには歓楽街がない。大勢のカモが住むカリフォルニア州に向かって、豪華なホテルやカジノが長い腕を伸ばしているわけではない。リノはカリフォルニア州のハイシエラに近く、ドナー峠からもそう遠くない。一見すると辺境の町を思わせるが、もっと建物が密集していて、洗練されており、都会的な印象がある。しかしいったんギャンブルクラブに足を踏み入れると、驚くほどラスヴェガスに似ている。ここにもスロットマシンとグリーンのテーブルがずらりと並んでいる。クラップス、ルーレット、ブラックジャック。コインがどっと吐きだされるジャラジャラという音も同じだ。スキップには人々の顔までもがおなじに見えた。ギャンブル客も従業員も、自分はなにも知らないといわんばかりの無表情な仮面をつけている。

スキップは両替窓口で百ドル札を十ドル札に替えた。クラップスのテーブルに行き、しばらくゲームの様子を見てから、ディーラーの前に十ドル札を三枚投げた。ディーラーは銀のコインを三十枚、スキップの前に積んだ。スキップはパスラインに五ドル分のチップを積んだ。テーブルには十二人ほどの客がいた。投げ手《シューター》は年輩の男で、風雨にさらされたトビネズミのようなしなびた顔をしていた。第一投は七だった。スキップの金は五倍に増えた。スキップはさらに十ドル賭《か》けた。つぎも老人は七を出した。幸運なことに、スキップは直感的につぎは賭けるのをやめた。年輩の男はその一投でクラップアウトした。

スキップはべつのテーブルに行った。そこを離れるときには、五百ドル以上儲《もう》けていた。腹が減り、喉《のど》も渇いたので、クラブの奥のカフェに行った。

両替窓口の奥では、アシスタントマネジャーがスキップの百ドル札をしげしげと見つめていた。彼は両替係の娘に向かってうなずいた。

「ちょっと待っててくれ。チェックしたいことがあるんだ」

アシスタントマネジャーはその百ドル札を手にしたまま立ちあがり、壁の一部にしか見えないドアの前に行くと、ボタンを押して待った。ドアはすぐに開いた。奥のオフィスは鋼鉄でできた金庫室のような造りになっていた。

アシスタントマネジャーは机に行って引き出しからＦＢＩの資料を取りだし、手にした百ドル札の番号がそこに並んだ数字のなかにないか調べはじめた。

カフェではちょうど、スキップのテーブルに料理が運ばれてきたところだった。ヒレ肉の特上ステーキとシーザーサラダ、マッシュポテト、新鮮なグリーンピース、それにカフェロワイヤル。スキップはゴールドラッシュ時代を描いた壁画を眺めながら、夢見心地で食べはじめた。

エディはいった。「もう五時近い。きょうはここまでにしとくよ」

マグカップにコーヒーを注ぎながらミセス・モズビーがいった。「ああ、そうしてちょうだい。よくやったわ。思ってたよりもずっとはかどった」

ミセス・モズビーはカウンターにコーヒーをおきながら、不安そうにエディを見た。たぶん、すっかり嫌気が差して退屈しているのを感じ取ったのだろう。

「店は七時で閉店だから、あんたと奥さんで好きに使っていいよ。天井の垂木《たるき》に簡易ベッドがおいてあるから、それも使ってちょうだい。物置の棚の上。二人用のベッドとクッションがひとつあるだけだけど。シーツなんかも貸してあげる。そうすりゃ、宿代を節約できるだろ」

「ご親切に、ありがとうございます、エリー」カレンがカウンターの下に皿を積み重ねながら、顔も上げずにいった。

エディの見たところ、午後のなかば以降、カレンはどうも様子がおかしかった。これまでよりもさらに怯えているように見える。不安のあまり唇が乾いているし、目は大きく見開かれ、両手が震えている。

エディはカウンターに新聞がおきっぱなしになっているのに気づき、自分のほうに引き寄せた。ロサンゼルスの新聞だった。一面の見出しを見た瞬間、カレンが不安に怯えている理由がわかった。

パサデナで裕福な未亡人が殺害される

同居していた十代の娘が行方不明

エディはミセス・モズビーに目をやった。こちらに背を向け、エディにはなんの注意も払っていない。彼は記事をむさぼるように読んだ。ごく短い記事だったが、内容には困惑させられた。エディが最後に見たとき、ミセス・ハヴァマンの死体はクロゼットの扉のなかだった。硬直した体は冷たくなり、明らかに窒息死したことが見てとれたが、ほかに変わった点はなにもなかった。しかし新聞によると、彼女が発見された部屋はそこらじゅう血だらけで、拳銃《けんじゅう》の激しい撃ち合いがあった形跡があり、死因はまだ不明だという。

頭がぐるぐるまわる気がした。いったいこりゃどういうことだ？

唇をなめ、先を読んだ。ストールツは警察に、自分が帰宅したのは夜中の十一時半すぎだったと証言していた。帰ってきたのは、ミセス・ハヴァマンからラスヴェガスに電話があったからだった。屋敷に泥棒が入るのではないか不安だというミセス・ハヴァマンの伝言が、ホテルの部屋に残されていたのだ。高齢の女性が遠くラスヴェガスにいる元義理の息子に助けを求めたのはなぜなのか、警察は疑念をいだいた。しかしストールツによると、ミセス・ハヴァマンは屋敷にほぼずっとひとりでいるせいで、やや普通ではないところがあるのだという。ストールツはさらに、ミセス・ハヴァマンに九歳か十歳のころから育てられている若い娘が姿を消していることも警察に証言した。つづいて記事には、カレンの容貌《ようぼう》が詳しく紹介されていた。

別面には写真も掲載されていた。ハヴァマンの屋敷の外景、ストールツ（屋敷の玄関から出てきたところで、手に持った帽子をかぶろうとしたためか、顔が隠れてしまっている）、さらには髪を二つ編みにした十二歳頃のカレンの写真もあった。かなり古い写真だが、それでもいまのカレンとそっくりだ。エディは不安になった。

カレンのより詳しい人相書きが、四角い罫《けい》で囲われていた。見かけた方はぜひ通報してほしいという警察の要請も添えられている。

カレンは屋敷に押し入って撃ち合いを演じた強盗に連れ去られたのだろう、というのが大方の見方だった。

ストールツは、盗まれたものはなにもないようだと証言していた。

金の話はひとことも出ていない。エディは新聞をおき、なにが起こったのか考えようとした。ストールツの金は無事だったのだろう。それは間違いない。ストールツはそのことを決して口外しないはずだ。つづいて頭に浮かんだ可能性に、エディは怖《おそ》ろしい衝撃をうけた。

スキップは部屋で撃たれたのだ。おそらくストールツがスキップを殺し、死体をどこかに捨てたのだろう。さもなければ、怪我《けが》を負ってどこかに隠れ、死にかけているのかもしれない。

スキップを裏切ってしまったという大きな罪悪感がエディの体を駆け抜けた。いますべきことはただひとつ。ロサンゼルスに戻り、スキップを探すのだ。

第18章

ミセス・モズビーはカフェの入口に鍵《かぎ》をかけ、ダイニングエリアの電灯をすべて消した。それから、簡易ベッドのおいてある場所をエディに教えた。ベッドは物置の天井の垂木につっこんであり、その横には筒のように丸めて縛ったクッションもあった。エディがベッドを下ろしてセットしているあいだ、ミセス・モズビーは裏の自宅に行き、新品の枕《まくら》カバーに入った枕とシーツと毛布を二人分持ってきた。

ミセス・モズビーがふたたび姿を消し、ベッドの用意ができると、エディはどさりと倒れこみ、体を伸ばしてため息をついた。

「クソッ、もうくたくただよ。ほんとにすっかりくたくただ」

それから、カレンのほうを振り返った。彼女は厨房《ちゅうぼう》に姿を消していた。

「おい、なにをしてるんだ？」

「髪を洗ってるの」カレンが叫び返した。

エディはベッドに横たわってシンクから聞こえてくる水の音を聞きながら、いつしかまどろんでいた。最後に模範囚収容所にいたとき、郡公園の道路補修作業をやらされて以来、こんな重労働などしたことがなかった。

目を覚ましたのは、ベッドの横にカレンが腰を下ろしたときだった。カレンは歯の欠けた古い櫛《くし》を見つけてきて、髪をといていた。洗いたての清らかな匂《にお》いがした。エディは体を起こして彼女を引き寄せ、清潔な匂いのする柔らかい体を愛撫《あいぶ》した。それから、新聞記事の件を切りだした。

「なにが起こったのか考えたんだ。たぶん、ストールツがスキップを見つけて撃ったんだろう。だけどスキップは逃げた。あいつには助けが必要だ。だってそうだろ？　いまこの瞬間にも、あいつはどこかで死にかけてるかもしれないんだ」

カレンの目に暗く冷たい恐怖の表情が浮かんだ。「彼の話はやめて。考えてもだめ。忘れるのよ」

「そんなことできないよ」エディは苦々しくいった。

「わたしにはあなたが必要だし、あなたにはわたしが必要なの」カレンは必死だった。

「彼なんか必要ないじゃない」

「あいつを捨てて逃げたりすべきじゃなかったんだ。やっちゃいけないことだったんだよ」

「いいえ、正しいことをしたの」カレンもベッドに横になり、エディのあごの下に頭を押し当てた。エディは薄れゆく夕日に照らされた柔らかな髪を見つめた。

　エディはカレンのあごを押しあげてキスをした。疲れも忘れて背中に手をまわし、ナイトガウン代わりに着ているスリップの下の柔らかな曲線を愛撫した。しかしつぎの瞬間、罪悪感が湧《わ》きあがり、気持ちが重くなった。

「スキップになにがあったのか、あそこに戻って確認してこなきゃ」

　カレンが体を離し、ベッドに両肘《りょうひじ》をついた。「なに？　なんていったの？」

「おれは戻る」エディの日焼けした四角い顔と、あまりにも色が濃いので黒く見える茶色い瞳《ひとみ》には、思いつめた表情が浮かんでいた。「いいかい、スキップとおれは――なんていうか、いつもチームだったんだ。いつもいっしょだったんだよ！　どっちも相手を裏切ったことがないんだ」

「彼には何度も裏切られてるくせに」カレンはいきなり怒りを爆発させた。「彼はあなたを何度も何度も騙《だま》して、危険な状況に置き去りにしたんじゃない？」

　エディは体を起こした。侮辱され、むっとした気分だったが、カレンが動揺したことを責める気にはなれなかった。彼女は若くて世間知らずだ。エディは怒りの言葉がこみあげてくるのを抑えた。

「計画を説明するよ。いいか、よく聞いてくれ。おれたちは今晩ここに寝るわけだろ?」

カレンはうなずいた。

「そこでだ。もしおれが夜のうちにここを出てロサンゼルスに車で戻り、日が昇るまえに帰ってきたら? 誰も気がつかないし、なにもなかったのとおなじことになる」

カレンはエディのそばを離れ、ベッドの足側におかれたカウチに腰を下ろした。レーヨンのスリップ一枚しか着ていないと、まるで華奢《きゃしゃ》な子供のようで、すっかりうちひしがれ、いまにも壊れそうに見えた。壁の高い位置についた窓から射《さ》してくるほのかな光に、その白い肌がぼんやりと光っていた。

「お願いだから行かないで。ねえ、お願いよ、エディ! わたしといっしょにここにいて。もしあなたが望むなら、あしたどこかべつのところに行ってもいいから」

あまりにも必死にせがむので、エディはもうすこしで折れそうになった。

それに感づいたかのように、カレンはさらにまくしたてた。「あの屋敷の近くに行ったりしたら、警察に捕まるわ。一ブロック離れたところから目を向けただけでも捕まるわよ、絶対」

「あの屋敷にいくつもりはないよ」とエディはいった。「もっといい考えがある。まずはスキップの叔父さんから話を聞くんだ」

「そんなの、電話をすればいいだけの話じゃない！」

「番号がわからない」

「でも、スキップの名前は知ってるでしょ！」カレンの声は一語ごとにどんどん甲高くなっていった。

「電話の名義はスキップでも叔父さんでもない。スキップの叔父さんは誰かの屋敷に住みこみで働いてるんだ――スキップから名前を聞いたことがあるんだけど、どうしても思い出せない。どっちにしろ、長距離電話なんかしてスキップのことを訊《き》くのは嫌だしな。考えてもみろ。刑事が頭の切れるやつなら、電話を盗聴するかもしれない。さもなきゃ、当の叔父さんが容疑をかけられてるってことも考えられる――そうとも、なにがあってもおかしくないんだ！」

カレンはエディに飛びつき、死にものぐるいでしがみついた。その力のあまりの強さにエディは驚いた。

「行かないで！　行っちゃいや！」

エディは辛抱強くカレンの手をほどいた。「もちろんスキップの叔父さんは、ハヴァマンの屋敷に押しこむ件はこれっぽっちも知らない」エディはひとりごとのようにつづけた。「だから、スキップが連絡したんでないかぎり、あいつが助けを必要としてることも知るわけがない。おれが叔父さんの家に行って、スキップがやばいことになってると説明するしかないんだよ。撃たれてるかもしれないから、見つけだして医者に連れてかなきゃならないって」

カレンは頭をさっとのけぞらせて髪をかきあげ、エディの目をまともに見つめた。

「わたしにはわかってる。怪我《けが》を負ったのはスキップじゃない。彼は抜け目がないもの。頭がよくて鋭いから、そんなヘマをするはずがない。もし誰かが撃たれたんだとしたら、べつの人に決まってる」

「スキップ以外に考えられないよ。ストールツは怪我をしてないんだ。新聞に書いてある」

最後にカレンは、とっておきのものをエディに差しだした。エディを引きとめられるものは、もうそれしか思いつかなかった。エディはそれを喜んで受け取り、情熱をこめて愛した。しかし、ことが終わると、ベッドから出て服を着こみ、おれが出たら鍵をしろと指示してカフェを出た。

すこしでも近道をするため、エディはヴェンチュラ・ブールヴァードをサンフェルナンド・ヴァレーに向かった。ノースハリウッドとカフエンガ峠からロサンゼルスに入ろうと考えたのだ。しかし、人里離れた西の谷でポンコツ車のエンジンベアリングが焼け焦《こ》げ、吹き飛んだ破片を吸ったエンジンが爆発し、その場から動けなくなってしまった。あたりはクルミの木立と岩山がただ広がるばかりで、月も出ていないため、ヘッドライトが照らしだすもの以外、すべてが闇《やみ》に包まれていた。ロサンゼルスはまだまだ先だし、つぎの町がどこなのかも、それがどこにあるのかも皆目わからない。ミセス・モズビーのカフェもここから何十キロも離れている。いまのエディにできるのは、夜明けまで車のなかで待つことだけだった。

　朝の七時、ミセス・モズビーが自宅を出てカフェに行ってみると、カレンはすでにベッドから出て着替えをすませていた。簡易ベッドは畳んで隅に立てかけてあり、寝具類は筒のように丸めたクッションの上にきちんとおいてある。カレンは厨房で皿の用意をしながら、コーヒー用のお湯が沸くのを待っていた。

　ミセス・モズビーは喜びと驚きで声を上げた。この娘は怠けるってことをぜんぜん知らないらしい。しかも若くてかわいい。トラック運転手たちにも人気が出るだろう。ミセス・モズビーはふたりをここに引き留めておくための算段を練りはじめた――そして、エディがいないことに気がついた。

「さて、亭主のほうはどこに行っちまったんだい？」ミセス・モズビーは表の窓から外をのぞき見た。「車もなくなってるじゃないか、え？」

「きのうの夜、友だちに会いにいったんです」カレンは口ごもるようにいった。「で……そのまま帰ってこなかったんです」

ミセス・モズビーはカレンに目を向け、涙がいまにも溢《あふ》れそうになっているのに気づいた。この娘は不安のあまり動顚《どうてん》しているのだ。自分自身の経験から、ミセス・モズビーは喧嘩《けんか》だろうと見当をつけた。遠い昔、まだ新婚だったころは、自分も傷つきやすく、すぐに落ちこんだものだった。

「まあ、まずは朝食にしようじゃないか。そしたらそのうち帰ってくるかもしれないし。帰ってきたらうんと叱《しか》っておやり。たっぷり後悔させてやるんだ。あんたみたいにかわいい奥さんなんか、誰にでも持てるってわけじゃないんだからね」

ふたりは朝食をとった。料理は栄養も量もたっぷりあった。ミセス・モズビーは袋に入ったおつり用の硬貨をレジの引き出しに入れ、入口の鍵をあけ、開店の準備を整えた。

カレンは体の動きを止めるのが怖いかのように働きつづけた。誰の目にもつかないような部屋の隅まで磨きあげ、物置の缶詰類をきちんと積み直し、シンクの下の石鹸《せっけん》やブラシを整頓《せいとん》した。うっかりなにかを考えたり、反省したり、自分の心配をしたりしないように、ずっと手を動かしつづけることに決めたかのようだった。

十一時半頃、ミセス・モズビーは夫の様子を見に裏庭の自宅に戻った。その間、カレンはひとりでカフェにいた。ロサンゼルスの新聞を手にトラックの運転手が入ってきた。食事を終えると、男はそれをおいて出ていった。カレンは恐怖に駆られて読んだ。カレンの人相書きはいまや一面に掲載されていた。目立つように四角い罫《けい》で囲まれ、文字も大きな活字が使われている。ミセス・ハヴァマンの死因は、窒息によって引き起こされた心臓麻痺《まひ》だと断定されていた。間違いなく誰かに殺されたのだ。屋敷に侵入した犯人と目されている男は、ハヴァマンの屋敷からすこし離れた場所に駐《と》められた車で発見された。カレンはそれを読んで、安堵《あんど》の念がどっと湧きあがってくるのを感じた。スキップが死んだことを知れば、エディも戻ってくると思ったのだ——しかし記事には続きがあった。それによると、死んでいた男はトーマス・ラニガンという初老の前科者で、犯罪仲間のあいだではビッグ・トムの通称で知られている男だった。

ラニガンの指紋は被害者の部屋で見つかった指紋や、彼女の体や服についていた指紋と一致した。警察は現在、殺人のあった夜のラニガンの動きをたどり、いさかいの末に彼を撃った共犯者を突きとめようとしていた。

あまりに狂った話に、カレンはめまいがしそうだった。彼女がこの目で見た事実とはまったく噛《か》み合っていない。あの屋敷に戻るなんて、やはり怖《おそ》ろしい間違いだったのだ。いまごろエディは警察の手に落ちているだろう。新聞が手からすべり落ちた。太い黒い罫で囲んだ人相書きの一言一句が、音になって耳に聞こえてくる気がした――**十七歳、身長一六二から一六五センチ、やせ型、髪はダークブラウン、瞳はブルー、魅力的な顔立ち。**その説明に当てはまる若い娘など何千人もいることに、カレンは思い至らなかった。自分だけにスポットライトが当たっている気がした。百万の目が自分に注がれ、百万の指が向けられ、すくみあがった彼女を探しだそうとしている気がした。ミセス・モズビーのカフェにつぎに入ってくる客が、彼女が誰なのか一目で見抜くにちがいなかった。

ちょうどいま、カフェには誰も客がいなかった。これはチャンスだ。たぶんいまを逃したらもうめぐってこない。カレンはレジに走り、キーを叩《たた》いて引き出しを開け、札束をひとつかみと、五十セント硬貨と二十五セント硬貨をかき集めた。それから、カウンターを大急ぎでぐるっとまわり、正面のドアから外に駆けだした。駐車場の向こうからは、ハイウェイを行きすぎる車の音が聞こえてくる。

　カレンは歩きはじめ、車の音がするたびに振り返った。不安や罪悪感が顔に出ないように気をつけ、車を拾おうとしているごく普通の若い娘に見えるように努力した。すでにオックスナードの町はずれまできていた。オレンジの箱詰め工場にまじって、農耕具の販売区画やトラックの駐車場が並んでいた。

　だいぶ後方から、大きなタンクローリーがスピードを落としはじめる音が聞こえてきた。カレンが振り返ったときには、もう停止する寸前だった。巨大なタイヤが道路の側溝に砂利を弾《はじ》き飛ばし、ブレーキが巨人のため息のようなシューッという音を響かせた。つづいて、運転席から男が身を乗りだし、カレンを見下ろした。男はふっくらした顔で、眉《まゆ》が黒く、あごにはうっすらとひげが生えはじめていた。

「よお、ねえちゃん。どっか行くのか？　乗ってくか？」

　カレンはすばやくうなずいた。「ええ、お願い」

「どこに行くんだ？」男は笑みを浮かべた。唇から歯がこぼれ、たっぷり肉のついたあごが横に広がった。

「あなたはどこに行くの？」

「そんなこと訊いてどうすんだ、え？」男はドアに肘をついた。「おれはサリナスに向かってる。サリナスに着いたら、タンクを満杯にして北に向かう。目的地はユリーカだ。どこにあるか知ってるか？」

男は微笑《ほほえ》んで答えを待った。しかしカレンは押し黙ったままだった。男は彼女をいぶかしげに見て、さらにつけくわえた。

「サンフランシスコの五百キロほど北だよ」

カレンはすっかり口が乾いていた。「そこでいいわ」

カレンは運転台のドアに向かって一歩足を踏みだした。男はラッチに手を伸ばすかのように、ドアの内側に手を下ろした。それから、もう一度彼女をしげしげと見た。どうやら、あまりに幼くて世間知らずな様子に、警戒心が生まれたらしい。男は顔を曇らせた。

「うーん。ちょっと待ってくれ」いったん言葉を切ってから、男はつづけた。「ここからユリーカはとんでもなく遠いぞ。ほんとにそんな遠くまで行きたいのか？」

男は明らかにためらっていた。カレンは男を見あげた。肉づきのいい汗まみれの顔は、宙に浮かんだ仮面のように見えた。それはまるで、彼女を否定し、逃亡を阻止しようとしているかのようだった。

彼女を乗せるべきだと確信させる方法がなにかないか、カレンは考えをめぐらした。

瞳に誘惑の表情を浮かべ、これがなにを意味しているかはわかってるわという顔ができれば、男は惹《ひ》きつけられるだろう。しかしそんなことができるほど大人ではなかったし、世間慣れもしていなかった。それどころか、誘惑の言葉のひとつさえ思いつけない。カレンは黙ったまま男を見上げた。

「ほんとに行かなきゃならないのか？」男は穏やかに訊いた。

カレンはうなずいた。

男がドアのラッチに手を伸ばし、横幅のあるドアがさっと開いた。広い革張りのシートと、男の太い脚と、ブレーキペダルを踏んでいるブーツが目に映った。

「乗れよ」と男はいった。

カレンは砂利敷きの路肩に一歩足を踏みだした。しかしつぎの瞬間には、さっと背を向け、いまにも転びそうな勢いで走りだし、もときた道を引き返していた。

スキップは目を覚ましてホテルの部屋を見まわした。きのうの夜、クラップスのテーブルで何時間もすごし、真夜中をすぎてから酒をだいぶ飲んだわりには気分がよかった。ベッドの上で体を転がし、電話の受話器を上げると、フロント係に時間を訊いた。十時十五分過ぎだった。ルームサービスに電話をまわしてもらい、ショットグラスにスコッチを一杯と、コーヒー、トマトジュースを至急運んでくれと頼んだ。

這《は》うようにベッドを出て、ズボンのポケットに入った札束をチェックした。十ドル札、二十ドル札、五十ドル札で、七百ドル以上あった。ハヴァマンの屋敷で見つけた金の残りはまだ手つかずのままだ。しばらく考えてから、書き物机から封筒と便箋《びんせん》を取りだし、封筒に自分の名前を書いた。そして、ボーイがウィスキーとコーヒーとトマトジュースを運んでくると、チップを二ドルやり、この封筒を金庫にしまっておくようフロント係に伝えてくれと頼んだ。

それからベッドに横になり、朝食を楽しんだ。

スキップはきょう一日の予定を立てた。まずはブラックジャックをやろう。あれならちょっと腕に覚えがある。収容所で道路工事をやらされていたとき、囚人仲間のじいさんからテクニックをいろいろ教わったのだ。しかし、着替えをする段になって、自分の服が気に入らなくなった。クソッ、こんなしけた服じゃ話にならない。ギャンブルはいったんおあずけにして、新しいスーツとシャツと靴を買った。それから、ブラックジャックのテーブルにくりだした。カジノを三軒まわり、二時十分前になるころには、すっからかんになっていた。スキップはホテルに戻り、金庫の封筒を出してくれと頼んだ。

封筒を差しだすとき、フロント係が皮肉っぽい驚きの表情を浮かべた気がした。おそらく、封筒の中身がなんなのか知っているのだろう。負け犬が金をすべてむしり取られたんだな、とでも思っているのだ。スキップは怒りに駆られ、心のなかで毒づいた。

ヴァージニア・ストリートに戻り、きのうの晩いちばん最初に入ったクラブにまた入った。たまたま前を通りかかって、建物の正面に見覚えがあるのに気づいたのだ。スキップはきのうとおなじ両替係に百ドル札を渡した。両替係の娘はなぜか両替に手間取った。カウンターの下のキャッシュボックスの紙幣をあれこれいじっている。おそらく危険に対する感覚が研ぎ澄まされていたせいだろう、そのときスキップはカジノの奥のどこか——カフェの入口あたり——でブザーの音が鳴るのをはっきりと聞いた。

スキップは鉄格子《てつごうし》に顔を近づけた。「おれの金になにか問題でも？」

両替係はスキップの視線を穏やかにうけとめた。「いいえ。小額紙幣が足らないので、補充を頼んだだけです。すぐにマネジャーがくるはずです」

スキップはあたりを見まわした。タキシードに黒いネクタイを締めた背の高い男が、スロットマシンの列のわきをこちらに向かってくる。男はスキップに視線をひたと据えていた。ああいう目で見られたことはこれまでにもあった。男はスキップの顔を記憶にとどめようとしているのだ。スキップは鉄格子の奥に手を伸ばし、自分の札を奪い返すと、ドアのほうを振り返った。

「ちょっとお待ちください」マネジャーが威圧的な声で呼び止めた。

スキップは足を速めた。ほかの客を押しのけ、道をあけさせるためにスロットマシンに押しつけた。年輩の女性が食ってかかった。

「ちょっと気をつけなさいよ、あんた！」

歩道では警官が警棒を振りまわしていた。スキップはそのわきを通りすぎた。顔は上げず、警官に見られないように札束をぎゅっと握りしめた。背後から声が聞こえた。一瞬だけ振り返った。マネジャーが警官と話していた。マネジャーが手を上げてスキップを指さしている。

スキップは手を広げ、信じられない思いでまっさらな新札を見つめた。これのどこに問題があるんだ？　おかしなところなどなにもない。もしこいつが偽札《にせさつ》なら、長い経験のある両替係の娘が、昨夜その場で見抜いていたはずだ。ちらっと背後に目をやると、警官が断固とした足どりでこちらに向かってくるのが見えた。スキップは横丁に走りこんだ。

そこは普通の横丁ではなかった。道や壁がタイル張りになっていて、昼間だというのにネオンが派手に輝いていた。入口の開いているギャンブルクラブがいくつかあり、ドア口に常連客がたむろしていた。スキップは駆けだした。

後ろで警官が叫んだ。スキップは手近なクラブに飛びこみ、がむしゃらに奥へと突き進んだ。しかしその先は行き止まりだった。店には裏口がなかった。

スライディングドアがチャイムの音とともに開き、気づくとスキップはエレベーターを見つめていた。彼はなかに駆けこんだ。エレベーター係が礼儀正しく彼に目を向けていった。

「申し訳ありません。こちらは地下のオフィスにまいります」

スキップは拳銃《けんじゅう》強盗だと疑われて大声を出されるまえに外に出た。

クラブの正面ドアに向かって走り、歩道に飛びだすと、ヴァージニア・ストリートを渡り、一ブロック走って銀行の角で曲がった。通りに人影はすくなかった。ギャンブルクラブはなく、カフェや小さな店が並んでいる。スキップは土産物屋に入り、ハンドペイントのネクタイに興味があるふりをした。約二分後、さっきの警官が店のなかのスキップに目を留めた。

ほかにどうしようもなかった。スキップはズボンのポケットに手を突っこんで小さな拳銃をつかんだ。ストールツからいただいた例のちっぽけなおもちゃだ。小さな拳銃はすぐさま喜んで声を響かせ、店の正面のガラスにつぎつぎと小さな穴を穿《うが》ち、ガラスの破片をあたりに吹き飛ばした。警官ははっと頭を下げた。警官の手のなかに、なにか黒くて大きなものがいきなり現われた。それが立てた音は、スキップのちっぽけなオートマティックのパンパンという小さな音とはまるでちがっていた。耳を聾《ろう》するような轟音《ごうおん》だった。

　スキップはネクタイのラックを道連れに倒れた。

　肝臓に三発、鼠蹊部《そけいぶ》に一発撃ちこまれていた。救急車で病院に運びこまれたときにはすでに虫の息だった。看護師が顔を近づけて名前と住所を訊いた。スキップは答えた。

　医師が注射器を手にストレッチャーに近づいた。

「なんて答えた？」医師は看護師に訊いた。

「とても口にできません」と看護師は答えた。「猥褻《わいせつ》すぎて」

　医師がスキップの腕を持ちあげ、それからあわてて脈をとった。しかしスキップは死んでいた。

第19章

エディは夜明けに目を覚ました。車のシートに何時間もすわっていたせいで筋肉が硬直し、体が冷えきっていた。考える時間はたっぷりあった。結局のところ——事実に目を向けるのはいやだったが——このポンコツにたとえその価値があったとしても、修理するだけの金はなかった。

エディは養鶏場を経営している老人のピックアップトラックに乗せてもらった。後ろの荷台には、フライ料理用の白いレグホンの入った木箱が載っていた。老人はかぎ煙草《たばこ》を嚙《か》みながら、雌鶏《めんどり》の育て方や、餌《えさ》の価格や、鶏の糞《ふん》や羽根でいくら儲《もう》かるかといった話をした。鶏の羽根が肥料になるなんてエディははじめて聞いたが、そのことをいつまでも考えたりはしなかった。

エディは道路脇《わき》の自動車修理工場でピックアップトラックを降り、老人にはその場で待ってもらって、夜間用のベルを鳴らした。修理工が裏手の窓から顔を突きだした。

「なんか用？」

エディはそこまで歩いていって話をした。車になにがあったかや、年式と状態を説明すると、修理工は首を振った。

「そういうことだったら、朝飯を食ったあとでちょっくら行って見てやるよ」エディに金はなさそうだと見てとったらしく、修理工はひとことつけくわえた。「見るだけなら金はいらない。どこに行こうとしてたんだ？」

「ロサンゼルス」

「帰りにここに寄ってくれりゃ、修理にいくらくらいかかりそうか、見積もりを教えてやるよ。廃棄処分にしたほうがいいかもしれないがな」

「ありがとう、恩に着ますよ」

養鶏場の老人はリシーダで降ろしてくれた。その町のはずれでまたべつの車に拾ってもらった。こんどの車はキャデラックで、運転しているのは高価な服を着たでっぷり太った男だった。男はウィスキー臭い息を吐きながら、自分の抱えているトラブルの数々をエディに打ち明けはじめた。男は愛人と一夜をともにした。それを知った妻が烈火のごとく怒り、いま子供を連れて家を出ていく用意をしている。家に着いたときに妻がもう家を出ていることを、男は死ぬほど怖《おそ》れていた。義理の父親からショットガンで撃ち殺してやると脅されているのだ。しかし一方で、愛人のことも捨てることができない。彼女は男の元秘書で、亭主のパイロットはしょっちゅう家を留守にしている。彼女は赤毛で、体重は六十八キロ、かつてはニューヨークでモデルをしていたという。

ステュディオシティーで車を降りたときには、ほっとした気分だった。そこからは、母がくれた金を使ってバスに乗った。もうすでに太陽が高くのぼっていた。カレンのことが心配だった。もうエディは戻ってこないとあきらめているにちがいない。リシーダで電話を入れておくべきだったのだ。

ロサンゼルスのダウンタウンで、オックスナードの〈モズビー・カフェ〉に電話をかけようとした。しかし、オペレーターは番号を見つけられなかった。カウンターのいちばん端の壁に黒い電話機があったことをエディははっきり覚えていた。たぶんそれは公衆電話だろうと交換手はいい、そういう電話は店の名前では登録されていないと教えてくれた。公衆電話の番号はべつのリストに載っており、調べるのにすこし時間がかかるという。エディは時間がないからといって通話を切った。

いくつかの路線のバスを乗り継ぎ、ようやくウィリー叔父の家にたどりついた。そっと階段をのぼっていき、ドアをノックした。返事はなかった——しかしそのまま階段の上に立っていると、中庭に面した大きな屋敷の裏口からウィリー叔父が出てくるのが見えた。ウィリー叔父は芝生にいる鳥たちにパンくずを投げはじめた。

エディは階段を降りてそっちに向かった。ウィリー叔父はエディに気づくと、裏口のわきに立ったまま彼が近づいてくるのを待った。

「スキップはいますか？」

「スキップ？」

ウィリー叔父は無邪気で悪賢く見えた。驚いたキツネを思わせるその老いた顔は、スキップにそっくりだった。ウィリー叔父は自分の視界になにかが舞い降りてくることを期待するかのように空を見上げた。

「スキップって、誰だね？」

「あなたの甥《おい》ですよ」エディはウィリー叔父にこれまで一度も会ったことがなかった。しかし、スキップと血縁関係にあることは顔を見ればわかる。「ぼくはエディです。ご存じでしょう？」

「おまえさんが？」ウィリー叔父の顔に、悪意のこもった嫌悪《けんお》の表情がほんの一瞬だけかすかに浮かんだが、あたかも魔法のようにすぐさま消え去った。「ああ、知ってるとも。スキップの古い友だちだろ？　あいつとおまえさんは、ふたりでつるんで面倒ごとを起こしたもんだ。それもしょっちゅうな」

　ウィリー叔父は玄関前のステップを降りてきて、間近でエディと向き合った。

「ひとつだけ教えてやろう。いまは変化すべきときだ。おまえさんもスキップも生まれ変わって、自分の人生を立て直さなきゃいかん。今後の人生をすべて台なしにしちまうようなことは、もうあきらめるんだ」

　それはエディが予期していたような言葉ではなかった。ウィリー叔父の前科についてはスキップからよく話を聞いていたからだ。

「それはそうと、スキップなら出てったよ。おれがＡＡのミーティングから帰ってきたときには、もうバッグに自分の荷物をまとめてた。あいつが出ていくまえに、できるだけ話はしたんだ。ただ、いったいどれくらい心に届いたかはわからない。もしかしたら、話し方が悪かったのかもしれん。あいつに耳を貸す準備ができるまで待つべきだったのかもな。しかしこうしておまえさんがここにきた。おまえさんのためにいくつか話をしておかないと、おれは良心の呵責《かしゃく》にさいなまれることになる」

　ウィリー叔父は熱意のこもった断固とした目で、エディの気乗りのしない目をのぞきこんだ。

「おまえさんやスキップがこれまで歩んできた人生は無意味だ。袋小路に行き当たるだけで、どこにも行きつかない」

「お願いです、スキップがどこなのか教えてください。おれはあいつが無事かどうかを知りたいだけなんです。怪我《けが》をしたり、撃たれたりしてないか」

「あいつなら元気だよ。ぴんぴんしてる」とウィリー叔父はいった。「撃たれたのはビッグ・トムだ。スキップはこっそりあの屋敷に行ったんだよ。おまえさんも知ってのとおり、あそこには近づかない約束になってたのにな。そして、屋敷のなかから聞こえてきた騒ぎを耳にした。どういうわけか、ビッグ・トムはとんでもないドジを踏んじまったらしい。おまえさんは感謝しなきゃいかんぞ、エディ坊や。スキップがおまえさんを今回の仕事からはずしたことをな。拳銃《けんじゅう》の弾を撃ちこまれてたのは、おまえさんだったかもしれないんだ」

　最後の言葉を強調するように大きくうなずくと、ウィリー叔父はポーチから屋敷のなかに入ってドアを閉じた。

　さらに質問がしたくて、エディはドアをノックした。しかしウィリー叔父は、キッチンから大声で、もう帰れ、いい子にしてるんだぞ、とアドバイスしただけだった。しかたなく、エディは屋敷をあとにし、一ブロック歩いて交差点に行き、ニューススタンドで新聞を買った。記事を読んだエディは、ビッグ・トムが車のなかで死んでいるのを発見されたこと、ハヴァマンの屋敷に侵入した人物はビッグ・トムであると判明したことを知った。それ以上のことは、スキップのことも、エディとカレンのことも、なにも書かれていなかった。

エディにはわけがわからなかった。しかし、はっきりしていることもあった。スキップは怪我を負っていない。ウィリー叔父が自分の部屋に帰ったとき、スキップはバッグに荷物をつめていたのだ。スキップはミセス・ハヴァマンの死体が転がっている屋敷のなかから銃声が響くのを聞いた。スキップと自分が押し入った夜に、たまたまほかのグループもストールツの金を狙《ねら》って押し入ったなんてことが、はたしてありえるだろうか？

ここにくるまえよりもさらに頭が混乱したが、とりあえずスキップに関しては安心したので、オックスナードへの長く退屈な帰路につくことにした。

カレンのもとに帰るのがすっかり遅くなってしまったため、自動車修理工場に寄って修理代の見積もりを聞くのはやめにした。どっちにしろ、あの修理工がなんというかは予想がついた。もしあの男が正直者なら、あんなポンコツに金を無駄にするのはやめろというだろう——しかもエディの見るところ、あの男は間違いなく正直者だった。エディはグレイハウンドバスの切符を買い、一直線にオックスナードをめざした。

カフェに行ってみると、客でいっぱいのカウンターでミセス・モズビーが働いていた。カレンの姿はどこにも見えなかった。ミセス・モズビーはカレンをこんなに長いことほったらかしにしてどこに行ってたんだいと食ってかかり、急ぎ足で立ち働きながら、彼女は体の具合が悪くて物置の簡易ベッドで寝ていると教えてくれた。

エディは物置に入り、ドアを閉めた。カレンは簡易ベッドに仰向けに横たわり、天井を見つめていた。大きく見開かれた目は穏やかで、夢を見るようでさえあった。なんだか体が細くなり、磨きあげられたように見えた。ミセス・モズビーは窓に木綿の布をかけ、部屋を暗くしていた。しかしこちらに目を向けたカレンは、すぐにエディだと見てとった。

「あなただなんて、ほんと信じられない。てっきり警察に捕まったと思ってた」カレンは弱々しい声でいった。

「まさか。もうすべて終わったよ」

エディはベッドに腰を下ろし、両腕をカレンの体の下に差し入れて抱き起こした。

「まだはじまったばかりよ」カレンはエディの顔に向かってささやいた。

「そうとも、おれたちの人生はこれからだ」

「いいえ、そういう意味じゃない。わたしがいいたかったのは、わたしたちは帰るってこと。最初はここの警察に出頭しようかと思ったんだけど、それだとミセス・モズビーに迷惑がかかる。あの人はとっても親切だもの。わたしたちはロサンゼルスに戻って、あそこの警察に自首するの」

エディはカレンの体をそっとベッドに下ろした。その顔には驚きの表情が浮かんでいた。

「まさか本気じゃないだろ？」

「いいえ、本気よ。この風邪が治ったら、服を着てここを出ていくわ」カレンは揺らぐことのない真摯《しんし》な目でエディの顔を見上げた。「わからない？　スキップは大人になれずにいるって話をしたことがあるでしょ？　彼にはどこか、成長が止まってる部分があるって。わたしたちもそれといっしょ。パサデナに戻って良心をすっきりさせないかぎりは」

エディはシャツの胸をたたいた。「おれには良心なんてない！　いいか、良心だなんてことをいってると、首に縄をまかれることになるんだぞ。そんなの絶対にごめんだ！」

「いいえ、あなたには良心がある。わたしにもね。わたしたちはもう大人になったのよ、エディ。どんな罰が下されても、それを受け入れることができる。たぶん、そんなにひどいことにはならないはずよ。いまからずっと先に、また会うことができるかもしれない」

カレンはエディに身を寄せ、彼の手に自分の手をからめた。エディを見つめる目つきは、これまでとまったくちがっていた。エディは見た。カレンの目は穏やかで、不安もなく、愛に満ちている。エディは激しい恐怖に胸をわしづかみにされ、いまにも吐きそうになった。警官、尋問、起訴、有罪判決、収監に至るまでの試練が、頭のなかを燎原《りょうげん》の火のごとく駆け抜けた。

「きみは熱があるんだ」とエディはいった。「正気じゃない。頭がおかしくなってるんだよ」

「いいえちがう。たしかに頭がおかしくなりそうなときもあったけど、もう乗り越えたと思う。なにもかも投げだして、逃げられると考えた瞬間もあった。自分がしでかしたことも、これまでの自分も、すべてなかったことにできると思った。あなたが帰ってこなかったときにはパニックに陥って、ハイウェイでヒッチハイクまでしかけた。だけどそのとき、わたしは見たの」――カレンの声が鋭くなった――「これからの自分の人生がどんなふうになるか。ただずっと逃げるだけ。だけど、ほんとうには絶対に逃げられない」

できなかった。そして最後には――エディにはなぜなのか自分でもわからなかったが――カレンの強い決意と心の平安が自分にも伝染してきた。状況を楽観的に考えているわけではなかった。絶対にただではすまない――どう転ぼうが、ただですむわけがない！　しかし、ふたりが自首してすべてを告白すれば、遠い未来には希望があるかもしれない。すべての罪をつぐない、逃げたり隠れたりする必要がなくなれば。

　エディはカレンのすぐ隣に横になった。カレンはエディの髪をなで、かすかな声でささやいた。すると、スキップとつきあってきたこれまでの年月が――さらにはスキップの価値観や、スキップの人生観までもが――完全に過去のものとなり、エディは生まれてはじめて自分自身になった。

　エディの母は悲しみに暮れ、まんじりともせずに、一晩じゅう涙を流しつづけた。まだ夜が明けきるまえに、いびきをかいている夫を起こさないようにそっとベッドを出ると、キッチンに行った。戸棚の奥の外からは見えないところに、エディの成長の思い出の品――生徒手帳や、長年のあいだにたまったさまざまな手紙や書類――を入れた箱が隠してあった。なかに入っているもののいくつかは、成績がよかったときの通知表や、担任教師がエディをほめている手紙など、気持ちを明るくしてくれるものだった。しかし反対に、心配や不安をかき立てるものもあった。

決心はすでに昨夜のうちに下してあった。いまの状況を考えれば、これはすべて燃やしたほうがいい。将来、なんらかの形でエディに不利な証拠として使われるかもしれないからだ。

箱をシンクにおき、コンロからマッチを持ってきた。そして、生徒手帳や手紙類を一枚一枚燃やしはじめた。

彼女をとくに不安にさせたのは、エディに興味を持ったカリフォルニア青少年局の職員からきた手書きの手紙だった。マッチの火を近づけると、白い紙に書かれた文字がはっきりと見てとれた。

……息子さんは、現代用語でいうところの社会病質者《ソシオパス》になる危険があるように思います。ソシオパスとは道徳観念の欠如した人間のことで、倫理観の成長が完全に妨げられています。思いやりや良心がいっさいなく……

炎が紙を上へとなめていった。指が熱くなり、シンクに落とすと、手紙はカリカリの灰になっていった。

「うちのエディはちがう」彼女は筒のように丸まった黒い灰に目を落とした。「あたしにはよくわかってる」

紙は最後にもう一度パチッと音をたてた。彼女は箱に残ったつぎの紙に目を向けた。

　事件から三日目の朝、現場の監視についていたパトロール警官が、ハヴァマンの屋敷の裏を不安げにうろついている犬に目をとめた。警官は屋敷の裏口へ行ってドアをノックした。キッチンにいたストールツは朝食を中断し、ドアを開けた。

「この犬は腹を空《す》かせてるみたいですよ」警官はまだ若いがっしりした男で、油断のない目と四角いあごをしていた。「なにか食べさせるものはありますか?」

「エサならしっかりやってある」ストールツは犬にはなんの興味も向けずに答えた。

「ちょっと落ちつかないだけじゃないかな。飼い主が死んだんでね」

　ストールツは深紅のパジャマに軽いシルクのドレッシングガウンを羽織り、麦わらでできた東洋のスリッパをはいていた。まだ起きたばかりで、スクランブルエッグとヨーグルトと石臼挽《いしうすび》き全粒小麦のパンを食べているところだった。マーヴィッチを健康食品店にやって買い物をさせたのだ。マーヴィッチはその店で、十八歳のブルネットの女子店員を口説こうとした。

「犬小屋の横につないでおいてくれないか」とストールツはいった。「そうすりゃ、誰かの邪魔をすることもないはずだ」

警官は不安げなコリーをガレージの向こうの犬小屋に連れていった。厚地の青い制服を着た警官は腰をかがめ、犬小屋の入口のわきに固定されているチェーンに手を伸ばした。それから、その場にしゃがんで——きれいな制服の膝《ひざ》をわざわざ地面につき——小屋のなかに目をこらした。

「ほう、こりゃ驚いた」警官は犬に話しかけた。「おまえが不安なのも無理ないな。これじゃ、おまえの体にたかってるノミが入るスペースだってありゃしない」

警官は犬の頭の毛をひっぱった。大きなコリーは友好的な態度を示されて有頂天になり、あたりを跳ねまわった。

「いったいなにが入ってるんだ?」

警官はなかに手をつっこみ、ジッパーの閉まったポリエステルのピローケースを引っぱりだした。ピンク色のポリエステルを通して、なかに入っている緑と白のものがうっすらと見えていた。警官はジッパーを開け、自分が見つけたものを見つめた。声を上げそうになったが、舌がもつれて言葉にならなかった。

それは金だった。緑色の札束が信じられないほどたくさんつまっている。おかしなもので、銀行でも保管庫でもないところでこれほど大量の紙幣を目にすると、印刷したただの紙にしか見えない。小刻みに揺すると、下からほかの札束が顔を出した。どれもパリパリの百ドル札で、束の厚さはどれもおなじに見えた。

警官は犬を追い払ってから立ちあがると、ピローケースを手にぶら下げたまま、キッチンを通って居間の電話に向かった。途中で、テーブルについているストールツの脇を通りすぎた。

ストールツはさっと立ちあがり、自分の部屋に入ってすばやく着替えた。マーヴィッチはすでにラスヴェガスに戻っていた。いまは連絡のしようがない。やつには自分で自分の面倒を見てもらうしかなかった。

ストールツは玄関から出ていこうとしたが、そこには犬が待ち構えていた。人間たちがようやく寝る場所をつくってくれたことが嬉《うれ》しくてたまらず、犬はあたりを跳びはねながら吠えたてた。ストールツは犬を蹴《け》りつけようとした。しかしつぎの瞬間、本能に警告されて後ろを振り返った。

そこには警官が立っていた。片方の手には金を、もう片方の手には制式拳銃が握られていた。

「ちょっと待っていただけますか？　屋敷のなかで」

ストールツはなかに戻り、よろめきそうになって体を支えた。彼は体調もよく、思考も明晰《めいせき》で、雄牛のように健康だった。たかがこんなショックでまごつき、めまいを起こすなんて、自分でも驚きだった。

「わたしは誘拐事件とは無関係だ。いっさい関係がない。そのことはＦＢＩもわかってくれるだろう。わたしはたんに身代金《みのしろきん》を買ったにすぎない」

肩をすくめた拍子に、また体のバランスをくずして倒れそうになった。まるで、酒に酔ってでもいるかのようだった。

「とんでもない量の金だ」と警官はいった。

ストールツはピローケースのなかで真新しい札がちらちらと光るのを見た。

「破滅と死」まるでメロドラマの登場人物のように、ストールツは唐突に口走った。

「破滅と死だ」

それから、両手で顔を覆《おお》って泣きはじめた。

訳者あとがき

本書をはじめて読んだとき、わたしはあまりの面白さに思わず驚いてしまった。もちろん、それなりの期待があったからこそ手に取ったわけだが、「ジャン＝リュック・ゴダール監督の映画『はなればなれに』の原作」としての興味が先行していたため、ミステリーとしてこれほど優れた作品とは予想していなかったのである。

ご存じのとおり、映画『はなればなれに』はヌーヴェルバーグの旗手として知られたゴダールの代表作のひとつで、全編に息づくその新鮮な感覚と躍動感はいまなお輝きを失っていない。しかし犯罪映画として見た場合、プロットらしいプロットがあるわけではなく、サスペンスやサプライズともほぼ無縁だ。そのためわたしは、おそらく原作もミステリー小説としてはごく平凡なのだろうと思いこんでいた。

だが、この予想は大きく裏切られた。犯罪を計画する三人の若い男女にのみ焦点を当てている映画版と違い、原作には重要な役割を担《にな》った人物がほかにも複数登場する。

目的も利益も相反するこれらの人物の動きを同時並行的に描くことで、原作は息づまるようなサスペンスを生みだしているのである。翻訳者がここで持ちあげすぎることは避けたいが、本書はノワールタッチの犯罪小説としても出色の作品であり、その価値は「映画の原作」という点にとどまるものではないことは強調しておきたい。

　ではここで、日本では長らく「『はなればなれに』の原作」としてのみ知られていた本書を詳しくご紹介しておこう。本国アメリカで一九五八年に刊行された本書は、原題を*Fools' Gold*という。これは直訳すると「愚か者たちの黄金」だが、英語のFool's Gold（愚か者の黄金）は「黄鉄鉱」という意味であり（黄鉄鉱は金色でしばしば金と見間違えられるため）、そこから派生して「見かけが魅力的なもの」「見かけ倒しのもの」といった意味もある。本書を最後まで読めば、このタイトルにはそれらの意味が幾重にもかけられていることがわかるだろう（ただし、今回の翻訳版では、一般的な認知度が高い『はなればなれに』を邦題として選択している）。

　物語自体はごくシンプルである。中心となるのはスキップとエディという二十歳過ぎの若者。中学の頃から悪事を重ね、少年院に入っていたこともあるふたりは、現在、手に職をつけるために夜間学校に通っている。その学校でスキップがカレンという十七歳の娘と知り合い、思わぬ話を聞きだしたことがすべての発端となる。カレンは十歳のときに両親をなくし、現在は養母であるミセス・ハヴァマンの屋敷に身を寄せているのだが、その屋敷に莫大《ばくだい》な現金が無防備のまま保管されているというのだ。スキップとエディはそれを盗みだそうと計画を立てはじめる。しかし、スキップがその計画を叔父のウィリーに漏らしてしまったことからすべての歯車が狂い、〝ちょろいはずの仕事〟が、いつしか悪夢へと転じていく。

短気で冷酷なスキップ、スキップに引きずられながらも内に弱さと優しさを秘めたエディ、孤独な心を抱えた世間知らずのカレン、冷淡でケチなミセス・ハヴァマン、いまは住みこみの召使い兼雑用係としてこき使われている前科者のウィリー、ウィリーの友人であるプロの犯罪者ビッグ・トム――物語はこうしたさまざまな人物の視点を通して語られていく。現金強奪計画が徐々に形を成すにつれ、それぞれの思惑が齟《そ》齬《ご》をきたし、誰もが裏でばらばらの行動を取りはじめる。そこから生じるサスペンスを巧みに積みあげていくヒッチェンズの手腕はまさに見事としかいいようがない。

さらに、これらの多彩な人物の造形がまた巧みである。名ミステリー評論家として知られたアントニー・バウチャーはヒッチェンズの作品を高く評価し、「人物造形と心理描写に優れている」と指摘しているが、本書はまさにその見本といえるだろう。

ヒッチェンズ名義の作品をいくつか読んで気づくのは、登場人物が作中の役割にふさわしくない一面を露呈することがある点だ。たとえば、ヒッチェンズ名義の第一作にあたる *Stairway to an Empty Room* に登場するモニカは、思わぬ陰謀に巻きこまれた女性主人公として読者の共感を得るべき役割にありながら、ときに度を越して頑《かたく》なな面を見せ、読む者をいらだたせる。同様のことは、本書に登場するエディにもいえる。おなじ前科者でありながら、酷薄なスキップと違い、エディは優しさと弱さを秘めている。作品を読み進めるに従い、読者は彼に「悪の道に足を踏み入れたものの、じつは好青年」という役割を期待しはじめる。だが、作中で真面目《まじめ》な労働に従事する羽目になったとき、エディは「馬鹿らしくてやってられない」という態度を取り、読者の期待を裏切る。

こうした描写は登場人物に厚みとリアリティをあたえる。著者が作為的につくりあげた創作上の人物ではなく、血肉を持ったリアルな人間としての存在感を感じさせるのである。

ミステリー評論家のカーティス・エヴァンズは、こうした彼女の描写力をその生い立ちに求めている。ヒッチェンズの母は彼女がまだ幼い頃に離婚、その後二度結婚している。ヒッチェンズは養父が変わるたびに、新しい人間関係と生活環境に適応しなければならなかった。しかも、金持ちの銀行家だった最初の養父は、かなりエキセントリックな人物だったらしい。エヴァンズによれば、この時期にヒッチェンズが経験した「壊れた人間関係と恥ずべき秘密」が、作品にさまざまな影を落としているという。本書に登場するカレンと養母の関係にも、その片鱗《へんりん》を見てとることができるだろう。

本書が持つノワール的な感触も、人格形成期におけるこうしたヒッチェンズの経験が関係しているのかもしれない。本書にはカレンやエディなど、読者がシンパシーを感じるであろう人物も登場するが、彼らとて結局は「愚か者たち」のひとりであり、ヒッチェンズはその誰かに過剰な肩入れをすることなく、突き放した筆致で彼らの行動を描いていく。とくにスキップの身勝手で残酷な言動からは、たんなる悪役という役割を超えた黒さがにじみだす。こうした人物描写に支えられているからこそ、死と破滅に彩《いろど》られた本書は、読む者の心に深く鋭く切りこんでくるのではないだろうか。

では、最後に著者のドロレス・ヒッチェンズについて簡単にご紹介しておこう。ヒッチェンズはジュリア・クララ・キャサリン・ドロレス・ロビンズとして一九〇七年にテキサス州サンアントニオで生まれた。若い頃は教職についていたが、一九三一年に通信士のビヴァリー・スティーヴン・オルセンと結婚、カリフォルニア大学で学んだのちに、D・B・オルセン名義の*The Clue in the Clay*（一九三八）で作家デビューした。その後、ドラン・バークリー、ノエル・バークなどのペンネームも使い分け、一九七三年に六十五歳で没するまでに四十作以上の長篇を発表している。

ヒッチェンズの作品は大きくふたつに分けられる。ひとつはＤ・Ｂ・オルセン名義で一九三八年から一九五六年にかけて発表された謎解《なぞと》きミステリー。これはアガサ・クリスティーに代表される「ミステリー黄金時代」の名探偵物の流れを汲《く》むもので、素人《しろうと》探偵が殺人事件を解決するまでの顚末《てんまつ》がユーモアタッチで描かれる。この作風を代表する作品には、『黒猫は殺人を見ていた』にはじまる老嬢探偵ミス・レイチェル・マードック・シリーズと、英文学教授Ａ・ペニーフェザー・シリーズがある。

一方、一九五一年から使いはじめたドロレス・ヒッチェンズ名義では、リアリズムを重視した犯罪サスペンスへと作風を転換している。作品は基本的に単発物で、同一主人公を描いた作品は、五十歳の私立探偵ジム・セイダーを主人公にした二作のハードボイルド小説があるのみである。このうちの一篇で、ヒッチェンズ名義の作品で唯《ゆい》一《いっ》邦訳のある『泣きねいり』は、ミステリー研究家としても名高いハードボイルド作家のビル・プロンジーニから、「これまでに書かれたすべてのハードボイルド小説のなかでも最高の作品のひとつ」と評されている。

なお、これらのほかに二番目の夫であるバート・ヒッチェンズと共作した作品が五作ある。これらはすべて、鉄道捜査官だったバートの経験と知識を生かした〈ロサンゼルス鉄道捜査官シリーズ〉となっている。

本書『はなればなれに』を読んでその面白さに驚いたわたしは、ヒッチェンズ名義の作品を三作ほど読んでみた。そのなかでとくに優れていたのは、代表作のひとつと目されている*The Watcher*（一九五九）だ。舞台はロサンゼルスの海辺の小さな町。物語は、名前も年齢も明かされない謎の男が、「わたしはこの一年で三人の若者を殺した。これは警告だ。すでにつぎの標的は決まっている」という手紙を警察に投函《とうかん》するシーンからはじまる。「犯人は誰か？　その目的はなんなのか？」という強いグリップで読者を牽引《けんいん》していくこの作品は、犯人に狙《ねら》われる二十二歳の娘（自分の容姿に自信がなく、十七歳の若者と道ならぬ恋に落ちて深い関係になっている）をはじめ、捜査の過程で被害者の遺族を傷つけることに悩む刑事、狂信的なキリスト教徒だが陰では男遍歴を重ねている中年女性など、登場人物のひとりひとりに陰影と奥行きがあり、本書に勝るとも劣らない傑作に仕上がっている。

もう一作ご紹介しておきたいのが、先に名前を挙げた*Stairway to an Empty Room*（一九五一）。この作品は、モニカという二十九歳のキャリアウーマンが妹の五歳になる娘を引き取る場面からはじまる。妹が夫に殺されたため、唯一の肉親である彼女が面倒を見るしかなくなったのだ。モニカはまず、娘を休養させるため、湖畔の避暑地へ向かう。ところが、やがて娘は「隣のキャビンに泊まっている夫婦は昔からママとわたしを監視していた人たちだ」といいだす。モニカは幼い子供の妄想だと考えるが、やがてふたりの身に現実の危険が迫り、その背後に邪悪な陰謀が浮かびあがる。

リアリズムに貫かれた『はなればなれに』や *The Watcher* と違い、この作品はミステリー小説の持つゲーム性を前面に押しだしている。序盤は心理サスペンス的な展開ながら、陰謀が明らかになってからは冒険スリラー的な色彩を帯びはじめ、それがさらなるツイストを経たうえで、ラストのサプライズへと収斂《しゅうれん》していく。じつにエンターテインメント性の高い作品で、完成度も高い。

いつの日かこうした作品を日本でもご紹介できればと、願わずにはいられない。

本書の翻訳にあたっては、一九五八年にニューヨークのダブルデイ社から刊行されたハードカバーの初版本をテキストに使用した。また、最終的な訳文を仕上げるうえで、新潮文庫編集部の竹内祐一氏、校閲部の盛山智子氏、友人のユアン・マクナルティ氏のお世話になった。ここに記して感謝したい。また、力のこもった解説をお寄せいただいた山田宏一先生にも心よりお礼を申しあげたい。ありがとうございました。

Fools' Gold、鳩《はと》が飛ぶ、はなればなれに

山田宏一

一九五〇年代末から六〇年代にかけて、フランス映画はヌーヴェル・ヴァーグ（新しい波）と呼ばれた革新的運動に突き動かされて活気づいていた。映画研究誌「カイエ・デュ・シネマ」の批評家出身の急進的グループが中心になり、なかでもフランソワ・トリュフォーとジャン＝リュック・ゴダールが盟友として好敵手として結束し、拠点を固めていた。のちにゴダールはこんなふうに回想、分析することになる（『ゴダール／映画史』、ジャン＝リュック・ゴダール著、奥村昭夫訳、筑摩書房）。

「ヌーヴェル・ヴァーグの力というものが生まれたのは、あるいはまた、ヌーヴェル・ヴァーグがある時期のフランス映画を突き破ることができたのは、ただ単に、われわれ三、四人の者が互いに映画について語りあっていたからです。〔中略〕映画史上に《……派《エコール》》と呼ばれるものが生まれたときにはいつも、そうし

た語りあいが大いになされていました。〔中略〕イタリアン・ネオリアリズムについても同じことが言えます。ロッセリーニはある時期、フェリーニとよく語りあっていました。それだけで十分だったのです。なにかを語りあう必要を感じ、それを実行していたのです。互いになにかを感化する必要を感じていて、その感化の手段として選んだのが、本よりはむしろ映画だったのです。そうでなければ、ひとは映画をつくったりはしないのです。」

一九六八年五月の動乱――五月革命――を機に盟友二人が骨肉相食《は》むがごとき、あられもない（?!）ののしり合いの大喧嘩《おおげんか》の果てに袂《たもと》を分かったあとのゴダールの発言なので、かつての同志トリュフォーを映画作家としては「不誠実」でむしろ「本屋になりそこなったような」奴《やつ》と嘲笑《ちょうしょう》しているのだが、友情ある仲間同士だったヌーヴェル・ヴァーグの時代にはトリュフォーと「よく語りあって」、「感化」され、長篇処女作『勝手にしやがれ』（一九六〇年）からしてトリュフォーの原案と企画による作品だったことは周知のとおりである。

トリュフォーは「本屋になりそこなったような」奴と言われてもしかたがないくらいの読書人で（蔵書家というわけでもないのだろうが、好きな本は書斎にも一冊、寝室の枕元《まくらもと》にも一冊とそなえて読みつづけていた）、文学の名作の映画化にはとくに用心深く、マルセル・プルーストの『失われた時を求めて』の映画化を依頼されたときも「プルーストはレモンのようにしぼりさえすれば簡単に味も香りもいい汁が出るような代物《しろもの》ではない」とことわっている。映画化が可能かもしれない「スペクタクル（見世物）性が内在する」文学作品はごく限られていると厳しく考えてゴダールもトリュフォーも親密に真剣に論じ合っていたようだ。レイモン・クノーはトリュフォーもゴダールも大好きで、とくに自伝的恋愛小説『オディール』の映画化は実現しなかったけれども、一九六四年のゴダール作品『はなればなれに』のヒロイン（アンナ・カリーナ）の名に残ることになる。

　トリュフォーは批評家時代に古本屋で無名の老作家アンリ＝ピエール・ロシェの小説『ジュールとジム』（邦訳『突然炎のごとく』）を発見し、長い間老作家と文通しながら映画化を構想して、一九六二年に、伝統的な文芸映画とはまったく異なる、現代的な恋愛映画『突然炎のごとく――ジュールとジム』を撮った。ジュールとジムという二人の男に愛され、同じように二人の男を愛した自由奔放なヒロイン、カトリーヌをジャンヌ・モローが演じ、「純愛の三角関係」という宣伝文句でフランスのみならずアメリカでも（とくにニューヨークで）ヒットし、大きな話題を呼んだ。

ゴダールは一九六三年にイタリアのスキャンダラスな人気作家、アルベルト・モラヴィアの原作によるカラー・スコープの大作でブリジット・バルドー主演の『軽蔑《けいべつ》』を撮ることに成功したが、いろいろ問題を残すことになる。映画の出来上がりを見たアメリカ側の資本家、ジョゼフ・E・レヴィンから「ブリジット・バルドーの尻《ケツ》をもっと見せろ、さもなくば金を出さんぞ！」と文句をつけられ、ブリジット・バルドーのそっくりさんを何人か雇って——尻《ケツ》だけがBB《べべ》にそっくりの女優もふくめて——急きょ撮り直しをして追加、再編集をしなければならなかった。雇われ仕事はもうまっぴらだとゴダールは、ささやかながら独立プロ「アヌーシュカ・フィルム」（アヌーシュカはゴダールが個人的に、愛をこめて、愛妻のアンナ・カリーナを呼ぶときのまさに愛称だった）を設立し、低予算ながらその第一回作品にはアンナ・カリーナをヒロインにして愛の映画を構想する。

トリュフォーの『突然炎のごとく』の「純愛の三角関係」に最も刺激され、「感化」され、祝福されたゴダール版「純愛の三角関係」が、アンナ・カリーナのオディール（最初はアヌーシュカというのがヒロインの名だった）、サミー・フレーのフランツ、クロード・ブラッスールのアルチュールという三人組の物語で、『はなればなれに』というタイトルはまだ決まっていなかった。

『突然炎のごとく』に刺激され、「感化」されて、「純愛の三角関係」の映画化を考えたのはゴダールだけではなかった。ニューヨークの「エスクァイア」誌の記者だった映画狂のロバート・ベントンとデヴィッド・ニューマンはトリュフォーの映画を見て以来、映画をめざして（のちに二人とも映画監督になる）、たまたま「エスクァイア」誌の特集記事のためにコンビで取材中の、大恐慌《だいきょうこう》時代のアメリカ南西部を荒らしまわった女と男の二人組銀行強盗の実話をもとに、「ボニーとクライドのバラード」というシナリオを書いた。のちに、紆余曲折《うよきょくせつ》をへて映画化され（アーサー・ペン監督『俺たちに明日はない』、一九六七年）、アメリカン・ニューシネマの時代を切り拓《ひら》くことになる作品のもとになったシナリオである。当初はモスというもう一人の仲間がクライドとともにヒロインのボニーを愛して「純愛の三角関係」をなす物語だったらしいが、結局、モスはクライドとボニーを密告して三人組から抜け、傍役《わき》になった。

ロバート・ベントンとデヴィッド・ニューマンから「ボニーとクライドのバラード」の映画化の企画をもちこまれたトリュフォーは、一時、アレクサンドラ・スチュワルトのボニー、テレンス・スタンプのクライドという配役で映画化を考えるが、前々から企画中だったレイ・ブラッドベリのSF小説『華氏四五一度』の映画化を急ぐことになり、ゴダールの独立プロ（アヌーシュカ・フィルム）の第一回作品『フランツとアルチュール』の下敷きになるストーリーに「ボニーとクライドのバラード」（ロバート・ベントンとデヴィッド・ニューマンに協力してシナリオにかなりの手を入れていたようだ）を考えて、ロバート・ベントンとデヴィッド・ニューマンをゴダールに紹介したが、その間に、「ボニーとクライドのバラード」の映画化権がウォーレン・ベイティ（当時はウォーレン・ビーティの表記だった）の製作・主演でハリウッドのメジャー会社、ワーナー・ブラザース映画に買われてしまっていたというような事情もあって、その代わりに（というわけでもないのだろうが）、トリュフォーが愛読していたパリのガリマール出版の《セリ・ノワール（暗黒叢書《そうしょ》）》の一冊、『鳩が飛ぶ（*Pigeon Vole*）』がゴダールの手に渡ることになるのである。

『鳩が飛ぶ』というのはフランスの子供の遊びで、親になった者が「飛ぶものの名を言ったときはいっせいに手をあげ、飛ばないものの名で手をあげれば罰則がある」（『白水社仏和大辞典』）というごっこ（ゲーム）とのことだが、この、単なる犯罪小説にしてはなにやら洒落《しゃれ》た感じのフランス語の題名が付けられたドロレス・ヒッチェンズの『*Fools' Gold*』が、『勝手にしやがれ』から七作目になるジャン＝リュック・ゴダール監督の長篇映画『はなればなれに』の原作になるのだ。本邦初訳（矢口誠訳）、これから読むのが本当にたのしみだ。

それにしても、何もかも、ここに至るまで、アンナ・カリーナなくしてゴダールの映画はないと見抜いていたにちがいないトリュフォーの友情ある目論《もくろ》見《み》だったのだろう（としか思えない！）。

ゴダールも「この小説を貸してくれたのはトリュフォーだ。ぼくは企画の種が切れると、そのつど彼に会いにゆく。そして彼がアイデアを与えてくれる……」と率直に語っている（「レ・レットル・フランセーズ」紙一九六四年五月十四日号掲載のインタビューより。アラン・ベルガラ著、奥村昭夫訳『六〇年代ゴダール　神話と現場』、筑摩書房）。

ゴダールにはつねにすばらしい無限のアイデアがあってその数々の多彩なアイデアを引用や抜粋の形で表現するための下敷きになるストーリーが必要だったが、それは画家が絵を描くためのカンバス（画布）のようなもので、いろいろなアイデアを絵具のように重ねて塗ったり上塗りをしたり、明暗濃淡をつけたり、即興的に大胆に塗り変えたりする。それがゴダール流の映画づくりの画法なのだ、とトリュフォーは感嘆しながら分析していたものである。しかも、そのカンバスは真っ白な画布とはかぎらない。ゴダール自身は映画の下敷きになるストーリーは黒板のようなものだと言った。黒板にいろんなアイデアをいろんな色のチョークで描いたり、描いたものをまた消したり、書き足したりするのだ、と。

映画『はなればなれに』はゴダールが原作の『鳩が飛ぶ』というカンバスにさまざまな引用という絵具を塗りたくった形で「深い、深い、深い」悲しみを詠《うた》ったアラゴンの長詩（『詩人たち』のなかの「私は一人称で歌う」）や、アンナ・カリーナ振付による青春トリオの、三人いっしょに踊りつづけながらはなればなれにならざるを得ない運命の象徴のような、マディソン・ダンスを感動的に描き上げていく。

フランツ（サミー・フレー）がオディール（アンナ・カリーナ）に、「きみとそっくりな女の子が出てくる」小説の一節を読んで聞かせるシーンもある。それはアングラレスという主人公が語る「ひとつのじつに馬鹿げた、じつに陰鬱《いんうつ》な、じつに感動的な話」なのだが、映画のなかでは表題が見えるレイモン・クノーの小説『オディール』からの引用ではなく、シュールレアリスム運動のリーダーとして知られるアンドレ・ブルトンが一九二八年に発表した超現実の世界に生きる不思議な女、ナジャとの出会いを物語った自伝的シュールレアリスム小説からの一節で、アンドレ・ブルトンのシュールレアリスム運動に共鳴して作家活動に入ったレイモン・クノーがアンドレ・ブルトンとシュールレアリスム運動からの袂別《べいべつ》を描いたといわれる一九三七年刊行の『オディール』からの引用は、アルチュールの死のあと、フランツとオディールが水平線のかなたに向かって船出する映画のラストで引用され、そして「二人の熱帯地方での冒険を次回はテクニカラー・シネマスコープの画面で語ることにしよう」という、『気狂いピエロ』を予告するゴダール自身の声によるナレーションで終わるのである。

（令和五年一月、映画評論家）

ドロレス・ヒッチェンズ著作リスト

【長篇小説】

The Clue in the Clay（1938）◆
The Cat Saw Murder（1939）◆☆『黒猫は殺人を見ていた』澄木柚訳（ハヤカワ・ミステリ）
Death Cuts a Silhouette（1939）◎
The Ticking Heart（1940）◆
The Blue Geranium（1941）◇
The Alarm of the Black Cat（1942）☆
The Shivering Bough（1942）※ノエル・バーク名義
Cat's Claw（1943）◆☆
Catspaw for Murder（1943）◆☆
The Cat Wears a Noose（1944）◆☆

Bring the Bride a Shroud（1945）◀

Cats Don't Smile（1945）☆

Cats Don't Need Coffins（1946）◆☆

Gallows for the Groom（1947）◀

Widows Ought to Weep（1947）◎

Cats Have Tall Shadows（1948）☆

Devious Design（1948）◀

The Cat Wears a Mask（1949）☆

Death Wears Cat's Eyes（1950）☆

Something about Midnight（1950）◀

The Cat and Capricorn（1951）☆

Love Me in Death（1951）◀

Stairway to an Empty Room（1951）

Enrollment Cancelled（1952）◀※一九五四年に別題 *Dead Babes in the Wood* として刊行

Nets to Catch the Wind（1952）※一九五四年に別題 *Windows Won't Wait* として刊行

The Cat Walk（1953）☆

Terror Lurks in Darkness（1953）

Beat Back the Tide（1954）※英国版は翌年刊行、一九五六年に *The Fatal Flirt* の題名で抜粋版刊行

Sleep with Strangers（1955）★※英国版は翌年刊行

F.O.B. Murder（1955）＊※英国版は一九五七年刊行

Death Walks on Cat Feet（1956）☆

One-Way Ticket（1956）＊※英国版は一九五八年刊行

End of the Line（1957）＊

Fools' Gold（1958）本書 ※一九六四年にジャン＝リュック・ゴダール監督により Bande à part（邦題『はなればなれに』）として映画化

The Watcher（1959）

The Man Who Followed Women（1959）＊※英国版は翌年刊行

Sleep with Slander（1960）★『泣きねいり』吉田誠一訳（ハヤカワ・ミステリ）※英国版は翌年刊行

Footsteps in the Night（1961）

The Abductor（1962）

Night of the Bowstring（1963）◎

The Grudge（1963）＊ ※英国版は翌年刊行
The Bank with the Bamboo Door（1965）
The Unloved（1965）◇ ※英国版は一九六七年刊行
The Man Who Cried All the Way Home（1966）※英国版は翌年刊行
Postscript to Nightmare（1967）※英国版は *Cabin of Fear* の題名で一九六八年刊行
A Collection of Strangers（1969）※英国版は一九七一年刊行
The Baxter Letters（1971）※英国版は一九七三年刊行
In a House Unknown（1973）※英国版は翌年刊行

（◆はスティーヴン・メイヒュー警部補シリーズ、☆はレイチェル・マードック・シリーズ、◀はペニーフェザー教授シリーズ〔以上D・B・オルセン名義〕、◎はD・B・オルセン名義の単発作品、＊は夫バート・ヒッチェンズとの共著、◇はドラン・バークリー名義、★はジム・セイダー・シリーズ）

【単行本未収録短篇】

"Miss Rachel on Vacation" ※*Detective Story Magazine*（September, 1947）所収
"Murder Walks a Strange Path" ※*Detective Story Magazine*（March, 1948）所収
"The Snake Dance" ※*Detective Story Magazine*（May, 1948）所収
"Alibi in Ice" ※*Detective Story Magazine*（Spring, 1949）所収

"The Fuzzy Things" ※アントニイ・バウチャー編*Four and Twenty Bloodhounds*（1950）所収

"The Absent Hat Pin" ※ヘレン・マクロイ&ブレット・ハリデイ編*20 Great Tales of Murder*（1951）所収

【戯曲】

A Cookie for Henry: one-act play for six women（1941）

To Tommy with Love（1941）

本書は、本邦初訳の新潮文庫オリジナル作品です。
本作品中には、今日の観点からは慣用的でない表現ともとれる箇所がありますが、作品の時代背景に鑑み、原書に忠実な翻訳をしたことをお断りいたします。

（新潮文庫編集部）

Title : FOOLS' GOLD
Author : Dolores Hitchens

はなればなれに

新潮文庫　　ヒ－5－1

Published 2023 in Japan
by Shinchosha Company

令和五年三月一日発行

訳者　矢《や》口《ぐち》誠《まこと》

発行者　佐藤隆信

発行所　株式会社　新潮社

郵便番号　一六二―八七一一
東京都新宿区矢来町七一
電話　編集部(〇三)三二六六―五四四〇
　　　読者係(〇三)三二六六―五一一一
https://www.shinchosha.co.jp

価格はカバーに表示してあります。

乱丁・落丁本は、ご面倒ですが小社読者係宛ご送付ください。送料小社負担にてお取替えいたします。

印刷・株式会社光邦　製本・株式会社大進堂

ISBN978-4-10-240271-9 C0197